sien
N
W
O
S
Indonesien
Australien
Perth
Mel-
bourne
Sydney
NEUSEELAND
ndischer
Ozean

Corina Bomann
Die in Norddeutschland lebende Schriftstellerin wurde 1974 in Parchim geboren. Nachdem sie elf Jahre lang im medizinischen Bereich tätig war, hat sie ihr Hobby zum Beruf gemacht und widmet sich nun ganz dem Schreiben. Am liebsten verfasst sie historische Romane für Jugendliche und Erwachsene.
Mehr unter www.corina-bomann-online.de

Corina Bomann

Der Pfad der roten Träume

UEBERREUTER

Das säurefreie und alterungsbeständige Papier EOS liefert Salzer, St. Pölten (hergestellt aus chlorfrei gebleichtem Zellstoff aus nachhaltiger Forstwirtschaft).

ISBN 978-3-8000-5498-5

Umschlaggestaltung von Init, Büro für Gestaltung, Bielefeld, unter Verwendung eines Fotos von iStockphoto.com

Gedruckt in Österreich
1 3 5 7 6 4 2

Zu diesem Buch gibt es Unterrichtsmaterial als Download auf www.ueberreuter.at.

1. Kapitel

Bristol, 1875

Mädchen, trödele nicht rum!«

Die Stimme von Reverend McCallahan riss Lucy aus der Betrachtung der Warenauslage von »Thomkins & Hutchinson«, einem der besten Damenschneider in ganz Bristol. Wie ein Magnet hatte sie das prächtig geschmückte Schaufenster angezogen. Und auch jetzt konnte sie nur schwer den Blick von dem weinroten Kleid lassen, das hinter der Glasscheibe ausgestellt wurde.

Es war wunderschön! Unzählige Glasperlen glitzerten wie Sterne auf dem Stoff, der obendrein noch mit Bändern und Spitzen verziert war. In solch einem Kleid würde sie sicher wie eine Dame aussehen. Ihr Abbild in der Scheibe zeigte allerdings ein fünfzehnjähriges, etwas zerlumpt wirkendes Mädchen, das sich dieses Kleid nie im Leben leisten konnte.

»Ich komme, Hochwürden«, seufzte sie, strich ein paar schwarze Haarsträhnen aus dem Gesicht, die sich aus dem Knoten in ihrem Nacken gelöst hatten, und wandte sich um. Erst jetzt wurde ihr wieder das Gewicht des Korbes bewusst, dessen Griff in ihre Handflächen einschnitt.

Der Geistliche maß sie mit einem missbilligenden Blick. »Es gehört sich nicht für eine anständige junge Dame, so schamlos irgendwelchen Tand anzugaffen!«

Lucy verdrehte die Augen, aber so, dass es der Reverend nicht sah. Es war immer dasselbe. Kaum interessierte sie sich für etwas Schönes, machte er etwas Ungehöriges daraus.

»Denke an die sieben Todsünden, Kind!«, fuhr McCallahan fort und reckte seinen Zeigefinger mahnend in die Höhe. »Dieses Kleid dort ist nur etwas für eine schamlose Person! Ich erlaube nicht, dass du der Sünde anheimfällst!«

Es fiel Lucy schwer, ein verdrießliches Schnauben zu unterdrücken. Was sollte an diesem Traum aus roter Seide schamlos oder sündig sein? Waren die beiden Schneider dann vielleicht Sendboten des Teufels, und in ihrer Werkstatt loderte das Höllenfeuer? Das glaubte der Reverend doch wohl selbst nicht!

»Es wird nicht wieder vorkommen, Hochwürden«, antwortete sie und senkte den Kopf, wie er es von ihr erwartete. Während der zwei Jahre, die sie schon bei ihm arbeitete, hatte sie herausgefunden, dass man leichter mit ihm auskam, wenn man demütig tat und das antwortete, was er hören wollte.

Früher hatte sie ein anderes Leben geführt. Damals wohnte sie noch in dem Haus auf dem Hügel, wie es die Leute nannten. Ihr Vater, Alan Farnsworth, war ein reicher Kaufmann gewesen. Gewiss hätte sie von ihm das Kleid aus dem Schaufenster bekommen und noch viele andere. Aber diese Zeiten waren vorbei. Seit dem Tod ihres Vaters arbeitete sie als Dienstmädchen für den Reverend. Die Arbeit war abgesehen vom Wäschewaschen nicht besonders schwer, allerdings erhielt sie dafür auch keinen Lohn.

»Du hast großes Glück, dass ich dich bei mir aufgenommen habe!«, begann McCallahan seinen alltäglichen Sermon. »Wäre dein Vater nicht so ein respektabler Mann gewesen, wärst du ins Haus von Mrs Burnett gewandert und nicht zu mir gekommen. Glaube mir, dein Vater wäre sehr enttäuscht, wenn du dich nicht zu einer gottesfürchtigen Frau entwickeln würdest.«

Lucy dachte an ihren Vater. Wäre er wirklich enttäuscht, wenn sie nicht still, demütig und schweigsam war?

McCallahan setzte seine Rede fort, aber Lucy hörte nicht mehr hin. Sie konzentrierte sich auf das Platschen des Matschs unter ihren schief gelaufenen Stiefeletten, deren Nähte an den Seiten immer weiter aufplatzten. Nässe drang zu ihren Füßen durch, und Lucy war sicher, dass ihre Zehen blau sein würden, wenn sie wieder zu Hause ankam.

Bristol wirkte im Herbst noch grauer als sonst. Unzählige Schornsteine schickten ihren Rauch in den trüben Nachmittagshimmel, der die Stadt wie eine fleckige Daunendecke überspannte. Vom Hafen wehte ein fischiger Geruch herüber. Die Straßen waren mit Menschen überfüllt.

Das Waisenhaus von Mrs Burnett lag in der Nähe des Hafens. Böse Zungen behaupteten, dass es früher einmal ein Lagerhaus war, das Mrs Burnett billig aufgekauft und dann zu einem Waisenhaus umgewandelt hatte. Lucy interessierte nicht, ob das stimmte oder nicht. Für sie gab es nur einen Grund, sich überhaupt für dieses Haus zu interessieren: ihre Freundin Anne, die dort lebte. Sie hatte sie bei einem der ersten Besuche mit dem Reverend kennengelernt. Während die anderen über Lucy und das Elend, in das sie geraten war, schadenfroh getuschelt hatten, hatte Anne sie ehrlich angelächelt. »Ich bin Anne. Du bist Lucy, stimmt's? Die Lucy vom Haus auf dem Hügel.«

Lucy hatte genickt. Anne hatte einen Moment lang mit einer ihrer blonden Strähnen gespielt, sie dann bei der Hand genommen und auf den Dachboden des Waisenhauses geführt.

Seitdem trafen sie sich immer dann, wenn der Reverend ins Waisenhaus kam, um mit Mrs Burnett eine Tasse Tee zu trinken. Anne erzählte von ihren grässlichen Lehrerinnen und Lucy berichtete über die Zurechtweisungen des Reverends. So hatten sie sich inmitten ihres eintönigen Lebens eine kleine Insel der Freundschaft geschaffen.

Am hohen Eisenzaun des Waisenhauses angekommen, stieß der Reverend das Tor auf. Einige Kinder fegten den Hof, andere standen in einer Ecke und sprachen miteinander. Lucy reckte den Hals, konnte Anne aber nicht entdecken.

McCallahan schritt rasch voran. Ab und an wünschte ihm eines der Kinder einen Guten Tag, doch er erwiderte die Grüße nur mit einem Nicken. Lucy trottete hinter ihm her, den Blick auf das Gebäude gerichtet. Die grauen Wolken spiegelten sich in den blank geputzten Fenstern. Im ersten Stockwerk befanden sich die Schlafsäle, darüber die Räumlichkeiten von Mrs Burnett. Ein blasses Gesicht war dort hinter der Scheibe zu erkennen. Mrs Burnett überwachte den Hof ganz genau. Als sie den Reverend erblickte, zog sie sich zurück. Lucy zählte stumm die Sekunden. Bei fünfundachtzig erschien die Leiterin an der Eingangstür. Kerzengerade kam sie auf sie zu und blickte dabei tadelnd auf die Kinder. Doch ihre Miene änderte sich schlagartig, als sie den Reverend sah. Ihr verkniffener Mund verzog sich nun zu einem Lächeln.

»Reverend, wie schön, Sie zu sehen!«, flötete sie, als hätte sie ihn schon seit vielen Jahren nicht mehr getroffen. »Ich dachte schon, Sie kommen heute gar nicht mehr.«

Auf diese Worte hin warf der Reverend Lucy einen vorwurfsvollen Blick zu. »Wir sind unterwegs aufgehalten worden«, entgegnete er.

»Und wie ich sehe, haben Sie wieder etwas für meine Kinder«, sagte Mrs Burnett und deutete auf den Korb in Lucys Hand.

Der Reverend nickte wohlwollend und entgegnete: »Ja, Spenden unserer Gemeindemitglieder. Diesmal waren sie besonders großzügig.«

Mrs Burnett tat ganz gerührt, aber Lucy war sicher, dass sie den Waisenkindern kaum etwas davon geben würde. »Kommen Sie, Reverend, ich habe frischen Tee aus Ceylon, ein Geschenk eines unserer Gönner. Sie müssen unbedingt eine Tasse probieren, er ist köstlich!«

Das ließ sich McCallahan nicht zweimal sagen. Er nickte und walzte der Heimleiterin hinterher wie ein großer Dickhäuter.

Das Büro von Mrs Burnett befand sich am anderen Ende des Korridors. Im Gegensatz zu der spartanischen Einrichtung des Schlafsaals und der Arbeitsräume wirkte dieser Raum beinahe wie der einer reichen Dame. Die Wände waren mit rosa und weiß gestreiften Tapeten bedeckt und wurden von Blumenbordüren geschmückt. Die Einrichtung bestand aus einem Bücherregal, das zahlreiche edel gebundene Bände beherbergte, einem Schreibtisch, der wahrscheinlich schon gute hundert Jahre auf dem Buckel hatte, und einigen Stühlen, die mit zur Tapete passendem Stoff bespannt waren. Außerdem gab es auch noch eine hohe Standuhr, deren blank poliertes Pendel unablässig hin und her schwang.

Der Geruch des Gebäcks und des Tees, der Lucy an das Aroma von Rosinen erinnerte, ließ ihr das Wasser im Mund zusammenlaufen. Seit der kargen Mittagsmahlzeit hatte sie nichts gegessen, und obwohl ihr Magen schmale Kost gewöhnt war, begann er zu knurren.

Wie immer musste sie sich still auf einen Hocker in der Ecke setzen. Nur in äußerst seltenen Fällen bot ihr die Heimleiterin etwas zu essen an.

Bevor sie gezwungen war, sich bloß mit dem Betrachten ihrer zerschlissenen Schuhe von ihrem Hunger abzulenken, bemerkte Lucy eine Bewegung. Als sie den Kopf zur Seite wandte, sah sie Annes Gestalt hinter dem Türrahmen. An der durchnässten Schürze, die sie über ihren braunen Rock gebunden hatte, konnte Lucy erkennen, dass sie heute der Wäscherei zugeteilt war.

Die Mädchen lächelten einander zu, dann blickte Lucy schnell wieder zum Reverend und Mrs Burnett. Die beiden unterhielten sich angeregt über den Tee, das Gebäck und die Zustände in der Stadt.

Es war Zeit, von hier zu verschwinden! So leise wie möglich erhob sie sich und schlich zur Tür.

»Wo willst du hin?«, rief ihr der Reverend hinterher.

»Ich muss mich mal entschuldigen«, entgegnete Lucy und setzte ein verkniffenes Gesicht auf. Solange sie vorgab, auf dem stillen Örtchen zu sein, das im Hinterhof war, würde niemand nachsehen, wo sie blieb.

»Gut, dann beeile dich. Ich werde heute leider nicht lange bleiben können.«

Lucy nickte und verließ den Raum. Zunächst langsam, dann immer schneller lief sie zu der Ecke, hinter der sie Anne vermutete und auch fand.

»Das hat aber gedauert«, bemerkte diese lächelnd und fasste sie bei der Hand. »Komm mit, ehe uns Maggie Simmons sieht. Sie beaufsichtigt heute die Waschküche. Ich hab ihr gesagt, dass ich Bauchschmerzen habe, da hat sie mich gehen lassen.«

Rasch erklommen Lucy und Anne die Stufen und erreichten die kleine Tür, die zur Dachbodentreppe führte. Unterm Dach lagerten die »Schätze« des Waisenhauses: alte Puppen, Bälle, denen die Luft ausgegangen war, mottenzerfressene Koffer von Kindern, die erwachsen geworden waren und das Waisenhaus verlassen hatten.

Auf Zehenspitzen näherten sie sich dem Platz unter dem Dachfenster. Der Staub, den sie dabei aufwirbelten, setzte sich sogleich an ihren Röcken fest.

»Wir haben heute nicht viel Zeit, der Reverend meinte, er will so schnell wie möglich aufbrechen«, sagte Lucy.

Anne nickte und fragte: »Also gut, was gibt es Neues bei dir?«

»Ich habe heute auf dem Weg hierher ein Kleid gesehen, das schönste Kleid auf der ganzen Welt«, antwortete Lucy und begleitete ihre Worte mit einer theatralischen Geste.

»Erzähl!«, forderte Anne ihre Freundin auf.

»Der Stoff hatte die Farbe des Abendrots. Es war mit Spitzen und Perlen verziert. Darin sieht man sicher wie eine Prinzessin aus.«

Anne seufzte schwer. »Ich wünschte, die alte Hexe würde uns auch mal wieder in die Stadt lassen, damit wir uns was ansehen können. Momentan hält sie uns hier wie in einem Gefängnis.«

»Eines Tages wirst du von hier fortgehen«, sagte Lucy und legte ihren Arm um sie. »Und dann werden wir uns beide einen reichen Mann suchen. Oder mit einem Jahrmarkt um die Welt ziehen.«

Anne lächelte milde, wie immer, wenn sie davon überzeugt war, dass ein Traum nur ein Traum bleiben würde. Trotzdem sagte sie: »Vielleicht sollten wir nach Australien gehen. Vor ein paar Tagen hat Pete, der Botenjunge, von einem Schiff erzählt, das von dort gekommen ist. Weißt du, wo Australien liegt?«

Lucy nickte. Ihr Vater hatte ihr anhand seines schönen Globus, der jetzt im Haus eines anderen reichen Mannes in Bristol stand, die Kontinente erklärt. Zu jedem von ihnen wusste er eine Geschichte: In Afrika sollten die Menschen schwarz sein und nackt herumlaufen, wie Adam und Eva im Paradies. In Asien sollte es tollkühne Krieger mit langem Haar und seidenen Gewändern geben, und in Amerika hatten vor dem Eintreffen der Weißen nur Indianer gelebt, die mit dem Wind und den Tieren sprechen konnten.

Australien, so hatte ihr Vater erzählt, sei früher eine Strafkolonie gewesen. Damals waren vor allem Verbrecher dorthin gebracht worden. Mittlerweile versuchten aber viele Menschen, auf diesem Kontinent ein neues Leben anzufangen.

»Pete sagte, die Matrosen hätten davon gesprochen, dass man dieses Land den ›roten Kontinent‹ nennt«, fuhr Anne fort. »Der Sand dort soll rot sein und überall sollen Felsen wie Zähne aus dem Boden ragen, mitten im freien Land, so als hätte Gott einen Berg, den er falsch hingesetzt hatte, wieder herausgebrochen. Außerdem soll es viele seltsame Tiere geben und Menschen, die mit roter Farbe bemalt sind.«

Wenn mein Vater noch leben würde, dachte Lucy traurig, hätten wir vielleicht eine Reise dorthin machen können.

»Lucy!«

Der scharfe Ruf ließ sie zusammenfahren. Der Reverend klang zornig.

Hatten sie wirklich so viel Zeit verstreichen lassen? Lucy kam es so vor, als seien sie erst wenige Minuten hier oben.

»Du musst wieder los, nicht wahr?«, fragte Anne.

»Ja, heute hat er es eilig.« Lucy umarmte ihre Freundin. »Bis zur nächsten Woche.«

Dann stürmte sie zur Treppe. Sie war fast unten, als ein Geräusch wie von reißendem Stoff ertönte. Als sie an sich hinabsah, bemerkte sie, dass ihre Schürze an einem hervorstehenden Nagel hängen geblieben war. Leise schimpfend machte sie den Stoff von dem Nagel los und lief weiter.

Der Reverend stand vor der Tür von Mrs Burnetts Büro. Als er Lucy erblickte, kniff er seine Augen zu schmalen Schlitzen zusammen.

»Wo warst du?«, donnerte er dann. »Und wie siehst du aus?«

Lucy senkte den Kopf.

»Ich werde mich später mit dir befassen«, sagte der Reverend, nachdem er sie kurz gemustert hatte. Dann wandte er sich um.

Am Tor angekommen stellte McCallahan Lucy zur Rede. »Ich weiß nicht, wo du herumgeschnüffelt hast, aber das wird nie wieder vorkommen!«, fuhr er sie an. »Ich dulde dein Verhalten nicht mehr länger! Beim nächsten Mal wirst du zu Hause bleiben und die Bibel studieren. Und in den folgenden Wochen auch. Ich lasse mich nicht von dir zum Gespött machen!«

Diese Drohung traf Lucy schlimmer als jeder Schlag. Sie bedeutete, dass sie Anne nicht sehen konnte. Zorn wallte in ihr auf, aber sie hatte nicht den Mut, etwas zu entgegnen. Mit gesenktem Kopf und nur mühsam ihre Tränen unterdrückend folgte sie dem Reverend und hatte nicht einmal mehr einen Blick für das Schneidergeschäft, das sie erneut passierten.

Am Pfarrhaus angekommen erblickte Lucy eine Kutsche. Sie gehörte Mrs Applegate, der Schwester des Reverends. Offenbar war ihr Besuch der Grund, warum er es so eilig gehabt hatte.

Der Kutscher lehnte neben dem Gefährt und rauchte seine Pfeife. Als er den Reverend und Lucy sah, nickte er ihnen grüßend zu.

Der Fond der Kutsche war leer. Der Reverend hielt seine Haustür zwar verschlossen, doch er bewahrte einen Schlüssel unter der Fußmatte auf. Mrs Applegate musste ihn an sich genommen haben und eingetreten sein.

Lucy warf dem Reverend einen verstohlenen Blick zu, als er keuchend stehen blieb und ein Taschentuch hervorzog, mit dem er sich über die Stirn wischte. Er war blass. War es die Anstrengung ihres Marsches oder erwartete er etwas Unangenehmes vom Besuch seiner Schwester?

»Geh voran!«, befahl er Lucy.

Kaum hatten sie das Haus betreten, kam ihnen Mrs Applegate auch schon entgegen. Sie trug einen Hut mit schwarzem Schleier und ein dunkelgrünes Taftkleid mit gehäkeltem Spitzenkragen. Ihre knochigen Finger steckten in löchrigen Handschuhen.

»Du kommst spät, William!«, fuhr sie ihren Bruder an.

Lucy sah, wie der Reverend zusammenzuckte.

Anstatt sie wie gewohnt in die Küche zu scheuchen, sagte er nur: »Geh nach oben. Und lass dir nicht einfallen runterzukommen, bis ich nach dir rufe. Ich erwarte, dass deine Kleider bis dahin in Ordnung sind.«

Lucy war überrascht, beeilte sich aber, seiner Anweisung Folge zu leisten, ehe er es sich noch einmal überlegte.

Das Tageslicht war schon ganz aus ihrer Kammer verschwunden. Lediglich der verwaschene Schein der Straßenlampen drang herein. Lucy zündete die Petroleumlaterne an, band ihre zerfetzte Schürze ab und suchte Nadel und Faden aus der Schublade. Dann rückte sie einen Stuhl an die Kommode heran, auf der die Lampe stand.

Von unten konnte sie den Reverend und seine Schwester reden hören, verstand aber kein Wort. Sonst schlich sie manchmal an die Treppe und belauschte sie, doch heute ließ sie es lieber bleiben. Anne nicht sehen zu dürfen, war schon Strafe genug.

Während sie die Schürze flickte, dachte sie an ihre Unterhaltung zurück. Würden sie es jemals schaffen, nach Australien zu kommen?

»Australien«, murmelte Lucy und fand, dass sich das Wort so köstlich und süß wie Karamell in ihrem

Mund anfühlte. Es schmeckte nach Freiheit und nach Sonne, nach allem, was sie hier nicht hatte. Eines Tages, das schwor sie sich, würde sie von hier fortgehen und ein Abenteuer erleben. Ein richtiges Abenteuer. Vielleicht sogar in Australien.

Am nächsten Morgen wurde Lucy vom Fünf-Uhr-Läuten der Kirchenglocke aus dem Schlaf gerissen. Erst jetzt bemerkte sie, dass sie in ihren Kleidern eingeschlafen war und dass der Reverend sie nicht hinuntergerufen hatte.

Sie erhob sich und ging zu dem kleinen Waschtisch. Das Wasser, das sie aus dem Krug in die Waschschüssel goss, war ziemlich kalt. Gänsehaut breitete sich über ihren ganzen Körper aus und nur widerwillig tauchte sie ihre Hände ein. Die Nächte waren schon empfindlich kühl. Hier oben auf dem Dachboden des Pfarrhauses zog es an allen Ecken und Enden. Es gab zwar nur ein Dachfenster, doch das war undicht und der Wind wehte beinahe zu jeder Tageszeit herein. Auch jetzt strich er um sie herum, als sie ihr Leibchen löste und das Hemd von den Schultern streifte.

Lucy kniff die Augen zusammen, während sie ihre Katzenwäsche erledigte. Als sie fertig war, zog sie sich an, nahm die Haare zusammen und formte daraus mit geübten Handgriffen einen Knoten.

Im Haus war noch alles still, der Reverend ließ sich immer erst gegen sieben wecken. Bis dahin mussten die Öfen geheizt und das Porridge gekocht sein.

Als das Feuer im Herd loderte, setzte Lucy den schweren Wasserkessel auf und füllte noch etwas kaltes Wasser in einen Eimer. Der Reverend erwartete, dass die Vordertreppe sauber geschrubbt war, wenn er das Haus verließ. Außerdem mussten die Böden gewischt werden.

Kälte schlug ihr entgegen, als sie mit dem Wassereimer das Haus verließ. Ein paar Arbeiter kamen auf dem Weg zur Frühschicht vorbei. Lucy putzte die Treppe so schnell sie konnte und kehrte dann ins Haus zurück.

Inzwischen kochte das Wasser. Lucy gab Haferflocken, Milch und etwas Zucker für das Porridge hinzu und deckte dann den Tisch. Angeregt vom Porridgeduft, der sich in der Küche verbreitete, knurrte ihr Magen wie ein hungriger Wolf, denn ihre letzte Mahlzeit hatte sie gestern Mittag bekommen.

Mittlerweile war es kurz vor sieben.

Als sie das Schlafzimmer des Reverends betrat, war alles ruhig. McCallahan konnte manchmal ziemlich schlimm schnarchen, schon oft hatte sie ihn bis in ihre Kammer gehört.

»Reverend?«, fragte Lucy vorsichtig und näherte sich den mottenzerfressenen Bettvorhängen. Nichts regte sich.

»Hochwürden?«, fragte sie erneut und bekam wiederum keine Antwort. Schlief er wirklich so fest?

Einen Moment lang zögerte sie noch, dann schob sie den Vorhang zur Seite.

Als sie sein Gesicht sah, wich sie erschrocken zurück. Die Augen des Reverends standen offen, seine Lippen waren blau. Seine Wangen waren käsig blass und kein Atemzug hob seine Brust.

Entsetzt schrie Lucy auf und schlug dann die Hand vor den Mund.

Ihre Gedanken wirbelten wie Herbstlaub wild in ihrem Kopf umher. Wieso war er so plötzlich gestorben? Hatte seine Schwester ihn so sehr aufgeregt? Auf jeden Fall brauchte sie einen Arzt, der den Totenschein ausstellte …

Mit dem Gefühl, dass sich eine eisige Hand auf ihren Nacken gelegt hatte, wirbelte sie herum und rannte aus dem Haus. Sie hätte sich eine Jacke überwerfen sollen, aber die vergaß sie vor lauter Eile. Die Kälte spürte sie gar nicht, als sie über den Gehweg hetzte. Ihr Herz raste wie wild, beinahe schien es, als würde sein Klopfen den Takt für ihre Schritte vorgeben.

Der Milchmann, der gerade dabei war, die leeren Kannen gegen volle auszutauschen, blickte ihr verwundert hinterher. »Warum so eilig, kleines Fräulein?«

Lucy antwortete nicht. Sie konzentrierte sich auf den Weg unter ihren Füßen, der sie zu Dr. Hargrove führen würde.

Die Praxis des Doktors lag in einem der besseren Viertel Bristols. Etwa eine Viertelstunde später erreichte Lucy sein Haus. Seitenstechen plagte sie und die kalte Luft schnürte ihr die Kehle zu. Sie wartete, bis sie wieder ein wenig zu Atem gekommen war, dann stieg sie die Treppe hinauf und betätigte den Türklopfer, der die Form eines Löwenkopfes hatte.

Ein Dienstmädchen mit adrett gestärkter und blitzweißer Schürze öffnete ihr. Überrascht musterte sie Lucy von Kopf bis Fuß, dann fragte sie: »Was willst du hier?«

»Mein Name ist Lucy Farnsworth, ich muss unbedingt Dr. Hargrove sprechen.«

»Der Doktor öffnet seine Praxis erst in einer Stunde, da wirst du warten müssen.«

»Aber ich habe keine Zeit!«, entgegnete Lucy und stemmte die Hand gegen den Türflügel, als das Dienstmädchen ihn schließen wollte. »Es ist sehr dringend, bitte, sagen Sie ihm Bescheid.«

Wahrscheinlich hätte das Dienstmädchen höflicher reagiert, wenn Lucy nicht so zerlumpt ausgesehen hätte. Doch sie wollte sich nicht abwimmeln lassen.

»Was gibt es denn, Emma?«, fragte eine Männerstimme aus dem Hintergrund. Im nächsten Augenblick erschien der Arzt. Er war hochgewachsen und grauhaariger, als Lucy ihn in Erinnerung hatte. Über einem blütenweißen Hemd trug er eine dunkelgrüne Weste, dazu schwarze Hosen mit einer exakten Bügelfalte. Aus der Westentasche hing ein goldenes Uhrkettchen.

»Dieses Mädchen hier will Sie sprechen, Sir. Ich habe ihr gesagt, dass Sie erst später Ihre Praxis öffnen, aber …«

Der Arzt brachte sie mit einer Handbewegung zum Schweigen. Dann betrachtete er die frühe Besucherin.

»Lucy? Lucy Farnsworth?«, fragte er unsicher.

»Ja, Dr. Hargrove, ich brauche Ihre Hilfe«, sagte Lucy. »Der Reverend, für den ich arbeite, ist tot. Sie müssen mit mir kommen.«

»Welchen Reverend meinst du?«

»McCallahan von der Trinity Church.«

Hargrove nickte. »Gut, ich komme. Emma, hol meine Instrumententasche.«

Das Dienstmädchen knickste und verschwand. Der Doktor holte seinen Mantel und wenig später reichte Emma ihm die Tasche.

»Wollen wir?«, fragte er und Lucy nickte.

Im Haus angekommen führte Lucy den Arzt zum Schlafzimmer des Reverends. An der Tür machte sie halt.

»Schon gut, du musst nicht hineingehen«, sagte der Doktor, als er ihr Zögern sah. »Bereite mir doch bitte etwas warmes Wasser, damit ich mir nachher die Hände waschen kann.«

Der Arzt verschwand in dem Schlafzimmer. In der Küche angekommen holte Lucy eine Schüssel und goss warmes Wasser aus dem Kessel hinein. Ihr Magen fühlte sich an, als sei ein Knoten darin. Sie setzte sich an den Küchentisch und starrte in die Wasserschüssel. Sie erschien ihr plötzlich wie ein dunkler Brunnen, auf dessen Grund sich vielleicht ihre Zukunft zeigen würde, wenn sie nur lange genug hineinsah.

Als sie die Schritte des Arztes hörte, sprang sie auf.

»Er muss bereits in der Nacht gestorben sein«, sagte Dr. Hargrove, stellte seine Tasche ab und zog sich die Jackenärmel hoch. »Herzversagen.«

Lucy atmete erleichtert auf. Wenigstens konnte man ihr keine Schuld geben.

»Hier bist du also hingekommen«, sagte der Arzt, als er sich die Hände wusch.

»Ja, der Reverend war so freundlich, mich in seine Dienste aufzunehmen«, antwortete Lucy. »Sonst hätte ich wohl ins Waisenhaus gemusst.«

Dr. Hargrove nickte. »Es tut mir wirklich leid, was mit deinem Vater passiert ist. Ich bin sicher, dass er sich von seinen Schulden hätte befreien können, wenn er von seiner Krankheit genesen wäre.«

Lucy nickte, sagte aber nichts. Was geschehen war, konnte nicht mehr rückgängig gemacht werden.

»Ich werde meinen Laufburschen zum Totengräber schicken«, sagte der Arzt und trocknete die Hände in dem Tuch, das neben der Schüssel lag. »Mr Waxley ist nicht so teuer wie manche andere, ich würde dir empfehlen, seine Dienste in Anspruch zu nehmen.«

Lucy nickte.

»Hatte der Reverend Angehörige?«, fragte der Arzt.

»Eine Schwester«, antwortete Lucy, und schon bei dem Gedanken, dass sie mit Mrs Applegate sprechen musste, kehrte ihr Unwohlsein zurück. Aber vielleicht reichte auch ein Telegramm?

»Du musst ihr so schnell wie möglich Bescheid geben.« Dr. Hargrove reichte ihr die Hand. »Alles Gute, Lucy, und solltest du Hilfe brauchen, dann komm ruhig zu mir. Schon um deines Vaters willen werde ich tun, was ich kann.«

Es dauerte beinahe zwei Stunden, bis der Totengräber kam. Als der Sarg endlich aus dem Haus geschafft war, war es Mittag. Lucy lief in die Stadt und gab das Telegramm auf.

Als sie zurückkehrte, senkte sich die Sonne schon wieder dem Horizont zu.

Das leere Pfarrhaus wirkte beklemmend. Lucy erwartete fast, dass der Reverend um die Ecke poltern und sie fragen würde, wo sie denn so lange gewesen sei. Einen Moment lang blieb sie auf der Schwelle stehen, dann zog sie die Tür hinter sich zu.

Ihr Magen knurrte heftig, und sie erinnerte sich wieder an das Porridge in der Küche. Wahrscheinlich war es jetzt so klebrig, dass man damit Fenster kitten konnte. Aber sie hatten noch etwas Brot, außerdem auch Käse und ein kleines Stück Schinken. Sie ging in die Küche und holte alles hervor, was der Reverend sonst so streng rationiert hatte. Als sie satt war, stieg sie hinauf in ihre Kammer.

Dort schienen die Balken und Dielen noch lauter zu ächzen und der Wind noch heftiger durch die Ritzen zu wehen. Beinahe war es so, als würde das Haus um den Reverend trauern. Lucy war nicht traurig. Sie fragte sich nur, was aus ihr werden sollte.

Schon bald würde ein neuer Reverend eingestellt werden, aber der brachte gewiss seine eigene Haushälterin mit. Es war sicher das Beste, wenn sie sich gleich morgen eine neue Anstellung suchte.

Lucy begann ihre magere Habe in ihre alte Teppichstofftasche zu packen. Früher einmal war das

Rosenmuster darauf hübsch und kräftig gewesen. Ihr Vater hatte ihr die Tasche zum zehnten Geburtstag geschenkt und gemeint, das wäre ihre Reisetasche. Doch jetzt …

Plötzlich kam ihr eine Idee. Vielleicht die verrückteste, die sie bisher gehabt hatte. Australien! Was wäre, wenn sie dorthin reisen würde?

Sie malte sich aus, wie sie durch die fremden Straßen gehen und all die Wunder sehen würde, die der Matrose beschrieben hatte.

Doch dazu brauchte sie Geld. Wie sollte sie auf ein Schiff gelangen und die Überfahrt bezahlen?

Sie überlegte einen Moment lang, dann fiel ihr etwas ein. Vor einigen Monaten hatte sie beobachtet, wie der Reverend etwas in den Schrank in seinem Arbeitszimmer eingeschlossen hatte.

Obwohl es gar nicht mehr nötig gewesen wäre, schlich sie die Treppe auf Zehenspitzen hinunter.

In McCallahans Arbeitszimmer roch es muffig. Lucy entzündete die Lampe auf dem alten Schreibtisch und nahm sie dann mit zum Schrank. Das dunkle Holz war sehr alt und wurmstichig. In die beiden größten Türen waren Löwenköpfe eingeschnitzt, die sie bedrohlich fauchend ansahen. Umgeben wurden sie von Blumenranken, wobei das eine oder andere Blatt bereits abgebrochen war.

Lucy zögerte noch einen Moment lang, dann zog sie an einem der Griffe. Nichts rührte sich. Nachdem sie es auch an der anderen Tür vergeblich versucht hatte, kehrte sie zum Schreibtisch zurück.

Sie wusste nicht, wo McCallahan die Schlüssel aufbewahrte. Es war möglich, dass sie in seiner Kleidung steckten, sie konnten aber auch in einem Geheimfach liegen. Lucy durchsuchte als Erstes den Schreibtisch. Dort fand sie aber nur eine Bibel, ein gläsernes Tintenfass und einige leere Blätter.

Seufzend richtete sich Lucy wieder auf und blickte sich um. Es gab noch eine andere Kommode, aber ihr Gefühl sagte ihr, dass die Schlüssel dort auch nicht waren. Der Reverend hatte sie wohl in seinen Gewändern getragen.

Allein der Gedanke, das Schlafzimmer betreten zu müssen, war ihr unangenehm. Doch wenn sie auf den roten Kontinent wollte, musste sie diesen Schlüssel holen!

Sie nahm die Lampe und ging zum Schlafzimmer. Vorsichtig öffnete sie die Tür. Das Licht malte einen verwaschenen gelben Fleck auf den Fußboden, der mit Schuhabdrücken übersät war. Die Gehilfen des Totengräbers hatten sich nicht die Schuhe abgeputzt.

Ein Schauer lief über ihren Rücken. Lucy versuchte das Bett zu ignorieren und strebte dem Kleiderschrank zu. Mottenkugelgeruch strömte ihr entgegen, als sie eine der Schranktüren öffnete.

Lucy tastete die Jacken und Roben ab und schüttelte sie, bis ein Klimpern ertönte. Tatsächlich fand sie in einer der Jackentaschen einen Schlüsselbund. Es waren große und kleine Schlüssel, einige waren so filigran, dass sie zum Schrank passen konnten. Mit ihnen kehrte Lucy in das Arbeitszimmer zurück.

Einen Schlüssel nach dem anderen probierte sie aus. Manche konnte sie zwar in das Schlüsselloch schieben, doch nicht bewegen. Andere passten erst gar nicht.

»Nun kommt schon!«, murmelte sie leise vor sich hin. Lucy hatte beinahe alle kleinen Schlüssel durch, als ihr ein kleiner, grün angelaufener auffiel, dessen Bart winzig genug war.

»Versuchen wir dich doch mal«, meinte Lucy und schob den Schlüssel in das Schloss. Der Bart passte, und als sie beim Herumdrehen ein Klicken hörte, klatschte sie kurz in die Hände. Sie hatte es geschafft!

Hinter den Türen gab es kleine Fächer, in denen sich allerhand Dinge befanden. Briefe, eine alte Uhr, Bilder, ein Medaillon.

Lucy interessierte sich nicht dafür. In einem der Fächer fand sie eine Schatulle. Sie war nicht verschlossen, und als Lucy den Deckel anhob, fand sie dreihundert Pfund darin.

Würde das reichen, um nach Australien zu gelangen?

Für einen Moment packte sie das schlechte Gewissen. Sie konnte den Reverend doch nicht bestehlen!

Aber dann meldete sich eine kleine Stimme in ihr, die ihr klarmachte, dass McCallahan das Geld jetzt nicht mehr brauchte. Außerdem hatte er ihr nie einen Lohn gezahlt. Sie würde sich nur nehmen, was ihr rechtmäßig zustand, oder?

Plötzlich vernahm Lucy ein Geräusch. Ging unten die Tür?

Sie hielt den Atem an. Wenn Mrs Applegate herkam und Lucy erwischte, würde sie die Polizei holen. Rasch verstaute Lucy das Geld unter ihrem Leibchen, stellte die Schatulle an ihren Platz und verschloss die Tür wieder. Die Schlüssel legte sie auf den Schreibtisch. Dann huschte sie zur Treppe und lauschte.

»Verdammter Geizkragen«, tönte es plötzlich, und Lucy erschrak dermaßen, dass sie beinahe laut aufgeschrien hätte. Rasch presste sie die Hand auf den Mund. Mrs Applegate war tatsächlich hier! Lucys Herz raste jetzt noch schneller. Was sollte sie tun?

Mrs Applegate bewegte sich leise wie ein Schatten durch das Haus. Nur vereinzelt war ein Schritt von ihr zu vernehmen. Dafür wurden die Unmutsäußerungen lauter. »Wo hat er bloß das Geld, dieser verdammte Bastard!«

Im nächsten Augenblick kam sie wie ein Blitz aus der Stubentür geschossen und blickte die Treppe hinauf. Lucy hatte keine Zeit mehr zu verschwinden.

Sofort streckte sie einen ihrer Hexenfinger aus und sagte: »Komm her, Mädchen!«

Lucy fühlte sich, als hätten ihre Füße Wurzeln geschlagen.

»Na los, mach schon, sonst ziehe ich dich an den Ohren runter!«

Lucy hatte keine andere Wahl. Während sie die Treppe hinabschritt, zwang sie sich, nicht an das Mieder ihres Kleides zu greifen. Womöglich würde Mrs Applegate Verdacht schöpfen.

»Du bist also noch hier, wie?«, schnappte diese, als

Lucy vor ihr stand. Das Mädchen brachte keinen Ton heraus. Was sollte sie auch sagen? Dass sie auf die Sachen des Reverends achtgab? Dass sie hier noch aufräumen wollte?

Mrs Applegate erwartete keine Antwort. Sie wollte nur eines. »Dann kannst du dich auch gleich als nützlich erweisen«, sagte sie. »Sag mir, wo mein Bruder sein Geld versteckt hat.«

Lucy spürte, wie ihr das Blut in die Wangen schoss. »Davon weiß ich nichts, Ma'am.«

»Du weißt nichts davon?« Die Frau legte den Kopf schief wie ein Hund, der noch unschlüssig war, ob er zuschnappen sollte.

»Nein, Ma'am«, beharrte Lucy. »Ihr Bruder hat mir nie gezeigt, wo er sein Geld aufbewahrt.«

Plötzlich schoss die Hand der Frau vor und ergriff ihr Gesicht. Ihre Finger fühlten sich kühl an wie Messerklingen. »Du lügst mich doch nicht an, oder?«

Lucy schüttelte den Kopf und log: »Nein, Ma'am, ich weiß es wirklich nicht.«

Die spitz gefeilten Fingernägel bohrten sich in ihre Wangen. Lucy bemühte sich, der Frau trotzdem geradewegs ins Gesicht zu sehen. Ihr Traum, nach Australien zu gehen, hing davon ab.

Mrs Applegate schien nicht so recht zu wissen, was sie jetzt machen sollte.

»Ich warne dich, wenn sich herausstellt, dass du mich bestohlen hast, dann werde ich dich ins Arbeitshaus stecken lassen!«, zischte sie und ließ sie dann los.

Lucy wurde mulmig zumute. Doch plötzlich hatte sie wieder das rote Kleid vor sich. Der fließende Stoff formte sich vor ihrem geistigen Auge zu einer Wüstenlandschaft aus rotem Sand. Australien, ging es Lucy durch den Kopf. Wenn du erst mal dort bist, können dich ihre Krallen nicht mehr erreichen.

»Das würde ich nicht wagen«, entgegnete sie, worauf Mrs Applegate ihr noch einen giftigen Blick zuwarf und sich dann umwandte. Jetzt ließ sie die Absätze ihrer Schuhe laut auf den Fußboden knallen. »Ich komme wieder!«

Damit fiel die Tür hinter ihr ins Schloss.

Lucy blieb noch eine Weile wie erstarrt im Flur stehen. Die Abdrücke der Fingernägel spürte sie noch immer. Aber es hätte weitaus schlimmer kommen können.

Vielleicht ist es besser, wenn ich gleich von hier verschwinde, dachte sie, löschte das Licht im Flur und huschte die Treppe hinauf in Richtung Dachboden. Dort schnürte sie ihre Stiefeletten noch einmal neu und hüllte sich in ihre Jacke.

Mit ihrer Tasche ging sie die Treppe hinunter und verließ schließlich das Haus, ohne sich noch einmal umzublicken.

Ihr Ziel war das Waisenhaus. Der Laternenanzünder hatte seine Arbeit bereits verrichtet, eine Kette leuchtender Glaszylinder erhellte den Gehsteig. Ihre Schritte hallten einsam durch die Straßen. Nur vom Hafen her konnte man noch Geräusche vernehmen.

Vor dem Eisengitter blieb Lucy schließlich stehen. Das Gebäude wirkte bei Nacht noch finsterer als bei Tag. Bedrohlich erhob es sich in den Nachthimmel. Die Fenster des Schlafsaales waren dunkel, ebenso jene in der oberen Etage.

Lucy überlegte, wie sie hineingelangen sollte. Anne hatte ihr mal erzählt, dass in der Wäscherei immer ein Fenster offen gelassen wurde, damit die Feuchtigkeit über Nacht aus dem Gebäude ziehen konnte. Das wäre einen Versuch wert.

Vorsichtig öffnete sie das Tor. Sein Quietschen erschien in der nächtlichen Stille doppelt so laut.

Die Wäscherei befand sich im hinteren Teil des Waisenhauses. Um die Fenster zu erreichen, musste sich Lucy durch Ginster- und Weißdornbüsche kämpfen.

Auf den ersten Blick sah es nicht so aus, als stünde ein Fenster offen. Doch als sie nacheinander gegen die Scheiben drückte, klappte schließlich eines auf, allerdings nicht weit genug, um hindurchzusteigen. Das Fenster wurde von einem Haken in seiner Position gehalten, den Lucy schnell fand und löste. Dann kletterte sie hinein.

Der Geruch von Kernseife strömte ihr entgegen. Die Wände, der Fußboden und die Bretter der Waschbottiche waren damit vollgesogen. Lucy sah die Wäschemangel und den großen Tisch, auf dem die Wäsche zusammengelegt wurde. Zusammengefaltete Laken stapelten sich dort, in einem Korb auf dem Fußboden lag noch ungemangelte Wäsche.

Lucy ließ die Tasche unter dem Fenster stehen und öffnete vorsichtig die Tür. Der leere Gang wirkte noch unheimlicher als bei Tage. Das Raunen des Windes klang hier wie der Gesang einer Banshee, jener Todesfee, von der alte Geschichten erzählten. Irgendwo klapperte ein Fensterladen, aber er schien niemanden vom Schlafen abzuhalten.

Nach einer Weile erreichte sie den Schlafsaal. Vorsichtig öffnete sie die Tür und spähte in den Raum.

Anne hatte ihr einmal gezeigt, an welcher Stelle ihr Bett stand. Lucy schlich auf Zehenspitzen. Sie passierte leise schnarchende und im Schlaf murmelnde Kinder und fragte sich, was wohl geschehen würde, wenn eines davon aufwachte. Wenn es Maggie war, würde es ein großes Theater geben, das all ihre Pläne zunichtemachte. Hoffentlich schlich nicht Mrs Burnett oder eine der Lehrerinnen um diese Zeit durch das Haus.

Wie alle Kinder lag auch Anne in einem schmalen Messingbett, das bei jeder Bewegung ein leises Quietschen von sich gab. Sie hatte sich die Decke zum Schutz vor der Kälte bis weit über das Kinn gezogen. Lucy blickte sich nach den anderen um, dann beugte sie sich über ihre Freundin.

»Anne.« Das Mädchen reagierte zunächst nicht.

»Anne!« Lucy wurde lauter und wandte sich sicherheitshalber zum benachbarten Bett. Das Mädchen dort war vielleicht sechs oder sieben Jahre alt und nuckelte noch immer am Daumen. Doch sie rührte sich nicht.

Dafür hatte Anne die Augen aufgeschlagen, als sie sich ihr wieder zuwandte.

»Was machst du denn hier?«, flüsterte sie verwundert.

»Der Reverend ist tot«, antwortete Lucy. »Ich werde nach Australien reisen. Willst du mit?«

»Australien?« Anne schien das alles für einen Traum zu halten.

»Soll ich dich erst kneifen, damit du mir glaubst?«, fragte Lucy lächelnd. »Wenn du mitwillst, zieh dich an und pack deine Tasche, wir gehen dann zum Hafen. Bestimmt läuft bald ein Schiff aus.«

»Aber …«

Lucy ahnte, was sie fragen wollte. »Das erkläre ich dir nachher. Jetzt komm.«

Gähnend und ihre Augen reibend erhob sich Anne und stolperte dann zum Fußende des Bettes, wo ihre Sachen hingen. Rasch kleidete sie sich an. Noch bevor sie fertig war, rief plötzlich eine Stimme: »John, bist du da?«

Erschrocken duckte sich Lucy und zog ihre Freundin mit.

»Keine Sorge«, beruhigte Anne sie. »Das ist nur Jenny, die spricht manchmal im Schlaf. John ist ihr Bruder, er ist in Indien. Sie hofft darauf, dass er sie abholen kommt.«

Misstrauisch reckte Lucy den Kopf. Doch das Mädchen, das nach John gerufen hatte, blieb liegen.

»Schlafwandelt sie auch manchmal?«, fragte Lucy, doch Anne schüttelte den Kopf.

»Nein, wenn sie den Traum hat, ruft sie nur einmal seinen Namen und ist dann die ganze Nacht über still.« Damit erhob sie sich und ging zu dem hohen Schrank, in dem ihre Sachen aufbewahrt wurden.

Anne besaß noch weniger als Lucy, ihre Habe passte in einen einzigen kleinen Koffer. Ihre Mutter war einst Dienstmädchen bei einem Bankier gewesen, hatte aber nach dem Tod ihres Mannes den Verstand verloren und sich das Leben genommen. Anne war völlig mittellos ins Waisenhaus gekommen. Die Dinge, die sie besaß, hatte sie hier erhalten.

Als sie ein Hemd aus dem Schrank zog, fiel ein Gegenstand heraus und landete auf dem Boden. Es war ein Medaillon. Anne hob es auf und öffnete es. »Sie fehlt mir noch immer sehr.«

Lucy erblickte das Porträt einer jungen Frau. Sie hatte ebenso helle Haare wie Anne.

»Aber sie würde wollen, dass ich mein Glück finde«, fügte Anne hinzu.

Liebevoll strich sie mit dem Zeigefinger über das Porträt, dann schloss sie das Medaillon und ließ es in ihrem Koffer verschwinden.

Nachdem sie den Rest ihrer Habseligkeiten verstaut hatte, zog sie ihren Mantel über. Der blaue Stoff war verblichen und abgewetzt. Besonders dick schien er auch nicht zu sein, aber in Australien würde es keine Kälte mehr geben.

»Meinetwegen können wir los«, sagte Anne schließlich und griff entschlossen nach ihrem Koffer.

Auf dem Gang sang noch immer der Wind. Leises Schnarchen tönte aus dem Schlafsaal der Jungen. Die Schritte der Mädchen hallten wie Schläge eines großen, etwas aus dem Takt geratenen Herzens von den Wänden wider.

Auf halbem Wege fiel Anne etwas ein: »Wie wollen wir eigentlich die Fahrkarten für das Schiff bezahlen?«

»Ich habe ein wenig Geld«, antwortete Lucy, doch sie sagte nicht, dass sie es gestohlen hatte. Sie wollte noch etwas hinzufügen, als sie plötzlich ein Geräusch vernahm. Es hörte sich an, als würde jemand die Treppe, die zu Mrs Burnetts Privaträumen führte, herunterschleichen.

Die beiden Mädchen sahen sich erschrocken an. »Hier lang!«, flüsterte Lucy und zog Anne mit zur Waschküche. Dort sahen sie sich noch einmal um. Nichts zu sehen. Und auch das Geräusch war nicht mehr zu hören. Möglicherweise hatte Mrs Burnett innegehalten, um zu lauschen. Wenn sie um die Ecke kam, durfte sie sie auf keinen Fall erblicken!

Lucy nickte Anne zu, dann verschwanden sie hinter der Tür. In der Waschküche hievte sie ihre Tasche aus dem Fenster und kletterte dann nach draußen.

Anne zögerte kurz.

»Was ist?«, fragte Lucy. »Willst du doch hierbleiben?«

»Nein, natürlich nicht. Es ist nur … Der Gedanke, morgen nicht mehr hier zu sein, ist seltsam.«

»Sicher ist es das«, stimmte Lucy zu. »Aber denk dran, morgen sind wir auf dem Schiff. Ab morgen wird dir niemand mehr sagen, was du tun sollst!«

Die beiden Mädchen sahen sich einen Moment lang an, dann ergriff Anne ihren Koffer und hob ihn über das Fensterbrett. Lucy lächelte und reichte ihr die Hand, um ihr nach draußen zu helfen.

»Und wohin jetzt?«, fragte Anne zähneklappernd, als sie zum Tor eilten. Die Kälte kroch unerwartet schnell unter ihren Mantel und die Müdigkeit setzte ihr ebenfalls zu.

»Zum Hafen«, entgegnete Lucy und deutete die Straße hinunter. »Es sind noch ein paar Stunden, bis die Schiffe auslaufen. Wir suchen uns ein Versteck, in dem wir schlafen können, dann machen wir uns im Morgengrauen auf die Suche nach einem Schiff.«

Anne hielt das für einen guten Plan. Gemeinsam marschierten sie los, entschlossen, ihr altes Leben hinter sich zu lassen.

2. Kapitel

In der Ferne läuteten die Kirchenglocken acht Uhr. Die Masten der »Great Britain«, eines der neuesten Dampfschiffe Englands, waren schon von Weitem zu sehen. Zwischen ihnen befand sich ein hoher Schornstein. Im Gegensatz zu anderen Dampfschiffen hatte sie kein mächtiges Schaufelrad an der Seite. Stattdessen wurde sie mit einer der neuartigen Schiffsschrauben angetrieben, von der Lucy in der Zeitung gelesen hatte.

»Das ist ja ein Koloss!«, platzte es staunend aus Anne heraus, als sie den Kai entlanggingen. Bisher hatte sie die Schiffe immer nur vom Dachbodenfenster des Waisenhauses aus gesehen. Sie waren ihr wie Spielzeugschiffe vorgekommen. Jetzt sah sie zum ersten Mal, wie groß sie wirklich waren.

»Und eine lange Schlange«, fügte Lucy hinzu und deutete auf die Menschenmenge, die sich vor dem Schiff sammelte.

Der Clerk, der ihr die Fahrkarten verkauft hatte, hatte sie bereits vorgewarnt, aber dass so viele Leute mitfahren wollten, hätte sie nicht gedacht.

Die meisten Passagiere waren schwer bepackt mit Seesäcken und Kisten. Einige wenige hatten Diener bei sich, die ihre Schrankkoffer schleppten. Lucy und Anne wirkten dagegen, als wollten sie nur für einige Tage nach London reisen. Von dem Geld des Reverends waren nach dem Kauf der Tickets nur wenige Shillings übrig geblieben, obwohl sie bloß Plätze auf dem Zwischendeck hatten.

Kaum hatten sich die beiden Mädchen eingereiht, schlossen sich ihnen schon andere Reisende an. Die Landebrücke, über die die Passagiere in den Bauch des stählernen Ungetüms gelangten, war aber noch sehr weit entfernt.

»Na, immerhin sind wir nicht die Letzten«, bemerkte Anne erleichtert und musterte den Schiffsrumpf, der neben ihnen auf und ab schwankte. Große Kisten, die wohl den Reiseproviant beinhalteten, wurden mit einem Kran aufgeladen.

Die Schlange bewegte sich nur langsam voran und die Minuten verrannen zäh. Doch endlich war es so weit und sie standen vor dem Offizier, der für die Verteilung der Passagiere zuständig war.

»Ihr habt Plätze auf dem Zwischendeck«, stellte er fest, dann wies er ihnen die Richtung. »Geht da lang und dann zwei Treppen runter, dort könnt ihr euch irgendeinen Platz suchen.«

Lucy und Anne machten sich auf den Weg. Jetzt, wo sie auf dem Schiff waren, kam es ihnen noch größer vor als ohnehin schon. Auf dem Weg nach unten kamen sie an den Decks mit den Kabinen vorbei.

»Am liebsten würde ich mal hinter eine der Türen schauen«, sagte Anne und reckte staunend den Hals.

»Ich auch«, entgegnete Lucy. »Aber ich glaube nicht, dass das erlaubt ist.«

»Meinst du, es bemerkt jemand?«

»Ja, sicher die Leute, die dort hineinwollen«, gab Lucy zurück. »Immerhin sehen wir nicht so aus, als würden wir hierhergehören.«

Sie malte sich gerade aus, wie es gewesen wäre, mit ihrem Vater zu reisen, da traf sie von hinten plötzlich ein grober Stoß. »Steht hier nicht rum, geht weiter«, schnauzte eine Männerstimme.

»He, was soll das!«, fauchte Lucy und wandte sich um. Ein Mann mit großem Seesack stand hinter ihnen. Mit seiner schweren Last kam er nicht an ihnen vorbei.

»Nun verschwindet schon, sonst mach ich euch Beine!«

So finster, wie er dreinsah, würde er seine Drohung

sicher wahr machen. Also ließen Lucy und Anne das Kabinendeck hinter sich und stiegen noch eine Treppe tiefer.

Das Zwischendeck lag direkt über den Schiffsmaschinen, die allmählich warmliefen. Das Stampfen der Kolben und das Schnaufen des Kessels erinnerten Lucy ein wenig an eine Lokomotive, wenngleich die Dampfmaschinen, die dieses Schiff antrieben, wesentlich größer waren. Der Boden vibrierte unter ihren Füßen, und Geruch von Schmieröl und Kohle drang in ihre Nase.

»Hier unten ist es gruselig«, sagte Anne, während sie sich mit großen Augen umschaute. »Fast so wie im Keller des Waisenhauses.«

Lucy wusste nicht, wie es im Keller des Waisenhauses aussah, aber sie musste zugeben, dass es ein wenig unheimlich war. Es gab zwar Lampen, aber die erhellten den großen Raum nur spärlich.

Als der Strom der nachdrängenden Passagiere ein wenig nachgelassen hatte, machten sie sich auf die Suche nach einem Ruheplatz. Wer zuerst kam, konnte den besten Platz für sich beanspruchen. Einige der guten Ecken waren bereits in Beschlag genommen. Die Plätze neben dem Frachtgut waren noch frei, allerdings bestand auch die Gefahr, dass man von einer dieser Kisten erschlagen werden konnte, wenn die See rau wurde.

Schließlich entdeckte Lucy einen Platz neben einer Familie, die aus einer hochgewachsenen und kräftig gebauten Mutter und vier Kindern unterschiedlichen

Alters bestand. Sie waren gerade dabei, ihre Taschen und Decken abzulegen.

Die Frau nahm zunächst keine Notiz von ihnen, dafür aber eine der beiden Töchter. Sie war vielleicht vier oder fünf Jahre alt und hatte blonde Flechtzöpfe, die ihr knapp bis zur Schulter reichten.

Sie blickte sie eine Weile forschend an, dann zog sie am Kleid der Mutter. Die Frau wandte sich zu ihrer Tochter um, die sogleich auf Lucy und Anne zeigte.

»Ah, Neuankömmlinge. Gut, dass du mir Bescheid gibst, Madison.« Sie strich ihrer Tochter übers Haar und wandte sich dann lächelnd an die beiden Mädchen. »Hallo, ihr beiden, ihr reist doch wohl nicht allein, oder?«

»Doch, das tun wir«, entgegnete Lucy.

Die Frau lachte auf. »Und was sagen eure Eltern dazu?«

»Wir haben keine Eltern mehr«, entgegnete Lucy.

Die Züge der Frau wurden nachdenklich. »Dann seid ihr also aus dem Waisenhaus?«

»Kann man so sagen«, antwortete Lucy der Einfachheit halber. Die ganze Geschichte wäre in diesem Augenblick zu kompliziert gewesen.

»Und man hat euch gehen lassen?«

»Wir sind sechzehn«, antwortete Lucy, was in ihrem Fall fast stimmte, denn ihr Geburtstag war in ein paar Wochen. Anne war ein Jahr jünger, nickte aber dennoch beipflichtend. »Im Waisenhaus konnten wir nicht länger bleiben. Wir haben beschlossen, unser Leben in die eigene Hand zu nehmen.«

Die Frau musterte sie noch einen Moment lang, dann sagte sie: »Ihr seid wirklich mutig. Mein Name ist übrigens Elsa Kavanagh, das hier sind meine Kinder Willy, James, Samantha und Madison. Mein Mann ist bereits in Australien, endlich hatte er genug Geld, um uns nachzuholen. Ich hätte mir natürlich eine Kabine gewünscht, aber die sechs Wochen werden wir hier unten schon aushalten.«

Sechs Wochen! Lucy hatte geahnt, dass die Schiffspassage eine ganze Weile dauern würde, doch sechs Wochen hatte sie nicht im Sinn gehabt. Eingesperrt hier unten würde es wirklich eine sehr lange Zeit werden. Ihre Ankunft in Australien wäre dann erst im Dezember, mitten im Winter. Doch war dann in Australien nicht gerade Sommer? Lucy war verwirrt.

»Na gut, ich muss hier weitermachen.« Die Frau klatschte geschäftig in die Hände. »Am besten, ihr beide richtet euch ein, es kann nicht mehr lange dauern, bis wir ablegen. Ich werde ein Auge auf euch haben, auch wenn ihr euer Leben schon in die eigene Hand nehmen könnt.« Sie zwinkerte ihnen zu, dann nahm sie eine Decke auf und faltete sie auseinander.

Madison beobachtete Anne und Lucy weiterhin, während die beiden es sich auf ihrem Gepäck so gut wie möglich bequem machten. Es wäre eine gute Idee gewesen, Decken mitzunehmen, doch daran hatten sie in der Eile nicht gedacht. Mrs Kavanagh hatte jedoch wirklich ein Auge auf sie und bemerkte, dass sie keine Schlafgelegenheit hatten. Wenig später erschien die zweite Tochter, ebenfalls blond und ein wenig älter als Madison, und brachte ihnen zwei Decken.

»Wenn ich in Australien bin, werde ich auf einem Känguru reiten«, erklärte sie, als Lucy ihr die Decken abnahm.

»Wirst du nicht!«, hielt Madison gleich dagegen.

»Was ist ein Känguru?«, fragte Anne, denn davon hatte sie noch nie gehört.

»Ein riesiges Tier, das springen kann wie ein Floh. Jedenfalls hat es mein Vater so beschrieben. Es soll einen Beutel haben und lange Ohren«, erzählte Samantha.

Anne blickte zu Lucy. Wenn eine von ihnen das Tier kannte, dann sie.

»Ich habe schon mal von diesen Tieren gehört«, bestätigte Lucy. »Oder besser gesagt, ich habe in einem Buch ein Bild gesehen.«

»Hast du das Buch hier?«, fragte Samantha und ihre Augen weiteten sich neugierig.

»Nein, das musste ich zurücklassen.«

»Schade.« Das kleine Mädchen trat von einem Bein auf das andere, dann sagte es: »Mein Vater schrieb uns, dass diese Tiere rote Kängurus genannt werden, weil sie ein rotes Fell haben. Es soll so aussehen wie der Sand, den es in Australien gibt.«

»Aber man kann nicht darauf reiten«, machte sich Madison wieder wichtig und verschränkte die Arme vor der Brust.

»Woher willst du das wissen?«, entgegnete ihre Schwester.

»Weil Daddy das nicht geschrieben hat!«

Lucy versuchte sich vorzustellen, wie ein Känguru wohl aussah. Vielleicht war der Beutel, den es vor sich hertrug, groß genug, dass man einsteigen und sich tragen lassen konnte. Vielleicht nutzten die Australier dieses Tier auch als Lasttier. Sie konnte sich nicht mehr daran erinnern, was darüber in dem Buch gestanden hatte. Aber sie wusste noch, dass das Känguru sie an ein riesiges Kaninchen erinnert hatte.

»Samantha! Madison!«

Mrs Kavanaghs Stimme riss Lucy aus ihren Gedanken fort. Die beiden Mädchen liefen nun zurück zu ihrer Mutter.

»Vielen Dank für die Decken, Mrs Kavanagh!«, rief Lucy der Frau zu, die sogleich abwinkte.

»Keine Ursache, Mädchen! Wenn ihr noch was braucht, sagt mir einfach Bescheid!«

Lucy nickte, wandte sich dann lächelnd ihrer Freundin zu und legte die Decken neben ihre Taschen. Sie würden sie ohnehin erst brauchen, wenn es Abend wurde und sie sich schlafen legen wollten.

Sie hatte gedacht, dass die Dampfmaschine schon ihre volle Lautstärke erreicht hätte. Doch da hatte sie sich getäuscht, denn nun begannen die Maschinen schneller zu laufen. Dass Zittern unter ihren Füßen glich nun einem kleinen Erdbeben.

»Ah, es geht los«, sagte Mrs Kavanagh zu ihren Kindern, dann wandte sie sich Lucy und Anne zu. »Wollt ihr mit nach oben gehen und den Leuten am Hafen zuwinken?«

»Können wir wirklich mitkommen?«, fragte Anne mit leuchtenden Augen zurück. Auch Lucy hatte nichts dagegen, noch einmal ihre Heimatstadt anzusehen, bevor der Weg in ein neues Leben begann. Es war gut, nicht zu vergessen, was hinter ihnen lag.

»Aber sicher doch! Kommt mit, wer weiß, wann ihr das gute alte Bristol wiederseht.«

Mrs Kavanagh scheuchte ihre Kinder zusammen wie eine Henne ihre Küken, dann strebten sie gefolgt von Lucy und Anne dem Ausgang zu. Viele Passagiere schienen das Festland noch einmal sehen zu wollen. Besonders die Leute vom Kabinendeck strebten nach oben. Wahrscheinlich hatten sie Angehörige am Kai, denen sie zuwinken wollten.

Für Lucy und Anne war niemand da, aber das war in diesem Augenblick nicht wichtig. Sie wollten ihrer alten Heimat einfach nur Lebewohl sagen.

An der Reling drängten sich die Leute so dicht, dass sie Mühe hatten, noch etwas vom Kai zu erkennen. In der Ferne konnten sie die Bristol Cathedral und den Turm des Universitätsgebäudes ausmachen.

Das Schiff stieß ein lang gezogenes Pfeifen aus, das Lucy nicht nur hören, sondern auch in ihrer Brust spüren konnte. Der Koloss bewegte sich nun, so sanft, dass man es kaum spürte.

Anne und Lucy blickten auf die Hausdächer, die langsam an ihnen vorüberzogen. Die Mannschaften anderer Schiffe, die noch im Hafen lagen, grüßten die »Great Britain« durch Läuten der Schiffsglocke und durch Rufe, die im Tosen der Dampfmaschinen allerdings nicht genau zu verstehen waren.

Matrosen kletterten nun blitzschnell die Wanten hinauf zu den Rahen. Wenn sie erst mal auf dem Ozean waren, würden die Segel die Maschinen unterstützen und eine noch schnellere Fahrt gewährleisten.

Nach einer Weile hatten sie das Ende des Hafenbeckens erreicht. Der Horizont schien sich nun dem Schiff zu öffnen und das Meer empfing es auf seinem graublauen Spiegel.

Die meisten Passagiere gingen wieder nach unten, Anne und Lucy blieben noch einen Moment an Deck und blickten wie verzaubert auf die Wellen, in denen sich die Wolken und die Sonne spiegelten. Noch eine Weile wurde das Schiff von Möwen begleitet, doch weiter draußen würde es nur mehr den Himmel über ihnen und das Wasser unter dem Schiffskiel geben. Und wenn die Vögel wiederkehrten, würden sie am Ziel sein.

Die Reise dauerte lange. Sie führte an der französischen Küste entlang, um Spanien herum, dann an Gibraltar vorbei durchs Mittelmeer und schließlich zum erst vor einigen Jahren eröffneten Sueskanal in Ägypten.

Als das Schiff den Kanal durchquerte, standen Anne und Lucy an der Reling und bestaunten die fremdartige Landschaft und die bunt gekleideten Menschen am Ufer. Einige von ihnen segelten mit seltsamen Booten über das Wasser. Daneben reckten englische Kriegsschiffe ihre Masten in den Himmel.

Bis zum Roten Meer verlief die Reise noch gut, doch das änderte sich, als sie auf den Indischen Ozean hinausfuhren. Wind und Wellen gewannen hier zunehmend an Wucht. Nach einer Weile kamen sich die Passagiere wie auf einem Papierschiffchen vor, das vom Wasser beliebig hin und her geworfen wurde.

Das Schaukeln des Schiffes bekam nicht jedem. Die Seekrankheit verbreitete sich schnell. An Bord des Schiffes gab es einen Arzt, aber der kümmerte sich zunächst um die begüterten Passagiere in der ersten und zweiten Klasse. Aufs Zwischendeck kam er nur, wenn es sich wirklich um etwas Ernstes handelte. Seekrankheit gehörte nicht dazu. Es gab etliche Menschen, die sich heftig übergaben. Schon bald mischte sich der saure Geruch des Erbrochenen mit dem des Maschinenöls. Es hätte wohl Mittel zur Linderung gegeben, aber die konnten sich die Menschen hier unten nicht leisten.

Unglücklicherweise erwischte die Seekrankheit auch Anne. Kaum etwas anderes als Wasser wollte in ihrem Magen bleiben. Nachdem das zwei Tage lang so gegangen war, wandte sich Lucy besorgt an Mrs Kavanagh.

»Bring sie ein bisschen an die frische Luft, vielleicht wird es dann besser«, riet die Frau, deren Kinder bis jetzt noch nicht unter der Übelkeit zu leiden hatten.

Lucy überredete Anne, mit ihr aufs Oberdeck zu

gehen. Zunächst tat ihr die frische Luft tatsächlich gut und der Anblick der Segel und Schornsteine lenkte sie ein wenig ab. Doch als ein paar Brecher das Schiff durchschüttelten, stürzte sie zur Reling und übergab sich heftig.

»Bring sie am besten wieder nach unten«, riet ihr ein Seemann auf seiner Pfeife kauend und deutete gen Himmel, wo sich die Wolken drohend zusammenzogen. »Ich glaube, dass ein Sturm aufkommt, da wird es ihr noch schlechter gehen.«

Lucy wartete einen Moment lang und hielt Anne die Haare, so gut es ging, aus dem Gesicht, bis sie aufhörte zu würgen. Dann kehrten sie zurück aufs Zwischendeck.

Die Passagiere, die ihnen aus dem Kabinendeck entgegenkamen, sahen sie verwundert an, einige wichen zurück, als glaubten sie, dass Anne eine ansteckende Krankheit hätte. Offenbar setzten sie ärmliche Kleidung mit schlechter Gesundheit gleich.

Anne selbst bekam das nicht mit, aber Lucy machten diese Blicke wütend. Sie war froh, als sie wieder unten waren. Anne ließ sich auf ihr Lager nieder, und als ihre Freundin ihr Wasser geben wollte, schüttelte sie den Kopf.

»Hat nicht geholfen, wie?«, fragte Mrs Kavanagh besorgt.

»Nein«, antwortete Lucy und strich Anne besorgt übers Haar.

In den nächsten Tagen wurde es noch schlimmer. Der Indische Ozean gebärdete sich wie ein wildes

Tier. Überall auf dem Schiff hörte man das Heulen des Windes und spürte das Peitschen der Wellen. Mrs Kavanaghs Kinder pressten sich fest an ihre Mutter, die sie mit irischen Liedern zu beruhigen versuchte.

Anne behielt jetzt noch weniger bei sich. Zuweilen kam auch das Wasser, das Lucy ihr mühsam eingeflößt hatte, wieder heraus. Nur wenn sich das Meer ein wenig beruhigte, brachte sie etwas Zwieback hinunter.

Lucy machte sich Sorgen. Nachts saß sie wach neben Annes Lager, denn schlafen konnte sie nicht. Tun wir das Richtige?, fragte sie sich nicht nur einmal. Ein Zurück gab es allerdings nicht mehr. Und wenn sie es recht überlegte, würde sie sich auch ein zweites Mal für die Reise entscheiden.

Als sie Indien passiert hatten, wurden die Unwetter so stark, dass schließlich alle um ihr Leben fürchteten. Donnergrollen hallte über das Schiff hinweg. Ab und an lösten sich festgezurrte Ladungsteile und flogen wild durch die Gegend. Die Männer, die versuchten, die Kisten wieder in ihre ursprüngliche Position zu bringen, wurden oft von den Füßen gerissen, wenn das Schiff unerwartet herumgeschleudert wurde.

Schon bald machten Geschichten von Seegeistern die Runde und man erzählte sich vom Elmsfeuer, das immer dann auf den Segelrahen erscheinen würde, wenn ein Schiff dem sicheren Untergang geweiht war.

»Meinst du wirklich, das Schiff wird sinken?«, fragte Anne, nachdem sie eine dieser Schauergeschichten mitbekommen hatte.

»Das glaube ich nicht«, entgegnete Lucy und versuchte ihre Angst zu verbergen. »Dieses Schiff ist aus Eisen gebaut, das wird der Sturm nicht zerfetzen.«

Glücklicherweise schlief Anne nun die meiste Zeit. Da sie nur so wenig aß und trank, schwanden ihre Kräfte und unter ihren Augen hatten sich dunkle Schatten gebildet.

Lucy betete, dass die Stürme endlich aufhörten. Zu irgendwas musste es doch gut sein, dass sie beim Reverend Bibeltexte hatte lernen müssen.

Doch selbst als ihre und die Gebete der anderen erhört wurden und die Stürme schließlich nachließen, wurde Annes Seekrankheit nicht besser.

»Armes Ding«, sagte Mrs Kavanagh, die immer wieder nach ihnen sah und dann und wann auch die Wache neben Annes Lager übernahm, damit Lucy ein wenig Schlaf bekam. »Du wirst sie wohl zum Essen zwingen müssen, sonst übersteht sie die Reise nicht.«

Lucy folgte ihrem Rat und flößte Anne ein, was irgendwie in sie hineinging. Mrs Kavanagh machte sich sogar auf den Weg in die Kombüse, um vom Schiffskoch zusätzlich zur Ration noch etwas Brühe zu holen.

»Vielen Dank, ich weiß gar nicht, wie …«, begann Lucy, doch die Frau winkte ab.

»Ist schon gut. Weck deine Freundin und gib ihr was zu essen.«

Lucy rüttelte Anne wach, und als hätte allein schon die Hilfe von Mrs Kavanagh für deren Wohlbefinden gesorgt, hatte Anne sogar Hunger. Sie verspeiste die

Brühe und danach auch noch ein wenig Brot und legte sich wieder hin. Ein rosiger Schimmer bildete sich auf ihren Wangen, und obwohl Lucy wusste, dass es schnell zu einem Rückfall kommen konnte, freute sie sich darüber.

»Es geht bergauf«, sagte sie leise und strich Anne über die Stirn. »Du wirst bald wieder gesund.« Ihre Freundin hörte es nicht, denn sie war schon wieder eingeschlafen.

Es war für die Passagiere auf dem Zwischendeck nicht einfach, ihr Zeitgefühl zu behalten. Minuten dehnten sich manchmal ganz furchtbar, Tage und Wochen vergingen schleppend. Nach einer Weile konnte niemand mehr sagen, welches Datum sie genau hatten.

Eines Morgens überraschte Mrs Kavanagh Lucy und Anne mit einem Teller voller Honigkuchen. »Die habe ich dem Schiffskoch abgeschwatzt. Frohe Weihnachten euch beiden.«

»Es ist Weihnachten?«, fragte Anne verwundert, dann blickte sie Lucy an. »Aber dann …«

»Habe ich Geburtstag«, vollendete Lucy lächelnd ihren Satz.

»Und ich habe kein Geschenk für dich«, seufzte Anne, doch Lucy schüttelte den Kopf.

»Das ist nicht nötig. Dass wir nach Australien reisen, ist das größte Geschenk meines Lebens.«

»Du hast Geburtstag?«, fragte Mrs Kavanagh, die ihre Unterhaltung mit angehört hatte.

»Ja, wenn heute der erste Weihnachtstag ist.«

Mrs Kavanagh reichte ihr die Hand. »Meine Gratulation, Mädchen. Du bist immerhin noch in dem Alter, in dem man sich über die Geburtstage freut.«

Lucy dachte zurück an die freudlosen Geburtstage beim Reverend. Er hatte ihr Geburtsdatum gekannt, ihr allerdings nie gratuliert. Da Weihnachten war, hatte es immerhin gutes Essen gegeben. Annes Glückwünsche waren nie ausgeblieben.

Am Abend rückten die Passagiere des Zwischendecks näher zusammen. Kerzen durften aus Sicherheitsgründen nicht entzündet werden. Doch einer der Auswanderer hatte ein Schifferklavier dabei. Nach anfänglichem Zögern begannen die Menschen mit seiner Begleitung Weihnachtslieder zu singen.

Lucy und Anne wussten, dass auf den Kabinendecks sicher prachtvoller gefeiert wurde. Aber in diesem Augenblick, als sie beieinandersaßen und der Gesang das Deck erfüllte, wollte sie an keinem anderen Ort sein.

In dieser Nacht spürte Lucy den Drang, nach oben zu gehen und ein wenig frische Luft zu schnappen. Davon hatte sie während der bisherigen Fahrt viel zu wenig bekommen, und nun wollte sie die Ruhe auf dem Schiff nutzen.

Vorsichtig, damit Anne ja nicht wach wurde, erhob sie sich von ihrem Lager und schlich nach oben.

Auf dem Kabinendeck war alles ruhig, auch hier war das Maschinengeräusch zu vernehmen, allerdings wesentlich gedämpfter. Auf dem Oberdeck flatterten zusätzlich noch die Segel.

Die Luft war überraschend warm. Wie ein weicher Schleier glitt sie über Lucys Gesicht und fuhr durch ihr Haar. Millionen Sterne funkelten über dem Schiff, mehr noch als Perlen auf dem roten Kleid. Lucy legte den Kopf in den Nacken und entdeckte das Kreuz des Südens. Ihr Vater hatte ihr einmal eine Sternkarte gezeigt, auf der es abgebildet war. Sie versuchte noch andere vertraute Sternbilder zu erkennen, aber es wollte ihr nicht gelingen, denn hier standen die Bilder auf dem Kopf.

»Suchst du den Stern von Bethlehem, Mädchen?«, fragte sie plötzlich jemand.

Lucy wirbelte erschrocken herum. Hinter ihr stand derselbe Seemann, der vor einigen Wochen gemeint hatte, sie solle Anne wieder nach unten bringen.

»Ich wollte nur ein wenig frische Luft schnappen«, antwortete sie.

»So, so. Hältst es wohl im Zwischendeck nicht mehr aus. Frohe Weihnachten übrigens.«

»Danke, Ihnen auch«, entgegnete Lucy, dann fragte sie: »Wie lange wird es wohl noch dauern, bis wir an Land gehen?«, fragte sie.

»Nicht mehr lange, Mädchen«, antwortete der Mann. »Die Zeit der Stürme ist vorüber. Natürlich kann es vor der Küste auch noch mal eine starke Brise geben, aber meine Knie sagen mir, dass das nicht passieren wird. Schon bald werden wir ihn sehen, den roten Kontinent. Weißt du, warum man ihn so nennt?«

»Wegen des Sandes«, entgegnete Lucy.

»Ja, das stimmt. Und weil es nirgendwo sonst solch eine große Sonne gibt. Wenn sie versinkt, dann färbt sie den Himmel so rot, dass man meint, man würde in einem Meer aus Lava schwimmen.«

»Wie ist es in Australien?«, fragte Lucy, denn so, wie der Seemann sprach, musste er sich dort ein wenig auskennen.

»Ich kann dir nur sagen, wie das Leben in den Städten und Pubs ist. Im Hinterland waren nur wenige. Einige meinen, dass dort die Pforte zur Hölle sei, aber das ist Unfug. Es gibt eine große rote Wüste mit vielen giftigen Spinnen und Schlangen, und ich kann mir vorstellen, dass man sich dort im Sand kräftig die Füße verbrennt. Aber da willst du sicher nicht hin.«

Die Schilderung ließ Lucy einen Schauer über den Rücken rinnen.

»Jetzt geh aber besser wieder nach unten, bevor dich der Klabautermann holt«, sagte der Seemann lachend. »In Australien brauchen sie gesunde junge Dinger wie dich, da können wir nicht riskieren, dass er dich kriegt.«

Der Seemann zwinkerte ihr zu und wandte sich um. Lucy hatte keine Lust, wieder nach unten zu gehen. An den Klabautermann glaubte sie nicht, aber sie wollte auch keinen Ärger mit den Matrosen haben. Unweit von ihr gab es drei Rettungsboote. Es würde gewiss nicht auffallen, wenn sie sich eine Weile dort versteckte und das Kreuz des Südens und das Band der Milchstraße betrachtete.

Rasch huschte sie zu den Booten und kauerte sich zwischen sie. Der Anblick der Sterne wirkte beruhigend auf sie und schon bald fielen ihr die Augen zu.

»Land in Sicht!«

Der Ruf schreckte Lucy aus dem Schlummer. Mittlerweile dämmerte der Morgen herauf. Die Matrosen stürmten zur gegenüberliegenden Seite der Reling. Auch Lucy rappelte sich auf und sah nun ebenfalls den dünnen Streifen Festland, hinter dem gerade das erste Morgenrot erschien.

Wenn das keine Überraschung zum zweiten Weihnachtstag war!

Wieder auf dem Zwischendeck angekommen schlängelte sich Lucy zwischen den Schlafstätten hindurch. Mrs Kavanagh, ihre Kinderschar und auch ihre Freundin schliefen noch tief und fest.

»Anne!«, rief Lucy und rüttelte sie an der Schulter. »Land in Sicht, wir sind bald da. Komm, sieh dir das an!«

Anne setzte sich mühsam auf.

»Ich helf dir hoch«, sagte Lucy und legte sich ihren Arm über die Schulter. Als sie einigermaßen sicher auf ihren Füßen standen, schlängelten sie sich zwischen den anderen Passagieren hindurch zur Treppe.

Die Nachricht von dem nahen Land hatte sich mittlerweile wie ein Lauffeuer verbreitet, jedenfalls bei den Passagieren aus den Kabinen. Viele Menschen standen auf dem Oberdeck und blickten zum Horizont, wo die Küste jetzt noch deutlicher zu sehen war.

»Es sieht nicht gerade rot aus«, bemerkte Anne. Der Anblick des Horizontes ließ den Druck auf ihren Magen verschwinden.

»Wir sind ja auch noch nicht nahe genug dran«, entgegnete Lucy. Das Gefühl, dass sie es geschafft hatten, überflutete sie wie eine Welle. Der rote Kontinent lag vor ihnen! Auch wenn er im Moment blaugrau wirkte. Und es sah nicht so aus, als würde ihnen noch etwas im Wege stehen. Der Himmel war klar, keine einzige Wolke war zu sehen. Die Schiffsmotoren liefen ruhig und der Rauch stieg senkrecht aus den Schornsteinen. Die meisten Segel waren eingeholt worden, bei solch ruhigem Wetter brauchten die Maschinen keine Unterstützung.

Zwischendurch zeigten sich Delfine neben dem Schiffsrumpf. In anmutigen Bögen sprangen sie aus dem Wasser und tauchten dann gleich wieder unter. Anne staunte über diese vermeintlich fliegenden Fische, und noch größer wurden ihre Augen, als Lucy ihr erzählte, dass es eigentlich gar keine Fische waren, sondern dass sie Lungen hatten wie die Tiere an Land.

Unter Deck begannen nun die ersten Passagiere bereits mit dem Packen, obwohl sie sicher noch zwei oder drei Tage unterwegs sein würden. Auch Lucy und Anne ließen sich bei ihrer Rückkehr von der Geschäftigkeit anstecken, und da sie nicht viel hatten, saßen sie schon wenig später auf gepackten Taschen und erwarteten die Ankunft in ihrer neuen Heimat.

Zwei Tage nachdem Land gesichtet wurde, erreichte die »Great Britain« Perth, eine Stadt im Westen Australiens. Vom Wasser aus wirkte sie genauso imposant wie Bristol – aber dennoch unterschied sie sich unglaublich von ihr. Die Luft roch vollkommen anders als in England und es war heiß. In Bristol herrschten im Moment sicher Kälte und Nebel, vielleicht gab es auch Schnee.

Die Sonne war hier tatsächlich viel kräftiger, denn es gab keinen Dunst, den ihre Strahlen durchdringend mussten. Und hier war gerade Sommer, die Jahreszeiten waren genau umgekehrt wie in England.

Lucy stand an der Reling, um so viel wie möglich von ihrer neuen Heimat zu sehen. Und was sie sah, gefiel ihr. Sie entdeckte dichte Wälder und hohe Felsen, die ins Meer hereinragten. Fremdartig bunte Vogelschwärme huschten über das Schiff hinweg.

Wenn es hier schon so interessant aussah, wie war es dann erst im Hinterland? Als das Schiff am Nachmittag in den Hafen einfuhr, huschte sie rasch nach unten, wo ihr schon die ersten Passagiere mit großen Reisekoffern entgegenkamen. Sie wich den Ungetümen geschickt aus und erreichte schließlich das Zwischendeck.

»Na, Mädchen, wie sieht es oben aus?«, fragte Mrs Kavanagh, die nun ihren Mantel und ihren Hut aufgesetzt hatte und damit beinahe wie eine Dame wirkte.

»Sehr schön«, strahlte Lucy. »Aber es wird wohl noch eine Weile dauern, bis wir hier rauskommen. Die Passagiere der oberen Decks lassen gerade ihr

Gepäck raustragen. An den sperrigen Koffern und Kisten kommt man nur schlecht vorbei.«

Mrs Kavanagh zuckte mit den Schultern. »Nun, wir haben es nicht eilig. Nicht wahr, Kinder? Das Land und seine Wunder werden auf uns warten.« Die Jungen und Mädchen, die ebenfalls so fein, wie es der Familie möglich war, angezogen waren, nickten einhellig.

»Wisst ihr schon, wo ihr hinwollt?«, fragte Mrs Kavanagh, als Lucy ihr die geliehenen Decken zurückbrachte. »Ich habe mir sagen lassen, dass es rings um Perth nicht viel geben soll, nur Wildnis und Sand. Ein paar Farmen haben sich dort angesiedelt, außerdem gibt es christliche Missionen, aber alles Leben findet hauptsächlich in Perth statt.«

»Wir haben auch vor, erst einmal dortzubleiben«, entgegnete Lucy, und Anne fügte hinzu: »Vielleicht finden wir eine Anstellung in der Stadt.«

»Wenn ihr wollt, höre ich mich mal um, ob sie irgendwo Dienstmädchen brauchen«, bot Mrs Kavanagh an. »Kommt einfach mal auf unsere Farm nördlich der Stadt, dort könnt ihr übernachten, und vielleicht kann ich euch sagen, wo Arbeitskräfte gebraucht werden.«

»Vielen Dank, das ist sehr freundlich von Ihnen«, entgegnete Lucy. Sie hatte freilich nicht vor, wieder als Dienstmädchen zu arbeiten. Sie wollte etwas anderes. Was, das wusste sie noch nicht, aber es musste auf dieser Welt doch andere Tätigkeiten geben, als irgendwelche mürrische Reverends zu bedienen. Vielleicht suchte man Aushilfen in Lokalen, Arbeiterinnen in Wäschereien oder Pflegerinnen in Hospitalen. Alles erschien ihr besser, als wieder in den Dienst zu gehen.

Der Hafen pulsierte vor Leben. Zahlreiche Mastbäume kleinerer und größerer Schiffe reckten sich in den Himmel und wirkten wie ein entlaubter Wald, der mit verschiedenfarbigen Segeltüchern geschmückt war. Dazwischen rauchten die Schornsteine jener Dampfschiffe, die gerade ablegen wollten.

Auf dem Kai waren Männer und Lastkräne, die die Ladung des Schiffes löschen wollten. Einige der Passagiere wurden von Verwandten erwartet, außerdem gab es noch zahlreiche Kofferträger, die darauf warteten, sich ein paar Shillings zu verdienen. Kleinere und größere Kutschen standen bereit, um Menschen in die Stadt zu bringen.

Dazwischen drängten sich die Neuankömmlinge, die bereits von Bord gegangen waren. Einige blickten sich suchend um, andere wurden gerade von ihren Familienmitgliedern in Empfang genommen.

Lucy sah sich nach Mrs Kavanagh um, doch sie konnte sie und ihre Kinderschar nicht mehr finden. Wahrscheinlich hatte sie ihr Mann mit einem Pferdegespann abgeholt.

Auf eines der Schiffe wurden gerade große Kisten verladen, vor einem anderen warteten die Passagiere. Eine Frau, die ihre zarte Gesichtshaut mit einem breitkrempigen Hut schützte, trug in einem Käfig einen Vogel bei sich, der einem Papagei ähnelte. Er hatte einen großen gebogenen Schnabel und graue Federn an Schwingen und Rücken. Der Bauch jedoch leuchtete ihn einem grellen Rosaton, beinahe so wie der Schal, den die Frau zu ihrem grauen Reisekleid trug. Es war offensichtlich, dass sie den Vogel passend zu ihrer Garderobe ausgesucht hatte, wie eine Brosche oder einen Mantel.

»Was meinst du, stammt der Vogel von hier?«, fragte Anne, die Mitleid mit dem Tier hatte.

»Ich glaube schon«, antwortete Lucy und betrachtete den Papagei. Er saß mit eingezogenem Kopf auf der Stange und rührte sich nicht. Wahrscheinlich fragte er sich, wann sich die Käfigtür öffnen würde und er wieder zu seinen Artgenossen fliegen konnte.

»Er sieht nicht glücklich aus«, sagte Anne.

»Das ist er wohl auch nicht«, stimmte Lucy ihr zu.

Sie verließen den Hafen in Richtung Stadt. Hier bemerkten sie zwischen den weißen auch dunkelhäutige Menschen in seltsamer Kleidung, deren Gesichter mit Zeichnungen verziert waren. Lucy blickte sie fasziniert an und fragte sich, ob sie wohl aus Afrika stammten wie die Schwarzen in Bristol oder ob diese Menschen die australischen Eingeborenen waren.

Dem Hafen schloss sich eine breite Straße an. Die meisten Gebäude waren aus Holz gebaut und bunt angestrichen. Schilder mit riesigen Aufschriften verrieten den Passanten die Lage von Geschäften, der Town Hall, dem Government Building und der Polizei.

Plötzlich wurden Hufgetrappel und Rufe laut. Mehrere Reiter bahnten sich rücksichtslos ihren Weg durch die Passanten. Sie trugen lange Mäntel aus dünnem gelbem Stoff und ihre Gesichter wurden von breiten Hutkrempen überschattetet.

Einige Leute mussten sich mit einem beherzten Sprung vor den Pferdehufen retten, eine Frau verlor ihren Korb, wobei sein Inhalt über die Straße verstreut und von den Pferden niedergetrampelt wurde.

Schließlich kamen den Reitern einige schwarze Menschen in die Quere. Obwohl auch sie zur Seite sprangen, zog einer der Männer die Peitsche und hieb blindlings in die Gruppe. Eine helle Stimme schrie schmerzvoll auf.

Auch Lucy und Anne mussten ausweichen. Einer der Reiter kam so dicht vorbei, dass sie sein Pferd und das Leder des Sattels riechen konnten. Dabei rempelten sie versehentlich Leute hinter ihnen an, die daraufhin zu schimpfen begannen.

»Verdammte Mistkerle«, murmelte ein Mann. »Die glauben wohl, sie könnten sich alles erlauben.«

»Sei lieber still«, raunte ihm sein Nebenmann zu. »Sonst prügeln sie dich auch noch. Sollen sie sich lieber die Wilden vornehmen als dich und deine Familie.«

Angesichts dieser Worte hätte Lucy zu gern gewusst, um wen es sich bei den Reitern handelte. Zorn wallte in ihr auf. Ihr Vater hatte ihr einst vom Sklavenhandel erzählt, der mittlerweile verboten war, und sie hatte nicht verstehen können, warum Menschen mit anderer Hautfarbe schlechter behandelt wurden. Offenbar war das hier nicht anders.

Nachdem die Reiter noch eine Weile für Unruhe gesorgt hatten, verschwanden sie wieder in Richtung Hafen.

Ein paar Männer sammelten das, was nicht unter die Pferdehufe gekommen war, wieder in den Korb der in Tränen aufgelösten Frau. Die Gruppe schwarzer Menschen kümmerte sich um ein Mädchen, das offenbar den Peitschenhieb abbekommen hatte.

»Was meinst du, waren das Banditen?«, fragte Anne, als sie schließlich weitergingen.

»Das glaube nicht«, entgegnete Lucy und deutete auf das Schild des Polizeireviers. »Hier ist doch gleich die Polizei. Echte Banditen hätten sich sicher nicht einfach so in die Stadt gewagt.«

»Vielleicht haben die Polizisten selbst Angst vor ihnen«, flüsterte Anne und sah sich noch einmal in die Richtung um, in der die Reiter verschwunden waren.

»Das glaube ich nicht. – Komm, lass uns dorthin gehen.« Lucy deutete auf ein Haus, auf dem in großen Buchstaben »Megans Pub« zu lesen war. Dort würden sie sicher etwas zu essen bekommen. Und alles andere würde sich finden.

Schnurstracks strebten sie dem Pub zu, das aus massiven Holzbohlen errichtet worden war. Die Stämme hatte man geschwärzt, um sie wetterfest zu machen. Aus dem Inneren ertönte ein Schifferklavier. Die Gäste stimmten ein altes Seefahrerlied an, dessen Melodie Lucy schon in den Straßen von Bristol gehört hatte.

Etwas unsicher standen die beiden Mädchen bei der Tür. Keine von ihnen war je in einem der Pubs von Bristol gewesen.

»Willst du da wirklich rein?«, fragte Anne, als sie vor der Tür haltmachten.

»Warum denn nicht?«, entgegnete Lucy.

»Na ja, wir haben nur noch ein paar Shillings.«

»Irgendwas werden wir dafür schon bekommen. Außerdem können wir hier fragen, ob irgendwo Arbeitskräfte gebraucht werden.«

Kaum hatte Lucy das gesagt, flog die Tür auf. Ein riesiger, rotbärtiger Mann hielt einen anderen am Kragen und beförderte ihn mit einem Tritt nach draußen. Lucy und Anne konnten gerade noch zur Seite springen. Der Getretene, der einen ähnlichen gelben Mantel trug wie die Reiter, fiel in den Staub vor dem Gehweg und stieß einen lauten Fluch aus.

»Das wirst du bereuen, Macintosh. Harrison wird dich dafür bezahlen lassen!«

Der Rausschmeißer zeigte sich nicht beeindruckt.

»Dann solltest du deinem feinen Boss mal sagen, wie du dich hier benommen hast!« Ein deutlicher schottischer Akzent schwang in seinen Worten mit. »Sieh zu, dass du deinen Hintern von hier wegschaffst, durch diese Tür kommst du nicht mehr!«

Der Mann wischte sich die Hände ab, als hätte er gerade etwas Schmutziges angefasst, dann stemmte er die Hände in die Seiten. Wie ein kampflustiger Bär versperrte er nun den Eingang. Der andere im gelben Mantel rappelte sich auf. Noch immer grummelte er vor sich hin, doch diesmal so leise, dass es der Rausschmeißer nicht verstehen konnte. Er klopfte sich den Staub von seiner Kleidung, dann zog er von dannen.

Lucy und Anne blickten sich überrascht an. So etwas hatten sie in Bristol nicht erlebt.

»Was ist mit euch?«, fragte der Schotte, als er die beiden Mädchen sah. Lucy und Anne zogen sofort die Köpfe ein. Wenn der Mann schon kein Problem gehabt hatte, einen Erwachsenen aus dem Pub zu werfen, konnte er sie bestimmt bis auf die gegenüberliegende Straßenseite schleudern.

»Wir wollten eigentlich nur was fragen«, antwortete Lucy.

»Und wir wollen bestimmt auch keinen Ärger machen«, fügte Anne rasch hinzu.

Der Rausschmeißer musterte sie daraufhin einen Moment lang von oben bis unten, dann trat er beiseite. »Nun gut, wenn das so ist, kommt rein.«

Lucy und Anne huschten an dem Mann vorbei, der hinter ihnen eintrat und die Tür zuzog.

Das Pub war gemütlich eingerichtet. Zahlreiche Tische standen über den Raum verteilt, Öllampen spendeten Licht und hinter der Theke hing ein großer Spiegel, in dem man den ganzen Raum überblicken konnte. Auf einem Regal standen zahlreiche Flaschen, auf der Theke türmten sich die Gläser.

»Megan, Darling, hier sind zwei Mädchen, die wollen was fragen!«, rief er zu Lucys großer Überraschung quer durch den Raum. Sogleich richteten sich sämtliche Augenpaare auf die beiden, was ihnen alles andere als angenehm war.

Die Gerufene, wahrscheinlich die Frau des Rausschmeißers, erschien sogleich in der Tür. Sie trug ein blassrotes, hochgeschlossenes Kleid mit kleinem Spitzenkragen. Die halblangen braunen Locken auf ihrem Kopf bildeten ein wildes Durcheinander, das sie nicht einmal mit mehreren Dutzend Haarklammern bändigen hätte können. Aber irgendwie verlieh ihr diese Zottelfrisur etwas Sympathisches.

»Dann kommt mal, ihr beiden, ihr seht so aus, als wärt ihr gerade mit dem Schiff gekommen.«

»Das sind wir«, entgegnete Lucy und zog ihre Freundin zu dem langen Tresen.

»Und was wollt ihr wissen?«

»Wo es hier Arbeit gibt«, antwortete Lucy.

Die Frau musterte sie kurz, dann sagte sie: »Ihr könnt zur ›Mission of Christ‹ gehen. Die unterhält hier ein Hospital und freut sich über jede helfende Hand.«

»Und wo finden wir die Mission?«

»Am Stadtrand. Das Lazarett ist nicht zu übersehen; sie betreiben auch eine Suppenküche und ein Lager für all jene Neuankömmlinge, die sich nichts zu beißen leisten können.«

Die Wirtin sah sie noch einen Moment lang an, dann griff sie unter den Tresen und reichte Lucy zwei Pasteten.

»Hier, weil grad Weihnachten war. Nehmt sie als Wegzehrung. Besonders die da sieht so aus, als könnte sie es gebrauchen.« Damit deutete sie auf Anne.

»Vielen Dank«, sagte Lucy, woraufhin sich die Wirtin mit einem Nicken wieder umwandte.

»Am Stadtrand« war als Lagebezeichnung für die Mission etwas ungenau. Lucy und Anne mussten eine ganze Weile laufen, bis schließlich die Mission vor ihnen auftauchte.

Das große Haupthaus war wie das Pub aus massiven Bohlen und Brettern zusammengezimmert worden. Über eine Treppe und eine Veranda gelangte man zum Haupteingang. Auf dem Dach wehten zwei Fahnen, die britische und eine weiße mit einem Kreuz darauf. Dahinter standen zwei weiße Holzbaracken, obendrein konnten die beiden Mädchen auch noch Zelte ausmachen, die wohl zur Aufnahme obdachloser Neuankömmlinge gedacht waren. Ein Pferdewagen stand neben dem Haupthaus, doch das Pferd war ausgeschirrt worden. Nur wenige Menschen waren zu sehen, vor allem Männer, die vor einem der Zelte standen und rauchten.

Lucy und Anne wagten sich näher an das große Gebäude heran.

»Mission of Christ« stand in großen Lettern auf dem Schild, an dem gerade ein schneeweißer Kakadu turnte. Lucy und Anne beobachteten die Kapriolen des Tiers, das sich mal mit den Füßen und mal mit dem kräftigen Schnabel an dem Holz festhielt, dazu heftig mit den Flügeln schlug und krächzte.

»Kann ich euch helfen?«, fragte plötzlich eine resolute Frauenstimme.

Lucy und Anne blickten erschrocken zur Tür des Gebäudes. Dort stand eine Frau in weißem Kleid, die ihre Hände auf die Hüften gestemmt hatte. Ihr Haar war unter einem Kopftuch verborgen, an einigen losen Haarsträhnen konnte man erkennen, dass es rot war.

»Wir sind gerade aus England angekommen«, erklärte Lucy. »Und suchen Arbeit.«

»Das tun viele hier, Mädchen«, entgegnete die Schwester und deutete in Richtung Zelte. »Genau genommen jeder, der hier ankommt, will Arbeit. Ihr habt sicher gesehen, dass die Straßen voller Menschen sind.«

»Ja, das haben wir«, gab Lucy zurück. »Aber man sagte uns, bei Ihnen werden Hilfskräfte gesucht.«

»Wer hat euch das gesagt?«, fragte die Schwester.

»Megan, die Wirtin aus dem Pub«, antwortete Lucy. »Sie riet uns, zu Ihnen zu gehen.«

Die Schwester betrachtete sie. Lucy und Anne waren sich mehr denn je bewusst, dass ihre Kleider noch schäbiger waren als bei der Abreise von Bristol. Aber wie sollte man denn auch aussehen, wenn man so lange auf einem Schiff unterwegs gewesen war?

»Habt ihr früher schon mal irgendwo gearbeitet?«, fragte die Schwester dann.

»Ich war im Dienst eines Reverends«, antwortete Lucy, und bevor Anne etwas Falsches sagen konnte, fügte sie rasch hinzu: »Sie hat in einer Wäscherei gearbeitet.«

»Und wie lauten eure Namen?«

»Ich bin Lucy Farnsworth und das ist Anne Miller«, stellte Lucy sie beide vor.

»Könnt ihr lesen und schreiben?«, fragte die Schwester.

Beide Mädchen nickten.

»Wie sieht es mit dem Rechnen aus?«

»Das können wir auch«, entgegnete Lucy.

»Außerdem habe ich Handarbeit beigebracht bekommen«, fügte ihre Freundin hinzu. »In der Wäscherei musste ich oft Wäsche flicken.«

»Schön«, sagte die Schwester nun. »Ich gebe euch eine Probezeit von einem Monat. Wenn wir dann mit euch zufrieden sind, könnt ihr bleiben. Ihr werdet Kost und Logis frei haben und auch einen kleinen Lohn erhalten. Kommt mit.«

Die Schwester verschwand in der Tür. Lucy und Anne beeilten sich, ihr zu folgen.

»Ich bin Schwester Margaret und leite die Mission«, sagte die Frau, während sie mit langen Schritten die einfach eingerichtete Eingangshalle durchquerte. »Außer mir gibt es noch fünf andere Schwestern. Wir betreuen eine Suppenküche und ein Lazarett, das in den Baracken untergebracht ist, die ihr gesehen habt. Die Menschen, die nicht auf Anhieb eine Bleibe in Perth finden, werden in dem großen Zelt untergebracht, und je nachdem wie viele Kranke wir haben, auch in einer der Baracken. Im Haupthaus befindet sich die Küche, außerdem wohnen hier die Schwestern.«

Sie erklommen die Treppe, die ins erste Stockwerk

führte, dann durchquerten sie einen Gang. Vor einer der Türen machten sie halt.

»So, da wären wir«, sagte die Schwester und öffnete sie.

Der Raum war schmucklos und verfügte nur über zwei Betten, eine Kommode und einen alten Kleiderschrank. An der Wand hing ein Kruzifix, und auf den Kopfkissen lagen Bibeln.

»Das ist eines unserer Gästezimmer«, erklärte Schwester Margaret. »Später, wenn ihr hier fest angestellt seid, werdet ihr andere Quartiere bekommen. Richtet euch ein und vergesst nicht, dass die Bibeln dort keine Briefbeschwerer sind, sondern zum Lesen.«

Lucy und Anne nickten gehorsam.

»Ihr werdet in der Bibel lesen und euch darauf gefasst machen, hin und wieder von uns abgefragt zu werden«, fügte Schwester Margaret hinzu. »In der Mission zu arbeiten ist nicht einfach nur eine Anstellung, es bedeutet auch, gottesfürchtig zu sein. Jeden Sonntag halten wir einen Gottesdienst und beten täglich. Flüche und blasphemische Reden dulde ich nicht.«

Dasselbe hatte Reverend McCallahan auch ständig gesagt, und Lucy war nicht gerade begeistert, dass es hier genauso weitergehen sollte. Aber sie hatten immerhin eine Bleibe und Arbeit.

»Außerdem rate ich euch, vorsichtig zu sein«, fügte die Schwester hinzu. »Hier in der Gegend gibt es viele wilde Tiere, manchmal kommen sie auch in die Häuser. Einige sind giftig, ihr werdet sie also weder anfassen noch anlocken. Das gilt besonders für die Dingos, die werden wir sonst nicht wieder los.«

»Was sind Dingos?«, wollte Anne wissen, und Schwester Margaret erklärte: »Das sind Wildhunde. Sie sind schlau, und wenn sie erst einmal jemanden gefunden haben, der freigiebig ist, schleichen sie ihm ständig nach. Ach ja, und haltet auf alle Fälle die Fenster bei Nacht geschlossen. Ich will nicht eure Beerdigung bezahlen müssen, weil ihr euch von einer Schlange habt beißen oder von einem Skorpion stechen lassen.«

»Verstanden, Schwester Margaret«, kam es im Chor von Lucy und Anne.

»Gut. Ich werde euch jetzt saubere Kleider raussuchen, die könnt ihr nachher aus meinem Büro holen. Richtet euch inzwischen schon mal ein.«

Damit verschwand die Schwester wieder aus dem Zimmer. Die beiden Mädchen sahen sich an und lächelten breit. Ihnen war beiden nach Jubeln zumute, aber das wagten sie nicht, denn Margaret war noch in der Nähe.

Stattdessen umarmten sie einander stumm und begannen dann ihre magere Habe auszupacken. Die Kleidungsstücke wanderten in die Kommode, die kleinen Wertsachen unter das Kopfkissen.

Wir haben es geschafft, dachte Lucy stolz und ein wenig ungläubig, als sie aus dem Fenster auf das freie Land jenseits der Häuser blickte.

3. Kapitel

Lucy durchschritt eine fremde Landschaft. Bäume mit weißen, knorrigen Stämmen und blassgrünen Blättern säumen ein Gebiet, das nur aus rotem Sand zu bestehen schien. Vereinzelt ragten gelbe Büschel aus dem Boden, und Tiere, deren Namen sie nicht kannte, huschten über den Boden.

Lucy schritt mit nackten Füßen voran und fühlte die Wärme, doch ihre Haut verbrannte nicht. Als sie an sich hinabsah, bemerkte sie, dass sie nur ein weißes Hemd trug wie die Ägypter, die sie beim Sueskanal gesehen hatte.

Plötzlich erzitterte der Grund unter ihren Füßen. Lucy wollte rennen, aber ihre Füße fühlten sich an, als wären sie aneinandergefesselt. Nach einer Weile sah sie die Ursache des Bebens. Eine mächtige Schlange erschien am Horizont und glitt auf sie zu. Ihre Schuppen glänzten regenbogenfarbig, wenn sie vom Licht getroffen wurden.

Suchend wandte sie ihren großen Kopf von einer Seite zur anderen. Schließlich wurde sie auf Lucy aufmerksam. Sie funkelte sie mit ihren großen gelben Augen einen Moment lang an, dann kam sie direkt auf sie zu. Lucys Herz begann zu rasen und gleichzeitig rann ein kalter Schauer über ihr Rückgrat. Die Schlange öffnete ihr Maul und ihr Atem schoss Lucy wie ein heißer Wüstenwind entgegen. Der rote Sand wirbelte in die Höhe und umfing sie, und sie war sicher, dass die Schlange sie jeden Augenblick verschlucken würde …

Keuchend schreckte Lucy auf.

Sie wusste im ersten Moment nicht, wo sie war, und auch nicht, ob sie geschrien hatte. Nachdem sie ihren Orientierungssinn wiedergefunden hatte, erkannte sie im Dunkeln die Umrisse von Anne, die tief und fest im Bett gegenüber schlief.

Das erste Dämmerlicht des Morgens fiel durch die Fensterscheibe. Die Häuser hoben sich davor beinahe schwarz ab. Alles war still, nur Annes Atemzüge und ihre eigenen waren zu vernehmen.

Lucy ließ sich wieder aufs Bett sinken.

Was hatte der Traum zu bedeuten? Eine Warnung? Die Schlange konnte doch nichts Gutes bedeuten!

Sie blickte eine Weile in die Dunkelheit und hörte von draußen fremdartigen Vogelgesang. Lange konnte es nicht mehr dauern, bis es hell wurde. Sie überlegte, ob sie jetzt schon aufstehen sollte, doch dann entschied sie sich dagegen. Wenn sie herumlief, würden nur die Dielen knarren und Anne womöglich wecken. Also schloss sie wieder die Augen und ließ zu, dass das Gezwitscher den Traum beiseitedrängte.

Wenig später wurde Lucy von einem Schrei geweckt. Sofort fuhr sie auf. Sie rieb sich rasch den Schlaf aus den Augen.

Es war Anne, die da schrie. Aber nicht, weil sie einen Albtraum hatte. Sie stand wie erstarrt an der

Tür und deutete auf etwas, das Lucy nicht erkennen konnte. Augenblicklich sprang sie aus dem Bett. Ein Zischen ertönte und ihr wurde klar, dass sie eine Schlange im Zimmer hatten. Zusammengerollt lag sie vor der Türschwelle und erhob ihren Kopf. Ihre Zunge schoss züngelnd aus ihrem Maul, ihre Augen musterten sie, als wollten sie sie hypnotisieren.

»Tritt ein wenig zurück«, sagte Lucy und fasste Anne am Ärmel ihres Nachthemdes. Gleichzeitig fragte sie sich, wie lange das Tier wohl schon hier war. Vielleicht hatte sie nur von der riesigen Schlange geträumt, weil sie gespürt hatte, wie das Tier über sie hinweggekrochen war. Grauen und Ekel erfassten sie nachträglich.

»Ich trau mich nicht«, wisperte Anne. »Wenn sie merkt, dass ich mich bewege, wird sie bestimmt angreifen.«

»Aber wenn du so nahe bei ihr bleibst, wird sie dich eher erreichen.«

Anne überlegte einen Moment lang, ob sie den Worten ihrer Freundin oder ihrem eigenen Instinkt trauen sollte. Als sie einen Fuß hob, stieß die Schlange wieder ein böses Zischen aus. Ihr Leib bewegte sich, es schien, als wollte sie sich jetzt entrollen.

Als Anne das merkte, wimmerte sie, und auch Lucy konnte ihre Angst kaum mehr beherrschen.

»Was machen wir denn jetzt?«, flüsterte Anne und ließ ihren Fuß in der Schwebe.

»Ich weiß nicht.« Lucy durchforstete ihren Verstand nach einer Information, die sie über Schlangen gelesen hatte, doch ihr wollte nichts einfallen. Sie wusste ja nicht einmal, was für eine Schlange das war!

Plötzlich wurde die Tür aufgerissen und Schwester Margaret erschien.

»Vorsicht, eine Schlange!«, rief Lucy ihr zu und deutete auf den Boden.

Die Schwester blickte nach unten und mit einer Schnelligkeit, die sie ihr gar nicht zugetraut hätten, packte sie den Kopf des Tiers. Das Zischen wurde lauter, doch die Schwester schien das nicht zu kümmern.

»Hab ich euch nicht gesagt, dass ihr die Fenster geschlossen halten sollt?«, fragte sie. »Ihr habt Glück, dass diese Schlange nicht giftig ist. Wäre es ein Taipan gewesen, wärt ihr vermutlich schon tot!«

»Wir hatten die Fenster geschlossen, die Schlange muss schon hier gewesen sein …«

Die Schwester hörte anscheinend nicht hin. »Ich sag es euch noch mal, das hier ist Australien und nicht England! Hier müsst ihr mit allerlei Tieren rechnen, die nachts durch das Fenster krabbeln oder kriechen. Und jetzt macht euch fertig, gleich nach dem Frühstück beginnt euer Dienst.«

Mit diesen Worten wandte sich die Schwester um und trug die Schlange nach draußen.

Anne erschauerte noch einmal, dann fragte sie: »Was macht sie jetzt mit ihr?«

Lucy hob vielsagend die Augenbrauen. »Mein Vater hat mal erzählt, dass sie in Indien Schlangen essen.«

»Aber das hier ist Australien!«

»Nun, vielleicht isst man sie hier auch. Wir werden sehen, was wir zum Frühstück bekommen.«

Damit knuffte Lucy Anne kurz in die Seite und ging dann zur Waschschüssel.

In der Küche lernten die Mädchen die anderen Schwestern kennen. Muriel und Emma arbeiteten in der Suppenküche, Minerva war für das Hospital zuständig, Claudine und Bertha kümmerten sich um die Neuankömmlinge von den Schiffen. Sie verteilten Kleider und Bettzeug und halfen den Leuten, sich in der Stadt zurechtzufinden. Außerdem kam jeden Sonntag der Reverend der örtlichen Kirche vorbei und las den Gottesdienst. Wenn Not am Mann war, griff man auch auf Freiwillige aus der Stadt zurück, aber Margaret meinte, dass es natürlich besser sei, zwei weitere feste Gehilfinnen zu haben.

Nach Morgengebet und dem Frühstück, das auch hier aus Porridge bestand, begann ihr Dienst. Lucy und Anne bekamen Schürzen, durch die sie gleich als Angehörige der Mission zu erkennen waren. Man teilte sie zunächst der Suppenküche zu, denn für den Dienst an den Kranken mussten sie erst ausgebildet werden. Jetzt war es ihre Aufgabe, alle Hilfsarbeiten in der Küche zu erledigen. Geschirr waschen und wegräumen, Töpfe scheuern, anschließend Wasser und Feuerholz holen und dann Gemüse schneiden.

Schwester Margaret erwies sich als ziemlich robust, und wenn sie auch ein wenig brummig war, hatte sie doch ein gutes Herz.

»Schneid dir nicht in die Finger, Mädchen, bei der Hitze kannst du dir schnell den Brand holen«, sagte sie zu Lucy, als diese mit dem Messer gefährlich nahe an ihren Daumen kam.

»Und du pass auf den Herd auf«, rief sie Anne zu. »Bei dieser Trockenheit brennt alles wie Zunder, lass ja keine Glut nach draußen fallen oder deine Haare hineingeraten.«

Anne nickte, dann öffnete sie die Tür des gusseisernen Herdes, der die Luft in der Küche noch zusätzlich aufheizte. Rote Feuerzungen leckten ihr entgegen, und sie beeilte sich, die Holzscheite hineinzuwerfen.

Nach dem Austeilen des Mittagessens und dem Abwasch wurden sie ins Lazarett geschickt. Die meisten Patienten hier waren Neuankömmlinge von Übersee, die während der Reise krank geworden waren. Andere Patienten waren Farmarbeiter, die von wilden Tieren verletzt worden oder vom Pferd gefallen waren.

Schwester Minerva stand dem Hospital vor. Sie war eine hagere, hochgewachsene Frau, die eine schier unerschöpfliche Energie ausstrahlte. Sie stellte die Mädchen dem Arzt vor, der neben seinen Patienten in der Stadt auch das Lazarett der Mission ärztlich betreute. Er erinnerte Lucy an Dr. Hargrove, nur war er etwas jünger, hatte rotes Haar und sprach mit dem gleichen schottischen Akzent wie Megans Ehemann.

»Mein Name ist Seamus McNall«, sagte er und begrüßte sie mit einem kräftigen Handschlag. »Ihr wollt mir also im Hospital helfen?«

Die Mädchen nickten.

»Nun, dann hoffe ich, dass ihr furchtlos seid und einen guten Magen habt. Manche Dinge hier sind alles andere als geeignet für junge Damen.«

»Davor fürchten wir uns nicht«, entgegnete Anne, bevor Lucy es tun konnte.

»Das spricht für euch, aber ich sage euch, es ist etwas anderes, bloß ein wenig Blut zu sehen oder dabei zu helfen, jemandem ein Bein zu amputieren oder einen Abszess aufzustechen.«

»Auch das schreckt uns nicht«, entgegnete Lucy kühn. »Geben Sie uns irgendetwas zu tun und wir erledigen es.«

Der Arzt hob die Augenbrauen und blickte sie prüfend über den Rand seiner Nickelbrille an. »Nun gut, wie ihr wollt. Ich werde euch zunächst mit einfachen Dingen betrauen. Verbände waschen und zusammenrollen, Handlangerarbeiten verrichten. Macht ihr das gut, bekommt ihr anspruchsvollere Aufgaben und könnt mir irgendwann sogar assistieren.«

Dr. McNall blickte zu der Schwester. »Seien Sie doch bitte so gut und zeigen Sie den Damen die Waschküche.«

Die Wäscherei war am hinteren Ende der ersten Hospitalbaracke untergebracht. Lucy und Anne blickten besorgt auf den Haufen Verbandstücher, der vor dem Waschzuber lag. Darauf waren Blut, Eiter und Rückstände irgendwelcher Salben.

»Ihr werdet heute erst einmal die Wäsche machen«, erklärte Schwester Minerva. »Unser Vorrat an Verbandstüchern geht aus. Bis zum Abend sollte die Wäsche auf der Leine sein.«

Lucy und Anne nickten gehorsam, und als die Schwester wieder gegangen war, standen sie ein wenig ratlos vor dem Wäschehaufen.

»So was Ekliges hatten wir im Waisenhaus nicht, da gab es nur schmutzige Laken, Hemden und Hosen«, bemerkte Anne im Flüsterton.

Lucy legte den Kopf schief, dann sagte sie: »Der Doktor will uns prüfen. Er will wissen, ob wir wirklich alles machen, was er verlangt. Und irgendwer muss die Verbandstücher waschen.«

»Aber diese Flecken kriegt man nie wieder raus.«

»Mit kaltem Wasser und Gallseife sollte es gehen.« Lucy bückte sich nach einem der Wassereimer. »Komm, holen wir erst einmal Wasser. Vielleicht finden wir noch so etwas wie einen Wäschestock, mit dem wir das Zeug durchwalken können.«

Auf dem Weg nach draußen sahen sie wieder den putzigen weißen Kakadu. Seine Schreie klangen, als wollte er sie auslachen. Aber die beiden Mädchen ließen sich nicht beirren. Mochte es in diesem Land Schlangen geben und man sie so viele schmutzige Verbandstücher waschen lassen, wie das Hospital fassen konnte. Sie würden nicht aufgeben.

Als Dr. McNall am Abend zu ihnen kam, fand er die Leine voll mit Binden und Verbandstüchern. Ein zufriedenes Lächeln huschte über sein Gesicht.

»Ihr habt euren ersten Tag gut gemeistert, wie ich sehe«, sagte er zu den beiden Mädchen, denen die Hände vom Waschpulver brannten. Letztlich war es doch nicht zu vermeiden gewesen, mit den Händen in die Waschlauge zu fassen, aber das Lob ließ sie die vergangenen Mühen für einen Moment vergessen.

Als Lucy und Anne die Waschküche verließen, bemerkten sie mehrere dunkelhäutige Menschen vor der Mission. Sie schienen nicht zu wissen, ob sie das Gelände betreten durften. Ein Mann, der nur in ein Tuch gehüllt war, trug ein Kind auf den Armen, dem es offensichtlich schlecht ging.

»Vielleicht wollen sie zum Doc«, mutmaßte Anne.

Lucy erinnerte sich an das Mädchen, das vom Peitschenhieb getroffen worden war. Waren das dieselben Leute? »Ich hole ihn«, sagte sie, und während Anne zurückblieb, lief sie in den Krankensaal.

Sie fand den Doktor an einem der Betten, wo ihm Schwester Minerva gerade assistierte.

»Dr. McNall, da draußen sind Leute, die aussehen, als wollten sie zu Ihnen.«

»Dann sollen sie doch reinkommen«, entgegnete der Doc, ohne von der Wunde aufzusehen, die er gerade begutachtete.

»Ich glaube, sie trauen sich nicht. Es sind Schwarze, einer von ihnen trägt ein Mädchen auf dem Arm.«

Jetzt blickte der Arzt auf. Und er schien auch sofort zu verstehen, worum es ging. »Schwester Minerva, verbinden Sie die Wunde wieder. – Du kommst mit mir.«

Während Minerva sich an die Arbeit machte, verließen der Arzt und Lucy das Krankenzimmer.

»Diese Leute werden Aborigines genannt«, sagte Dr. McNall, als sie durch die Baracke eilten. »Sie sind die Eingeborenen des Landes.«

Das hatte sich Lucy fast schon gedacht. »Warum trauen sie sich nicht auf den Missionshof?«, fragte sie.

»Weil die meisten Weißen sie nicht gut behandeln. Außerdem misstrauen sie den Kreuzen an der Mission. Sie haben eine andere Religion und fürchten, dass es ein böser Zauber sein könnte.«

»Aber trotzdem kommen sie hierher.«

»Sie kennen mich. Ich habe ihnen schon öfter geholfen.«

Damit verließen sie die Baracke. Während Lucy bei Anne blieb, verließ der Doktor den Hof und ging zu den Aborigines. Er sprach kurz mit ihnen, dann reichte ihm der Mann das Mädchen. Der Doktor trug es gleich zur Baracke. »Lucy, ich brauche deine Hilfe!«, rief er, als er schon einige Schritte voraus war.

Lucy schaute noch einmal zu Anne, dann folgte sie ihm. Im Sprechzimmer angekommen legte Dr. McNall seine Patientin auf die Liege. Lucy erkannte, dass es wirklich das Mädchen war, das gestern den Peitschenhieb abbekommen hatte. Die Wunde zog sich quer über ihren Oberarm und sah ziemlich schlimm aus.

»Hol mir Karbol, Leinöl und Verbände, damit ich die Wunde versorgen kann«, sagte der Doktor, nachdem er sich den Arm des Mädchens angesehen hatte. »Die Flüssigkeiten sind im Medikamentenschrank.«

Während Lucy das Gewünschte zusammensuchte, hörte sie den Arzt leise murmeln: »Diese verdammten Mistkerle, nicht mal vor Kindern machen sie halt.«

»Sie meinen die Reiter in den gelben Mänteln?«

McNall blickte sie überrascht an. »Woher kennst du sie?«

»Wir haben sie gesehen, als wir in der Stadt ankamen. Und wir haben auch gesehen, wie einer von ihnen das Mädchen mit der Peitsche schlug.«

»Dann hast du diese Männer ja gleich richtig kennengelernt. Sie arbeiten für einen ziemlich üblen Burschen, der Harrison heißt und dem die halbe Stadt gehört; wenn du sie siehst, solltest du ihnen besser aus dem Weg gehen.«

»Was haben diese Männer gegen die Schwa… ich meine, gegen die Aborigines?«

»Sie mögen sie nicht und sie wollen ihr Land, das sehr wertvoll ist. Außerdem glauben sie, irgendwer hätte sie dazu ausersehen, Menschen, die anderes sind, auszurotten.«

Das war wohl das Furchtbarste, was sie je gehört hatte.

Der Doktor tupfte die Wunde mit etwas Karbol ab, woraufhin das Mädchen das Gesicht verzog, als würde es gleich zu weinen anfangen.

»Ist schon gut«, murmelte Lucy und strich ihr beruhigend über die Stirn. Das Mädchen sah sie mit großen Augen an, dann entspannten sich seine Züge wieder. Der Doktor blickte Lucy kurz an, sagte aber nur: »Tränk den Verband zuerst mit Karbol und tunke ihn dann ins Öl. Kipp die Flüssigkeiten in die beiden Schalen.« Er deutete auf zwei nierenförmige Blechschalen. Lucy tat, was er verlangte, und reichte ihm dann den getränkten Stoff. Die Dämpfe bissen ihr in die Nase.

»Der Verband wird den Eiter rausziehen«, erklärte der Arzt, während er ihn anbrachte. »Ich werde ihren Begleitern sagen, dass sie ihn ein paar Tage drauflassen sollen. Ich hoffe nur, sie sehen es ein.«

»Warum sollten sie nicht?«, fragte Lucy und ließ den Blick nicht von dem Mädchen. Konnte sie verstehen, was sie redeten?

»Sie haben so ihre eigenen Sitten und Bräuche, das gilt besonders für die Medizin. Ihre Medizinfrau wusste anscheinend nicht weiter, sonst wären sie gar nicht erst hergekommen. Ich hoffe, ich kann ihnen klarmachen, dass der Verband wichtig ist. Und vor allem wiederzukommen. Du sagst, gestern haben sie sie geschlagen?«

Lucy nickte. »Mit einer Peitsche.«

»Da siehst du mal, was die Hitze anrichtet. Die Wunde würde bei kühlem Wetter nicht so aussehen.«

Nachdem er dem Mädchen noch eine Binde um den Arm gewickelt hatte, hob er die Kleine auf die Arme. Sie sah ihn noch immer mit großen Augen an. Wenn es stimmt, was er von der Zauberei erzählt hat, ging es Lucy durch den Sinn, so wird sie ihn wohl für einen Magier halten und deshalb nichts sagen.

Dr. McNall übergab das Mädchen wieder ihrer Familie und redete dann noch eine Weile mit ihnen. Einige Passanten, die an der Mission vorbeikamen, beäugten die Gesprächspartner neugierig, doch Schmähungen gegen die Aborigines blieben aus. Wahrscheinlich trauten sie sich nicht, weil Dr. McNall dabei war.

Lucy beobachtete die Szene, bis Schwester Margaret aus dem Küchenfenster rief: »Lucy, komm rein, es wird Zeit für das Abendessen!«

Das Mädchen wandte sich um und kehrte ins Haus zurück, wo Anne bereits dabei war, den Küchenschwestern zur Hand zu gehen.

Nach dem Abendessen waren Anne und Lucy hundemüde, aber einschlafen konnten sie trotzdem nicht. In ihren Fußsohlen kribbelte und pikste es unangenehm, und ihre Köpfe waren voll mit den Bildern, die sie an diesem Tag gesehen hatten.

Lucy dachte wieder an das verletzte Mädchen.

»Sie heißen Aborigines«, sagte sie schließlich zu Anne.

»Wer?«

»Die schwarzen Menschen, die heute bei der Mission waren. Der Doktor hat es mir erzählt.«

»Komischer Name«, sagte Anne, und als sie sich in ihrem Bett herumdrehte, knarrten die Matratzenfedern laut.

»Ich wüsste zu gern, was er bedeutet.« Lucy schwieg eine Weile, und da sie wusste, dass sie darauf keine Antwort bekommen würde, sagte sie: »Das Mädchen, das der Doktor verarztet hat, war übrigens die Kleine, die am Hafen von der Peitsche getroffen wurde.«

»Du meinst, als die Gelbmäntel durch die Straße geritten sind?«

»Ja. Der Doktor meinte, dass wir uns vor ihnen in Acht nehmen sollen.«

»Bei den gelben Mänteln ist das auch nicht schwer, die sieht man ja schon von Weitem.«

Lucy überlegte erneut. »Es ist nicht richtig, was sie tun«, sagte sie dann. »Sie dürfen die Aborigines nicht schlagen. Es sind Menschen wie wir.«

»In Bristol haben sie die Schwarzen auch geschlagen, ich glaube nicht, dass die Gelbmäntel sich das von dir verbieten lassen.«

Da hatte sie recht. Aber dennoch hatte sie das Gefühl, dass sie irgendetwas tun musste. Diese neue Welt sollte doch eigentlich gerechter und besser sein!

Bevor ihr aber etwas dazu einfallen konnte, fielen ihr die Augenlider zu und sie versank diesmal in einen traumlosen Schlaf.

Das neue Jahr wurde auch in Perth mit viel Krawall begrüßt. Männer ritten durch die Stadt. Einige hatten Blechbüchsen an ihre Pferde gebunden, andere feuerten mit ihren Waffen in die Luft.

Auch in der Mission war alles auf den Beinen. Unter den Einwanderern im Lager gab es jemanden, der sich aufs Fiedelspielen verstand, und so tanzten die Menschen die ganze Nacht lang zu irischen und schottischen Liedern.

Um Mitternacht wurden dann die Kirchenglocken angeschlagen.

»Wünschen wir uns was fürs neue Jahr!«, sagte Anne zu Lucy, woraufhin beide die Augen zukniffen und ihren Wunsch in die Nacht schickten.

Am nächsten Morgen gab es Mince Pie und den traditionellen »schwarzen Laib«, einen dunklen Früchtekuchen, der in Blätterteig eingeschlagen wurde. Doch von Neujahrsruhe war keine Rede. Die Arbeit ging weiter.

Die folgenden Wochen verbrachten Anne und Lucy vor allem in der Waschküche. Als der Doktor sah, dass sie sich wirklich bemühten, machte er sein Versprechen wahr und ließ sie im Hospital arbeiten. Sie mussten die Schüsseln halten, wenn er zur Ader ließ, und er lehrte sie, wie man Verbände wickelte. Dazwischen erzählte er ihnen etwas über bestimmte Krankheiten und erklärte ihnen die Instrumente und Arzneien, die er verwendete. Das Waschen des Verbandszeugs blieb ihnen nicht erspart, aber sie durften zwischendurch auch die Instrumente schrubben und anschließend in Karbolsäure desinfizieren.

An einem Nachmittag, kurz nachdem Schwester Margaret sie wieder einmal eine Passage in der Bibel abgefragt hatte, wurden Lucy und Anne allein in der Mission zurückgelassen. Den Patienten ging es allen so gut, dass Dr. McNall zu einer ausgedehnten Hausbesuchsrunde aufbrechen konnte. Die Schwestern sammelten Spenden in der Stadt.

Während Anne die Verbände in der Waschküche

zusammenlegte und stapelte, kontrollierte Lucy die Bettpfannen und leerte sie, wenn nötig. Das war zwar nicht sehr appetitlich, aber mittlerweile hatte sie sich daran gewöhnt.

Plötzlich ertönte draußen ein lauter Knall. Als Lucy erschrocken herumfuhr, sah sie gerade noch, wie ein Mann von seinem Pferd kippte. Das Tier suchte wiehernd das Weite, der Mann blieb liegen.

»Du lieber Himmel«, rief Lucy und stürmte zu dem Verletzten. Sein Hut war ihm vom Kopf gefallen und sein Gesicht war bleich. Im ersten Moment sah es aus, als sei er tot.

»Mister?«, rief Lucy und schlug leicht gegen seine Wangen. »Sir, können Sie mich hören?«

Der Mann öffnete stöhnend die Augen. Sie waren blau wie der Sommerhimmel und glasig vor Schmerz.

»Ja, Mädchen, ich höre dich.«

»Ich werde Ihnen helfen«, sagte Lucy, auch wenn sie noch nicht wusste, wie.

Der Mann verzog das Gesicht und nickte. »Tu das, Mädchen.«

Lucy schnellte in die Höhe und rannte in die Mission.

»Anne!«, rief sie, als sie auf halbem Wege ihrer Freundin begegnete.

»Ein Mann ist angeschossen worden. Du musst Dr. McNall suchen!«

Anne nickte und lief, so schnell sie konnte, Richtung Stadt. Als Lucy das Verbandszeug holte, standen einige Patienten auf und versammelten sich am Fenster. Unter anderen Umständen hätte Lucy sie wieder ins Bett geschickt, aber jetzt hatte sie keine Zeit.

Inzwischen umringten Schaulustige den Verletzten. Sie standen so dicht beieinander, dass Lucy kaum zwischen ihnen durchkam.

»Lasst mich vorbei!«, rief sie, und als die Leute sahen, dass sie die Hospitaltracht trug, wichen sie zur Seite.

»Na, sieh mal einer die kleine Schwester an. Hat Courage wie'n Kerl!«, rief jemand, doch Lucy kümmerte sich nicht darum. Sie schob dem Verletzten das Verbandstuch unter das Hemd und drückte es auf die Wunde.

»Kann mir jemand helfen, ihn ins Hospital zu tragen?«, fragte sie dann in die Runde.

»Aber sicher doch, kleine Schwester!« Ein Mann trat vor, begleitet von einem weiteren. »Komm, Jack, fass mit an!«

Der Angesprochene fasste den Verletzten an den Beinen, während der andere ihn unter den Armen nahm. Gemeinsam hoben sie den Mann an und trugen ihn in eine Baracke. Dort ließ Lucy sie den Verletzten auf ein freies Bett legen.

»Können wir noch irgendwas tun?«, fragten die Männer, und sie schüttelte den Kopf.

»Nein, haben Sie vielen Dank.«

Die Männer nickten ihr daraufhin zu und verschwanden. Jetzt war Lucy allein mit dem Mann. Er war bewusstlos, doch an der pulsierenden Ader an seinem Hals erkannte Lucy, dass er noch am Leben war.

»Sir, können Sie mich hören?«, startete sie einen neuerlichen Versuch, mit ihm zu sprechen. Der Mann gab ein leises Stöhnen von sich, schlug aber die Augen nicht auf. Es war, als könnte er ihre Stimme vernehmen, doch nicht antworten.

Die Minuten verrannen so zäh, als wären es Stunden. Lucy blickte immer wieder zum Fenster und fragte sich, wo der Arzt blieb.

Plötzlich vernahm sie Schritte und wenig später stürmte Dr. McNall zur Tür herein. Hinter ihm keuchte Anne mit hochrotem Gesicht, sie war so schnell gelaufen, wie ihre Beine sie tragen konnten. Der Arzt erfasste die Situation sofort und trat an das Bett.

Er zog dem Mann die Augenlider hoch und sagte dann zu den Mädchen: »Ihr beide müsst mir jetzt helfen.« Er zog den Verletzten bei den Armen hoch. »Haltet ihn fest, ich muss sehen, ob die Kugel durchgegangen oder stecken geblieben ist.«

Der Oberkörper des Mannes war schwer. Der Arzt hob das Hemd in die Höhe und schüttelte dann den Kopf.

»Nein, durchgegangen ist sie nicht. Wir werden sie rausholen müssen. Anne, bring mir das Karbol und eine Schüssel, Lucy, du holst meine Instrumente von nebenan.«

Die beiden Mädchen stürmten los. Als sie mit dem Gewünschten zurückkehren, hatte der Arzt den Oberkörper des Verletzten vollständig entblößt.

Noch nie zuvor hatte Lucy einen Mann so gesehen, ähnlich schien es Anne zu gehen, denn auf ihren Wangen glühten rote Flecke. Doch Schamhaftigkeit war in der Medizin fehl am Platz, und so nahmen sie sich zusammen und unterdrückten ihre Verlegenheit.

Der Doc hatte inzwischen seine Hände in das Karbol getaucht, und nachdem er sie abgetrocknet hatte, sagte er zu Lucy: »Roll die Instrumententasche auf.«

Nachdem sie das getan hatte, wies Dr. McNall sie an, ein Skalpell, ein Ding, das er Sonde nannte, einen Wundhaken, einen Nadelhalter und die Kugelzange in das Karbol zu legen.

»Du wirst mit einem Tuch das Blut abtupfen«, sagte er dann zu Anne und wandte sich wieder an Lucy: »Und du wirst mit dem Haken die Wunde offen halten. Glücklicherweise haben wir genug Tageslicht, da brauche ich keine von diesen rußenden Lampen. Gib mir die Sonde.«

Lucy fischte das Instrument aus dem Karbol, und nachdem der Arzt es am Tuch abgewischt hatte, schob er es in das Einschussloch.

Angesichts des Blutes und der tiefen Wunde wurde Lucy ganz seltsam zumute, aber dann sagte sie sich, dass der Mann vermutlich sterben würde, wenn sie jetzt einen Fehler machte. Und das wollte sie auf keinen Fall.

»Ah, da ist sie ja«, sagte Dr. McNall schließlich und griff dann nach der Zange.

Inzwischen kam auch Schwester Minerva angelaufen. Als sie Lucy ablösen wollte, schüttelte der Doc den Kopf.

»Nicht nötig, Schwester, das Mädchen macht es schon gut. Stellen Sie sich hinter das Bett und halten seine Schultern unten für den Fall, dass er gleich wach wird.«

Die Schwester tat, was er verlangte, und wie sich zeigte, hatte der Doktor mit seiner Vermutung recht. Als er dem Verletzten die Kugel aus der Wunde ziehen wollte, erwachte dieser plötzlich und schrie auf. Lucy wäre fast erschrocken weggesprungen, doch die Schwester war zur Stelle und drückte den Patienten auf das Bett. So viel Kraft hatte Lucy ihr gar nicht zugetraut! Lange brauchte sie ihn aber nicht festzuhalten, denn der Schmerz machte ihn gleich wieder bewusstlos.

Nur wenige Augenblicke später holte der Arzt die Kugel aus der Wunde.

»Gut, wir können die Wunde jetzt schließen. Geben Sie mir Nadel und Faden, Schwester Minerva!«

Nachdem Dr. McNall die Wunde vernäht und den Verband gelegt hatte, zog Schwester Minerva dem Mann mithilfe der beiden Mädchen ein neues Hemd an.

»Ihr beide habt das hervorragend gemacht«, sagte der Arzt zu ihnen und legte Lucy und Anne jeweils eine Hand auf die Schulter. »Ich bin sicher, dass aus euch mal fähige Krankenschwestern werden.«

Lucy und Anne lächelten einander zu und machten sich dann wieder an die Arbeit.

Am Abend, kurz nachdem der Doc sie in den Feierabend geschickt hatte, kehrte Lucy noch einmal zu dem Mann zurück. Anne war bereits ins Haupthaus gegangen. Sie wollte ihre Schürze flicken, in die sie sich bei der Arbeit ein Loch gerissen hatte.

Lucy wollte aber nicht aufs Zimmer gehen, ohne zu wissen, wie es dem Patienten ging, von dem sie mittlerweile den Namen kannte: Mr Callaway.

In der Annahme, dass er schlafen würde, näherte sie sich seinem Bett ganz leise.

Doch als sie um den Paravent herum schaute, blickte er sie direkt an.

»Brauchst nicht zu schleichen, kleine Schwester, ich bin wach«, sagte er.

»Wie geht es Ihnen, Sir?«, fragte Lucy.

Callaway versuchte sich an einem Lächeln. »Besser.«

»Wenn Sie Schmerzen haben, kann ich dem Doc Bescheid sagen, dass er Ihnen noch mehr Medikamente gibt.«

»Nein, das wird nicht nötig sein.« Der Mann sah sie prüfend an, dann fügte er hinzu: »Du hast mich auf der Straße verbunden, nicht wahr?«

Lucy nickte und spürte, wie ihre Wangen zu kribbeln begannen. Sie wurde schon wieder rot! Und dabei hatte der Mann jetzt ein Hemd an!

»Ja, ich hielt das für das Beste.«

»Das war es auch. Vielen Dank, kleine Schwester.«

Lucy lächelte ein wenig verlegen, und der Mann sagte daraufhin: »Komm, leiste mir ein Weilchen Gesellschaft. Habe ich mich eigentlich schon vorgestellt? Mein Name ist George Callaway. Und wie heißt du?«

»Lucy«, antwortete sie. »Lucy Farnsworth.«

»Es ist mir eine Freude, dich kennenzulernen, Lucy Farnsworth.« Damit reichte er ihr die Hand, die sich unerwartet warm anfühlte. Bekam er etwa Fieber?

Lucy warf einen prüfenden Blick in seine Augen. Nein, sie waren klar. Ein wenig gerötet von dem Schmerzmittel, aber nicht fiebrig.

»Du kommst aus England, nicht wahr?«, fragte er, und Lucy nickte.

»Ja, aus Bristol.«

»Da du hier in der Mission bist, nehme ich mal an, dass deine Familie zu Hause ist.«

»Meine Eltern sind tot«, entgegnete sie. »Und Geschwister habe ich nicht.«

»Willst du sagen, dass du ganz allein hierhergekommen bist?«

»Mit meiner Freundin. Die hat übrigens den Doc geholt und bei der Operation mitgeholfen.«

»Du meinst die Blonde?«

Lucy nickte. »Ja, das ist Anne.«

»Dann werde ich ihr auch danken, wenn ich sie sehe.« Er zwinkerte ihr zu, dann sagte er: »Nun, erzähl mir etwas. Gibt es da draußen irgendwelche Neuigkeiten?«

Lucy schüttelte den Kopf. »Nein, nicht dass ich wüsste. Vielleicht haben die anderen Schwestern Neuigkeiten mitgebracht, doch die erfahre ich erst beim Abendessen. Aber ich kann sie Ihnen morgen erzählen, wenn Sie möchten.«

»Darauf freue ich mich schon. Spannend ist es hier drin ja nicht.«

»Gut, ich werde Ihnen alles erzählen.«

Ein kurzer Moment des Schweigens folgte. Lucy überlegte, ob sie ihm die Frage stellen sollte, die ihr seit der Unterhaltung mit Anne auf der Zunge brannte.

»Warum hat man auf Sie geschossen?«, platzte es aus ihr heraus.

Eigentlich ging sie das nichts an, aber Annes Verdacht, die Männer in den gelben Mänteln könnten dahinterstecken, hatte sie nicht losgelassen.

Der Mann sah sie einen Moment lang an, dann antwortete er: »Hier in der Stadt gibt es nicht bloß gute Menschen, musst du wissen. Und ich habe nicht nur Freunde hier.«

Lucy legte den Kopf schief und fragte sich, warum er Feinde haben sollte. Er wirkte wie jemand, der gut mit anderen Leuten auskommen wollte.

»Einer Ihrer Feinde hat auf Sie geschossen?«

Der Mann nickte. »Ja, mein größter Feind. Oder besser gesagt, einer seiner Handlanger. Du solltest wissen, Mädchen, in dieser Stadt ist nicht alles so schön, wie man glauben mag. Im Hintergrund herrscht Krieg. Der Mann, der mich vom Pferd heruntergeschossen hat, steht in den Diensten eines gewissen Pete Harrison. Hast du schon mal von dem gehört?«

»Ich habe gesehen, wie seine Leute einem Aborigine-Mädchen einen Peitschenhieb versetzt haben.«

Callaway zog die Augenbrauen hoch. »Du überraschst mich schon wieder, kleine Schwester. Du nennst die dunklen Menschen nicht Schwarze oder Neger.«

»Dr. McNall hat mir erklärt, dass sie Aborigines heißen.«

Der Farmer lachte kurz auf und kniff dann die Lippen zusammen, denn der Schmerz an seiner Schulter meldete sich wieder zurück.

»Da hast du recht.« Jetzt blickte er Lucy wieder an. »Nimm dich in Acht vor Harrison, er ist wirklich ein übler Bursche.«

Lucy wollte fragen, was dieser Harrison machte, doch da ertönte hinter ihr eine Stimme.

»Vater?«

Als sich Lucy umwandte, sah sie einen jungen Mann neben dem Paravent stehen. Sein Haar war rotbraun wie das von Callaway und seine Augen waren grün wie das Meer an manchen Tagen.

»Henry!«, entgegnete der Mann und lächelte. »Schön, dass du hier bist. Komm näher.«

»Wir haben uns ziemlich erschrocken, als die Nachricht kam«, sagte Henry, während er auf den Verband starrte. »Wer hat das getan?«

»Mein spezieller Freund, nehme ich an. Ein kleines Dankeschön für unsere letzte Unterredung.«

Der Junge schien zu wissen, was er damit meinte. Bevor er etwas dazu sagen konnte, deutete sein Vater auf Lucy. »Dieses Mädchen da hat mich gerettet. Lucy Farnsworth ist ihr Name.«

Henry sah sie an, und Lucy wurde auf einmal gleichzeitig warm und kalt zumute. Sie wollte sagen, dass vor allem der Doktor seinen Vater gerettet hatte, weil er ihm die Kugel herausoperiert hatte. Aber sie brachte kein Wort heraus.

Auch der Junge sagte eine ganze Weile nichts und sah sie nur an. Dann reichte er ihr die Hand. »Vielen Dank, Lucy Farnsworth.«

»Nur Lucy«, korrigierte sie ihn, denn es fühlte sich komisch an, von einem Jungen, der nicht viel älter war als sie selbst, mit vollem Namen angesprochen zu werden.

»In Ordnung, Lucy.«

Der Vater lächelte breit angesichts ihrer gegenseitigen Verlegenheit. Dann klopfte er auf sein Bett. »Setz dich, Junge, und erzähl mir, was auf der Farm los ist.«

Henry sah Lucy noch einen Moment lang unverwandt an, dann kam er der Aufforderung seines Vaters nach.

»Vielleicht sollte ich mich jetzt besser zurückziehen«, sagte Lucy, denn sie ahnte, dass das Herzrasen, das sie überfallen hatte, erst wieder aufhören würde, wenn der Blick dieses Jungen sie nicht mehr traf. Sie konnte das Gefühl nicht benennen, aber auf einmal kam sie sich lächerlich vor, ihr Kleid und ihre Schürze waren bei Weitem nicht sauber genug und ihr Haar saß nicht richtig.

»Oh, du störst uns nicht. Nicht wahr, Junge?«

Henry nickte und lächelte sie unsicher an. Das machte alles nur noch schlimmer.

»Das ist nett, aber ich muss noch nach den anderen Patienten sehen. Brauchen Sie irgendwas?«

Der Mann schüttelte den Kopf. »Nein, Mädchen, jetzt bin ich wunschlos glücklich. Und wenn, dann kann Henry es mir holen. Gute Nacht, kleine Schwester!«

Diese Bezeichnung war ihr vor Henry irgendwie unangenehm. Wieder bemerkte sie, dass er sie anstarrte, und das brachte sie noch mehr durcheinander.

Beim Weggehen stieß sie gegen den kleinen Wagen, auf dem den Patienten das Essen gebracht wurde. Es klirrte laut, aber glücklicherweise war das Geschirr leer, sodass nichts auf den Boden platschen konnte.

Lucys Wangen wurden schlagartig noch heißer, jetzt fühlten sie sich fast schon fiebrig an. Sie war sicher, dass jetzt alle sie anstarrten, auch Henry und sein Vater, und das war ihr am peinlichsten.

Ehe sie sich noch mehr blamierte, sah sie zu, dass sie aus der Baracke kam, und erst als sie die Tür hinter sich geschlossen hatte, blieb sie stehen und lehnte sich an die Wand.

Das Herzrasen war immer noch da und das Zirpen der Grillen dröhnte regelrecht in ihren Ohren. Sie schloss die Augen, aber plötzlich hatte sie wieder Henrys Gesicht und sein Lächeln vor sich. Was war nur mit ihr los?

Schnell öffnete Lucy wieder die Augen und sah zum Missionshaus. Schwester Bertha sprach gerade mit Schwester Margaret. Schwester Muriel entzündete die Lampen in der Küche. Sie sollten sie hier nicht sehen. Nicht, wenn sie so verwirrt war!

Lucy huschte zum Haupthaus und verschwand im Hintereingang. Noch immer glühten ihre Wangen und sie hielt es für besser, wenn sie erst einmal nach oben zu Anne ging, anstatt sich gleich in der Küche blicken zu lassen.

»Du glaubst nicht, wer eben bei Mr Callaway war!«, sagte sie, als sie zur Tür hereinstürmte. Die Geschichte von dem Schützen, der auf ihn gefeuert hatte, war erst einmal nebensächlich.

»Na, wer? Erzähl!« Anne legte ihre Näharbeit, an der sie gerade gesessen hatte, weg.

»Sein Sohn! Er hat einen Sohn. Sein Name ist Henry und er …« Lucy verhaspelte sich vor Aufregung und hielt kurz inne, um sich wieder zu sammeln.

Anne grinste breit. »Was ist mit ihm? Hat er einen Buckel oder drei Augen? Oder vielleicht nur eins wie der Riese aus der Geschichte, die du mir mal erzählt hast?«

»Nein, ganz im Gegenteil«, sagte Lucy und setzte sich neben ihre Freundin aufs Bett. »Er sieht sogar gut aus. Er hat rote Haare wie sein Vater und auch sonst sieht er ihm ähnlich.«

»Ich glaube, den muss ich mir mal genauer anschauen!«, sagte Anne und sprang auf. Die Schürze landete achtlos auf dem Tisch, und es sah tatsächlich so aus, als wollte sie zur Tür stürmen. Lucy griff schnell nach ihrer Hand.

»Du willst doch wohl nicht runter ins Hospital gehen? Ich meine, ich war gerade erst bei Mr Callaway und …«

»Hast du Angst, dass ich ihn dir wegnehmen will?«, neckte Anne sie lachend.

»Nein, warum sollte ich«, entgegnete Lucy, und wieder brannte ihr Gesicht. »Ich meine nur, dass es komisch aussieht, wenn du jetzt auch noch zu Mr Callaway gehst und ihn fragst, wie es ihm geht.«

Anne betrachtete sie prüfend, dann sagte sie: »Na gut, ich bleibe hier oben. Aber nur, wenn du mit mir aus dem Fenster schaust. Vielleicht kommt dein Auserwählter ja raus.«

»Er ist nicht mein Auserwählter!«, beharrte Lucy, doch sie wusste nur zu gut, dass dieser Junge der Erste war, der ihr auf eine besondere Weise gefiel.

Zusammen mit Anne hockte sie sich ans Fenster und sah zu den Baracken hinüber. Henry war nirgendwo zu sehen, dennoch waren die beiden vor lauter Anspannung so leise, dass sie die Schwestern von unten hören konnten. Normalerweise hätten sie ihnen helfen sollen, doch sie gönnten sich diesen kurzen Augenblick der Zweisamkeit. In den vergangenen Tagen hatte es nicht viele davon gegeben, denn nach der Arbeit waren sie meist ins Bett gefallen und sofort eingeschlafen.

Nur wenig später ließ Henry Callaway sich blicken.

»Da ist er!«, platzte es aus Lucy heraus, dann schlug sie die Hände vor den Mund. Offenbar war sie nicht mehr sie selbst, wenn es um diesen Jungen ging. Und dabei hatte sie ihn doch nur für einige Minuten gesehen.

Anne reckte den Hals, schob abschätzend die Unterlippe vor und sagte dann: »Er sieht recht gut aus. Du hast deinen Mann also schon gefunden.«

»Er ist kein Mann«, hielt Lucy dagegen, und ohne es zu bemerken, widersprach sie dem Rest von Annes Bemerkung nicht.

»Noch nicht, aber er wird es«, entgegnete Anne. »Eines Tages wird er wie sein Vater. Wie der ohne Hemd aussieht, wissen wir ja jetzt.« Anne knuffte sie gegen den Arm, und allein die Erinnerung an die nackte Brust des Mannes machte Lucy plötzlich wieder nervös.

Henry war inzwischen schon verschwunden, wenig später sahen sie einen Reiter vorbeihuschen.

»Schade, dass er es so eilig hat. Aber morgen kommt er vielleicht wieder.« Anne versetzte ihr grinsend noch einen Knuff in die Seite und kehrte zu ihrer Näharbeit zurück.

Lucy hoffte, dass ihre Freundin recht behalten würde.

4. Kapitel

Weitere Schiffe kamen in Perth an und damit weitere Neuankömmlinge aus aller Welt. Das Gewirr der verschiedenen Sprachen schwebte wie eine Wolke über der Mission und die Arbeit wurde anstrengender. Die Zelte waren jetzt zum Bersten gefüllt, Frauen, Männer und Kinder drängten sich auf engstem Raum. Vorübergehend zwar, aber es würde eine Weile dauern, bis die Leute eine ordentliche Unterkunft und Arbeit gefunden hatten.

Trotz all der Arbeit schaute Lucy regelmäßig nach Mr Callaway und berichtete ihm, was sie am Tag so gehört hatte. Manchmal besuchte Henry ihn gerade, und bei jedem Mal war es genauso wie bei ihrer ersten Begegnung: Sie bekam knallrote Wangen und wurde nervös. Annes Gerede tönte durch ihren Kopf und nur unter Aufbietung all ihrer Beherrschung schaffte Lucy es, nicht wieder etwas runterzuwerfen oder umzustoßen.

Eine Schiffsladung brachte schließlich sehr viele Kranke nach Perth. Sie kamen aus Indien, wo sie Zwischenstation gemacht hatten. Das Schiff war ein alter Klipper, auf dem die Zustände katastrophal gewesen sein mussten.

Innerhalb weniger Stunden waren die Betten des Hospitals vollständig belegt. Dr. McNall untersuchte alle Menschen gründlich und ordnete schließlich an, die Kranken, die keinen Typhus hatten, in die zweite Baracke zu verlegen.

»Es ist der Typhus«, hörten die Mädchen ihn zu Schwester Minerva sagen. Sie wussten, was Typhus war. Eine gefährliche Krankheit, die hohes Fieber und Bauchschmerzen mit sich brachte. Ab und an waren auch in Bristol Leute daran erkrankt. Ursachen waren verunreinigtes Wasser und mangelnde Sauberkeit in den Häusern – oder auf einem Schiff.

Da die Schwestern und der Doktor die Kranken nicht allein transportieren konnten, holte man gesunde Männer aus dem Lager. Als sich sämtliche Typhuskranke in der ersten Hospitalbaracke befanden, rief Dr. McNall sämtliche Schwestern zusammen, auch Lucy und Anne.

»Es ist wichtig, dass bei uns in den nächsten Wochen strikte Sauberkeit herrscht!«, erklärte er ihnen. »Sämtliche Instrumente und auch das Geschirr müssen mit Karbol gewaschen werden. Wer die Patienten füttert oder ihnen zu trinken gibt, wäscht sich danach die Hände. Der Typhus darf auf keinen Fall diese Baracke verlassen und sich in der Stadt ausbreiten. Das würde eine Katastrophe geben.«

Die Frauen und Mädchen nickten zustimmend.

»Essen Sie während dieser Zeit sehr viel Limonen und andere Früchte. Was auf den Schiffen gegen Skorbut hilft, hilft auch vorbeugend gegen Typhus. Sollten Sie sich krank fühlen, sagen Sie mir sofort Bescheid!«

So ernst, wie er bei diesen Worten dreinblickte, bekam Lucy es doch ein wenig mit der Angst zu tun. Was war, wenn sie diese schreckliche Krankheit auch bekamen?

Gegen Mittag, als die Sonne am höchsten stand und es in den Baracken kaum auszuhalten war, rief Dr. McNall Lucy zu sich. »Du musst für mich in die Stadt laufen, zum Drugstore. Ich habe gesehen, dass das Schmerzpulver aus ist, außerdem brauche ich Alkohol und etwas von Mr McPhersons Spezialsalbe. Der Mann im Drugstore weiß, was ich damit meine. Kannst du dir das merken?«

Lucy nickte. »Ja, Sir. Sagen Sie mir nur, wo ich diesen Laden finden kann.«

»Du gehst die Hauptstraße hinunter und biegst dann links neben dem Postamt in die Seitenstraße ein und folgst ihr bis zur nächsten Querstraße rechts. Dann kannst du den Laden bereits sehen.«

Der Doktor griff in seine Hosentasche und zog ein paar Shillings und Pfundnoten hervor, die er ihr in die Hand drückte.

»Nimm dich vor der Sonne in Acht, die ist jetzt besonders stark. Ich will nicht, dass du dir einen Hitzschlag holst.«

»Keine Sorge, mir passiert nichts«, entgegnete Lucy und verließ den Krankensaal.

»Wo willst du hin?«, fragte Anne, die gerade mit einem Arm frischer Bettlaken aus der Wäscherei kam.

»In die Stadt«, entgegnete Lucy. »Der Doktor schickt mich. Soll ich dir was mitbringen?«

»Einen reichen Mann vielleicht«, scherzte Anne. »Oder eine Schachtel Konfekt.«

»Ich sehe, was sich machen lässt!«, sagte Lucy und verließ dann die Baracke.

Es war kein bisschen kühler als drinnen, aber die Luft roch besser und der Wind, der durch ihr Haar strich, fühlte sich angenehm an.

Obwohl ihr die Sonne noch nie etwas ausgemacht hatte, befolgte sie den Rat des Doktors und hielt sich im Schatten.

Es waren nur wenige Stadtbewohner um diese Uhrzeit unterwegs. Die meisten genossen die Mittagsruhe im Schatten ihrer Häuser. Lucy entdeckte einen Hund, der sich unter die Treppe einer Veranda verkrochen hatte. Eine Eidechse, die sich wahrscheinlich verlaufen hatte, huschte vor ihr durch den Sand.

Lucy folgte der Beschreibung des Doktors und bog nach einer Weile in eine Seitenstraße ein, in der einige knorrige Bäume für Schatten sorgten. Auf einer Veranda saßen fünf Männer. Sie hatten ihre gelben Mäntel über das Treppengeländer gehängt.

Lucy blieb sofort stehen. Ihr Verstand sagte ihr, dass sie so tun sollte, als würde sie sie nicht bemerken, und weitergehen. Vielleicht war es aber auch besser, wenn sie diese Straße mied und eine andere Straße zum Drugstore nahm. Es musste doch noch einen Weg geben!

Doch der Doktor wartete auf seine Medikamente, und die Hitze schien immer größer zu werden. Plötzlich erregte etwas ihre Aufmerksamkeit. Eine Frau kam ihr vom anderen Ende der Straße entgegen. Sie war unverkennbar eine Aborigine. Um Brust und Hüften hatte sie ein rostrotes Tuch geschlungen. Ihre Füße waren nackt, der heiße Sand der Straße schien ihnen nichts auszumachen.

An einer Seite des Gesichts hatte sie eine seltsame weiße Bemalung, ein Muster, das aus verschiedenen

Punkten gebildet wurde. Ihr schwarzes Haar war kraus. Einige Zöpfe waren hineingeflochten worden, die von farbigen Bändern zusammengehalten wurden. Ihr Alter war schwer zu schätzen, aber sie war auf alle Fälle keine ganz junge Frau mehr.

Unvermittelt blickte sie auf, und obwohl sie so weit entfernt war, hatte Lucy plötzlich das Gefühl, dass der Blick ihr mitten ins Herz ging. Wie angewurzelt blieb sie stehen.

Die Frau jedoch setzte ihren Weg fort und sah sie noch eine Weile an. Dann senkte sie den Blick auf den Boden.

Die Gelbmäntel hatten Lucy noch nicht bemerkt. Aber die Frau nahmen sie gleich wahr, als könnten sie sie wie Hunde wittern.

»Na, du alte Hexe?«, pöbelte sie einer der Männer an. Die Frau blickte weiterhin geradeaus und setzte ihren Weg fort. Das passte den Gelbmänteln aber nicht. Sie nahmen ihre Ruhe zum Anlass, aufzustehen und sie zu umringen.

»He, du bist wohl taub, was?«

Die Frau blieb stehen, hielt aber weiterhin den Kopf gesenkt.

Die Männer betrachteten sie und lachten; einige zupften an ihren Haaren oder versetzten ihr Knuffe, ohne dass sie von der Stelle wich oder aufsah.

Lucy wusste, dass sie in so einer Situation vor Angst gezittert hätte, doch der Frau konnte man keine Furcht anmerken.

»Früher hat man Hexen einfach verbrannt«, sagte

einer der Männer schließlich und zog ein Feuerzeug aus der Tasche. »Ich bin sicher, dass das Kraut auf deinem Kopf wie Zunder brennt. Und noch sicherer bin ich, dass keiner was dagegen haben wird.«

Damit entzündete er das Feuerzeug.

Lucy war sicher, dass die Frau sterben oder zumindest schwer verletzt werden würde, wenn niemand eingriff. Sie blickte sich um, konnte aber niemanden sehen, der der Aborigine zu Hilfe kommen wollte. Hinter einigen Fenstern wackelten die Gardinen, wahrscheinlich beobachteten die Hausbewohner von dort aus das Schauspiel. Lucy fühlte sich hilflos und zugleich wuchs der Zorn in ihr.

»Hört auf!«, rief sie den Männern zu.

Erst hinterher wurde ihr klar, dass sie wohl den Verstand verloren haben musste. Doch sie konnte einfach nicht tatenlos zusehen.

Ihr Ruf zeigte immerhin Wirkung. Die Flamme des Feuerzeugs verlosch und die Männer wandten sich um.

»Schau mal einer an, wer da das Maul aufreißt«, sagte der Mann, der die Frau anzünden wollte. Er grinste Lucy an, sodass sie seine fauligen Zähne sehen konnte. »Ein kleines Schwesterlein aus der Mission. Wusste gar nicht, dass sie da so junge Dinger haben.«

Der Mann kam auf sie zu. Lucys Herz raste.

»Vielleicht sollte ich mit deinen Haaren anfangen. Die brennen sicher auch gut. Oder ich mache was anderes mit dir. Um so ein hübsches Ding wäre es doch schade.«

Seine Begleiter lachten auf.

Lucy wollte wegrennen, doch ihre Beine waren auf einmal schwer wie Blei.

Da ertönte plötzlich ein lautes Kreischen.

Es klang beinahe wie die Laute, die die Kakadus in der Mission ausstießen. Die Gelbmäntel, auch ihr Anführer, blickten nach oben. Kein Vogel war zu sehen. Doch als sich die Männer umwandten, war die Aborigine verschwunden.

Und auch Lucy fand nun den Mut wegzurennen. Der Doktor würde ganz bestimmt böse auf sie sein, wenn sie nicht rechtzeitig zurück war, aber hier ging es um ihr Leben. Das würde er sicher verstehen.

Die Männer wussten einen Moment lang nicht, wem sie zuerst nachjagen sollten.

»Schnappt euch die Alte«, rief der Anführer seinen Kameraden schließlich zu. »Jim und ich kümmern uns um die Kleine!«

Sogleich rannten die Männer los.

Lucy war mittlerweile schon wieder auf der Hauptstraße. Sie lief zu dem Haus, unter dessen Verandatreppe der Hund lag. Sie hatte keine Ahnung, wie das Tier auf Gesellschaft reagieren würde, aber in diesem Moment erschien ihr ein Hundebiss weniger gefährlich als ihre Verfolger. Sie kroch in den Hohlraum unter der Treppe. Der Hund knurrte, war aber zu träge, um sie zu beißen oder zu fliehen. Lucy machte sich so klein, wie es nur ging, und betete stumm, dass die Männer sie nicht sehen würden.

Wenig später hasteten sie um die Ecke. Ihr Blick

war auf die Straße gerichtet, daher sahen sie Lucy nicht. Die gelben Mäntel huschten an ihrem Versteck vorbei, wenig später verklangen die Schritte in der Ferne.

Als sie sicher war, dass die Männer nicht wieder kehrtmachten, kroch sie aus ihrem Versteck heraus.

»Danke, dass du mich nicht gebissen hast«, sagte sie zu dem Hund, der reagierte aber nur mit einem leichten Zucken der hellen Flecken über den Augen.

Lucy klopfte sich, so gut es ging, den Staub von Rock und Schürze und sah dann zu, dass sie zum Drugstore kam, bevor die Gelbmäntel wieder auftauchten.

Eine Stunde später kehrte sie in die Mission zurück, in der Hand eine Papiertüte mit den Medikamenten.

»Wo warst du denn so lange?«, fragte der Doktor und musterte sie von Kopf bis Fuß. Der rote Staub auf ihrer Schürze war noch immer zu sehen. »Bist du unterwegs in einen Sandsturm gekommen?«

Lucy schüttelte den Kopf. Die Situation erinnerte sie an früher, wenn Reverend McCallahan sie wegen eines Vergehens gerügt hatte. Doch Dr. McNall wirkte eher besorgt als böse.

»Nein, ich musste vor den Gelbmänteln weglaufen.«

Der Arzt runzelte die Stirn, und sein Blick wurde gleich noch besorgter. »Warum waren sie denn hinter dir her?«

»Weil ich sie davon abhalten wollte, eine Aborigine-Frau anzuzünden.« Lucy drückte die Schultern durch, denn sie war der Meinung, dass das keine Tat war, derer man sich schämen musste.

»Sie wollten eine Aborigine anzünden?« Empörung und Entsetzen schwangen in der Stimme des Doktors mit.

»Ja, sie kam einfach des Wegs und die Männer haben ihr ein Feuerzeug an die Haare gehalten. Ich habe ihnen zugerufen, dass sie sie in Ruhe lassen sollten, und da sind sie mir nachgejagt.«

Dr. McNall sagte erst einmal nichts. Er musterte sie und schüttelte dann den Kopf.

»Das war sehr dumm von dir, Lucy«, sagte er, und als sie protestieren wollte, legte er ihr die Hand auf die Schulter. »Und gleichzeitig ist das eines der mutigsten Dinge, die ich je von einem Mädchen deines Alters gehört habe.«

Ihre Blicke trafen sich einen Moment lang, dann fügte McNall hinzu: »Bitte sei von nun an vorsichtig. Harrisons Männer sind gut darin, sich Gesichter zu merken. Du darfst dich nicht wieder in Gefahr bringen, hörst du?«

»Aber wenn sie wieder jemanden bedrohen oder sogar töten wollen?«, entgegnete Lucy. »Soll ich da einfach wegschauen, wie es die Leute in den Häusern getan haben?«

»Ich könnte es mit meinem Gewissen nicht vereinbaren, Ja zu sagen«, antwortete der Doktor, nachdem er eine Weile überlegt hatte. »Aber wenn du jemandem helfen möchtest, sieh dich selbst auch vor. Manchmal reicht es, einem Angreifer aus der Ferne einen Stein an den Kopf zu werfen, um ihn von seinem Opfer abzubringen.«

Lucy verstand, was er damit sagen wollte. Und sie nahm sich vor, beim nächsten Mal wirklich einen Stein zu nehmen. Der Mann mit dem Feuerzeug hatte es verdient.

Auch Anne war besorgt, als Lucy ihr am Abend von dem Vorfall erzählte. »Beim nächsten Mal solltest du mich mitnehmen«, sagte sie.

»Und was willst du gegen diese Männer tun?«, hielt Lucy dagegen. »Immerhin waren es fünf.«

»Mir wird schon was einfallen«, behauptete Anne felsenfest. »Erinnerst du dich an Brian Hotchkiss und seine Freunde?«

Lucy nickte.

»Die wollten mir ganz zu Anfang im Heim eine Abreibung verpassen, aber ich habe ihnen ordentlich vors Schienbein getreten.«

»Aber diese Männer sind keine dummen Jungs wie dieser Hotchkiss und seine Freunde. Sie hatten Waffen. Wenn du denen vors Schienbein getreten hättest, hätten sie dich erschossen. Außerdem ist ja nichts passiert. Und ich habe auch nicht vor, mich noch mal mit ihnen anzulegen.«

Anne kam zu ihr und umschloss Lucys Gesicht sanft mit beiden Händen. »Ich will damit nur sagen, dass du mich hier nicht allein lassen darfst. Wir haben doch nur einander! Du darfst dich nicht unnötig in Gefahr begeben.«

»Das werde ich nicht mehr tun, das verspreche ich dir«, antwortete Lucy lächelnd, fügte dann aber gleich hinzu: »Aber eins solltest du wissen. Wenn diese Kerle noch einmal versuchen, einer Frau etwas anzutun, werde ich wieder dazwischengehen. Und wenn ich ihnen einen Stein an den Kopf werfe!«

»Wir werfen ihnen beide Steine an den Kopf«, korrigierte Anne und umarmte sie jetzt.

»Weißt du, was seltsam war?«, sagte Lucy, als Anne sie wieder losgelassen und sich auf ihr Bett gesetzt hatte.

»Was denn?«, fragte Anne, die gerade ihre Schuhe aufschnürte und sie von den Füßen streifte.

»Als die Männer mich angreifen wollten, hat plötzlich über ihnen ein Kakadu gekrächzt und sie abgelenkt. Wenig später war die Frau verschwunden und ich konnte weglaufen.«

»Das Geräusch wird die Frau gemacht haben«, entgegnete Anne nüchtern wie immer. »In einen Kakadu verwandeln kann sie sich ganz sicher nicht.«

»Na ja, wer weiß«, entgegnete Lucy, die das eigentlich auch für Unsinn hielt. »In diesem Land sind vielleicht ganz andere Dinge möglich als in England. Wer sagt dir, dass die Aborigines nicht zaubern können?«

»Das glaube ich nicht«, entgegnete Anne und zog ihr Kleid über den Kopf. Der Stoff dämpfte ihre Stimme ein wenig, als sie fortfuhr: »Bestimmt hat sie es so gemacht wie die Bauchredner auf den Jahrmärkten. Außerdem haben die Männer ja auch nur auf dich geschaut. Da hätte ich mich auch aus dem Staub machen können.«

Diese Erklärung klang plausibel, aber irgendwie hatte die Begegnung mit der Aborigine für Lucy noch immer etwas Magisches. Allein schon, weil sie sie so eindringlich angesehen hatte.

Als sie Stunden später an ihre Zimmerdecke starrte und beobachtete, wie der helle Fleck Mondlicht langsam darüber hinweg wanderte, fragte sie sich, wie es wäre, sich in einen Vogel verwandeln zu können. Solche Geschichten gab es eigentlich nur in Märchenbüchern, aber wäre es nicht schön, alles von oben betrachten zu können? Allen Problemen davonzufliegen? Besonders jetzt, wo in der Mission alles drunter und drüber ging und jeder fürchten musste, als Nächster von der Krankheit erwischt zu werden, wäre es doch herrlich, den Wind unter den Schwingen zu spüren und sich von ihm an einen Ort tragen zu lassen, wo es kein Übel gab, keine Leiden und keine Menschen, die anderen Böses wollten.

Lucy gefiel diese Vorstellung und so hing sie ihr nach, bis der Schlaf übermächtig wurde.

Die Zeiten für die Mission wurden noch härter. Der Typhus marterte die Kranken im Hospital immer schlimmer. Man konnte regelrecht zusehen, wie die Menschen dünner wurden, wie das Fieber stieg und die Krankheit die Oberhand gewann.

Der Doktor probierte zahlreiche Mittel aus, die aber alle keinen Erfolg zeigten. Nach einer Woche wurden die ersten Toten aus dem Hospital geschafft. Schon bald wurde der Totengräber ein ständiger Gast in der Mission. Die Stadtbewohner begannen den Ort noch mehr zu meiden. Einige Kranke aus der Knochenbaracke verlangten, woanders hingebracht zu werden, weil sie fürchteten, der Typhus würde auch auf sie übergehen.

Der Doktor wusste sich keinen anderen Rat, als jene, die es nicht so schwer erwischt hatte, zu entlassen.

Auch Mr Callaway schickte er fort, obwohl der Farmer betonte, dass er keine Angst vor der Krankheit hätte. Sein Angebot, zu helfen, wies Dr. McNall ebenfalls ab. »Gehen Sie zurück zu Ihrer Farm, Mr Callaway«, hörte Lucy ihn sagen. »Sie werden dort dringender gebraucht und sind noch geschwächt durch Ihre Verletzung. Wir kommen schon zurecht. Der Typhus wird nicht ewig hierbleiben.«

Lucy hatte keine Zeit mehr gehabt, auf Henrys Besuche zu achten, jetzt würde sie ihn wahrscheinlich lange nicht wiedersehen. Natürlich hatte sie ihm nicht gesagt, dass sie ihn sympathisch fand. Aber jetzt, wo der Tag gekommen war und sein Vater abreiste, wurde ihr doch etwas schwer ums Herz.

»Mach es gut, kleine Schwester, und halte die Ohren steif«, sagte Callaway zum Abschied. Seinen Arm trug er mittlerweile nicht mehr in der Schlinge, die Wunde war fast verheilt. »Solltest du mal Hilfe brauchen, meine Farm ist nicht allzu weit von der Stadt entfernt. Komm einfach zu uns, das ist das Mindeste, was ich für dich tun kann, nachdem du mich gerettet hast.«

Lucy nickte und ergriff dann die Hand, die er ihr entgegenstreckte. Sie hätte ihm gern noch gesagt, dass er Henry einen Gruß von ihr ausrichten sollte, aber brachte den Mut nicht auf. Sie sah dem Farmer nach, wie er sich auf sein Pferd schwang, das noch am gleichen Abend von Henry wieder eingefangen worden war.

Anne trat wenig später neben sie.

»Du wirst ihn sicher irgendwo wiedersehen«, sagte sie, denn sie spürte genau, was in ihrer Freundin vorging.

»Vielleicht werde ich das«, antwortete Lucy und versuchte sich nicht anmerken zu lassen, dass sie Henry vermisste. Und das, obwohl sie nur kurz mit ihm gesprochen hatte.

»Wenn der Typhus besiegt ist, wird er dich vielleicht besuchen. Oder wir nehmen uns einen freien Tag und gehen zur Farm. Du hast doch gesagt, dass sein Vater dich eingeladen hat.«

Lucy nickte.

»Na siehst du! Alles andere wird sich finden.«

Das hoffte Lucy inständig. Bisher war ihr Leben, abgesehen von ihrer Kindheit, so schwierig gewesen, dass es ihr schwerfiel, optimistisch zu sein.

»Lass uns wieder an die Arbeit gehen, der Doktor braucht uns«, sagte Anne schließlich und zog Lucy mit sich.

Die Sonne brannte heiß auf Lucy herab. Die große Schlange mit den Kristallschuppen schlängelte vor ihr durch den roten Sand, und aus irgendeinem Grund folgte sie ihr.

Als Lucy an sich hinabblickte, bemerkte sie, dass sie keine Schuhe trug. Der Saum ihres Hemdes war rot, als sei er in Blut getaucht worden, aber sie wusste, dass es nur Staub war.

Ab und zu erhob sich ein rotes Gebilde neben ihr, das wie Stalagmiten in Tropfsteinhöhlen aussah. Bäume gab es hier auch, doch deren Laub sah kränklich aus. Lucy streckte die Hand aus, um einen zu berühren, doch plötzlich ging der Baum in Flammen auf. Lucy sprang erschrocken zurück und musste hilflos mit ansehen, wie die Flammen in Windeseile das gesamte Blattwerk verzehrten.

Doch als die Flammen verloschen waren und nichts weiter als ein verkohlter Stamm und schwarze Äste zurückblieben, vollzog sich plötzlich ein Wunder. Knospen, die es nach dem Feuer eigentlich nicht geben dürfte, brachen nacheinander auf! Schon bald wirkte es so, als habe dieser Baum das Feuer gebraucht, um zu neuem Leben zu erwachen. Innerhalb kürzester Zeit stand er in voller Blüte, und zum ersten Mal fühlte Lucy in ihrem Traum so etwas wie Glück.

Am nächsten Morgen wurden sie von einem Höllenlärm geweckt. Anne und Lucy schreckten aus ihren Betten hoch und rannten augenblicklich zum Fenster.

Auf dem Hof und bei den Baracken war alles ruhig. Der Tumult musste also auf der Straße stattfinden.

»Haben sie etwa schon wieder jemanden angeschossen?«, fragte Anne und Lucy fasste sie bei der Hand. »Komm, lass uns nachsehen!«

Beide stürmten aus dem Zimmer. An der Treppe gab es ein Fenster, von dem aus man auf die Straße schauen konnte. Die Schwestern mochten es nicht, wenn sie im Nachthemd hier herumstanden, aber im Moment waren sie nicht in der Nähe.

Am Fenster angekommen sahen Lucy und Anne ein paar Reiter. Sie trugen keine Mäntel, dafür aber Waffen an der Seite. Ihr Anführer war ein Mann in einem kamelbraunen Anzug. Sein Haar war blond, seine Haut sonnengegerbt und er trug einen Schnurrbart. Die anderen Männer blieben ein kleines Stück hinter ihm zurück. Mit wem er sprach, war nicht zu erkennen, aber wahrscheinlich war Schwester Margaret nach draußen getreten.

»Was wollen die Männer hier?«, fragte Anne, während sie den Hals reckte.

»Vielleicht sollten wir das Fenster ein bisschen öffnen, dann können wir hören, was sie sagen.«

Ehe Anne etwas einwenden konnte, löste Lucy den Riegel und schob den Fensterflügel ein kleines Stück weit auf. Jetzt konnten die Mädchen das Schnauben der Pferde und das Scharren der Hufe hören. Und sie verstanden nun auch die Worte des Fremden.

»Gerüchte machen die Runde, Doktor«, sagte dieser und lehnte sich auf dem Sattelhorn ein Stück weit vor. »Man sagt, dass Sie den Typhus nicht in den Griff bekommen. Jeden Tag sieht man den Totengräber durch die Stadt ziehen. Ich frage mich, was Sie tun wollen, wenn die Seuche auf die Stadt übergreift.«

»Soweit ich weiß, gibt es keine Krankheitsfälle in der Stadt«, gab Dr. McNall zurück, den Lucy und Anne jedoch nicht sehen konnten. »Die Menschen sind gesund.«

»Und was ist mit denen, die hier arbeiten? Soweit ich weiß, sind es nicht nur die Schwestern, sondern auch Leute aus der Stadt.«

»Es sind Einwandererfrauen«, entgegnete der Doktor. »Sie haben sich freiwillig gemeldet. Ich glaube nicht, dass Sie denen etwas zu befehlen haben.«

»Und was ist mit diesen Wilden? Die lungern in der Stadt rum und schleppen alle möglichen Krankheiten ein. Sie sollen auch in der Mission gewesen sein, habe ich mir sagen lassen.«

»Die Aborigines sind ganz gewiss nicht schuld am Typhus, Mr Harrison«, entgegnete der Doc wütend. »Und falls Sie Angst um Ihr Leben haben, sollten Sie sich von diesem Ort fernhalten.«

Der Mann musterte den Arzt einen Moment lang, dann lehnte er sich auf dem Sattel zurück. Ein boshaftes Lächeln lag auf seinem Gesicht.

»Ich könnte dafür sorgen, dass Sie Ihre Zulassung als Arzt verlieren«, drohte er.

»Und welchen Nutzen hätte das für Sie? Glauben Sie wirklich, ein anderer Arzt würde den Typhys besser in den Griff kriegen? Soweit ich weiß, können das nicht mal die Kollegen in Europa.«

»Aber jemand anderes würde uns vielleicht helfen, die Schwarzen zu vertreiben.«

Dr. McNall schnaubte nun so laut, dass es bis oben zu hören war.

»Mr Harrison, ich würde wirklich vorschlagen, dass Sie und Ihre Männer kehrtmachen und wegreiten. Ich habe sehr viel zu tun, und falls es Sie beruhigt, im Moment haben wir keine Aborigines hier. Sofern Ihre Leute nicht dafür sorgen, dass Sie hergebracht werden müssen, werden sie sich hier auch nicht blicken lassen.«

»Das wird noch ein Nachspiel haben«, drohte Harrison, doch Dr. McNall zeigte sich unerschrocken.

»Bleiben Sie mir besser fern, Harrison, denn es könnte sein, dass Sie eines Tages auch einen Arzt benötigen.«

Darauf sagte der Großgrundbesitzer nun nichts mehr. Die Reiter zogen ab.

Lucy und Anne blieben noch eine Weile auf der Treppe sitzen. Gerade als sie zu ihrem Zimmer zurückkehren wollten, wurde die Haustür aufgerissen.

»Was fällt diesem verdammten Mistkerl ein?«, schimpfte der Doc beim Eintreten. »Kreuzt hier auf und redet mir in die Arbeit rein. So was habe ich gern!«

»Beruhigen Sie sich, Doktor, Sie wissen doch, dass er sich von Zeit zu Zeit gern in Erinnerung bringt, damit die Leute wissen, wer hier der wahre Herr der

Stadt ist.« Die Frauenstimme gehörte Schwester Margaret.

Der Doktor brummte etwas Unverständliches, dann antwortete er: »Ja, das weiß ich. Aber es gefällt mir nicht, dass er die Aborigines für den Typhus verantwortlich macht. Ich kann mir denken, was er vorhat. Man sollte einen Brief an den Gouverneur schicken!«

»Briefe zum Gouverneur dauern lange und ändern auch nichts«, entgegnete die Schwester. »Sie wissen doch, der Gouverneur ist ein vielbeschäftigter Mann und es kümmert ihn herzlich wenig, was hier mit den Aborigines geschieht. Wenn beim nächsten Mal Aborigines herkommen, sollten wir sie vielleicht nach New Norcia schicken. Der Pater dort kann ihnen viel besseren Schutz bieten.«

»Unsinn, Schwester!«, entgegnete der Doktor. »Die Mission ist viel zu weit entfernt. Und ich lasse mich von diesem Mistkerl nicht einschüchtern.«

Darauf sagte Schwester Margaret nichts.

»Ich glaube, wir sollten uns jetzt besser für die Arbeit fertig machen«, meinte Anne, denn sie war sicher, dass die Schwester oder der Doktor gleich die Treppe heraufkommen würden.

Die beiden Mädchen huschten zurück in ihr Zimmer, und nachdem sie ihre Morgentoilette erledigt hatten, halfen sie in der Küche beim Zubereiten des Frühstücks. Wie jeden Morgen füllten sie die Behälter für die Kranken zuerst, was übrig blieb, nahmen sie sich.

Dr. McNall kam heute Morgen mit an den Frühstückstisch. Das Porridge rührte er allerdings nicht an, er hielt sich an seinem Kaffeebecher fest und blätterte nebenbei in einem Buch.

»Dr. McNall, Sie wollen wohl Magengeschwüre bekommen?«, fragte Schwester Muriel, die es überhaupt nicht mochte, wenn man ihr Essen verschmähte.

»Ich weiß Ihre Sorge zu schätzen, Schwester, aber nach dem Theater heute Morgen ist mir nicht nach Essen zumute.«

»Gerade wegen des Theaters sollten Sie essen!« Sie ließ den Blick prüfend über den Tisch schweifen und bemerkte, dass auch Anne keinen richtigen Appetit hatte.

»Und das gilt auch für dich, Mädchen! Ihr leistet schwere Arbeit, ihr müsst auch essen.«

Lucy sah zu ihrer Freundin. Tatsächlich war deren Teller noch nicht mal zur Hälfte leer, während sie ihr Porridge schon fast aufgegessen hatte.

»Ich esse doch schon, Schwester Muriel«, entgegnete Anne, ohne nach links oder rechts zu sehen, aber Lucy spürte, dass ihre Freundin keinen Appetit hatte. Es war fast so, als müsste Anne das Porridge essen, das sie immer für den Reverend gekocht hatte.

»Ist dir was auf den Magen geschlagen?«, fragte sie, als sie nach dem Essen zur Baracke gingen.

»Nein, ich hatte heute nur keinen Hunger. Das liegt sicher an der Wärme. Außerdem esse ich schon seit ein paar Tagen wenig.«

Das war Lucy bislang nicht aufgefallen. Sie selbst

hatte immer einen Bärenhunger, besonders nach einem langen Arbeitstag. Mittlerweile traute sie sich sogar an die exotischen Früchte heran, die manche Leute in der Mission abgaben. Anne jedoch sehnte sich insgeheim nach ganz gewöhnlichen Äpfeln. Aber die wuchsen nur in den Gärten der reichen Grundbesitzer. Alle anderen mussten sich mit Passionsfrucht, wilden Limonen, Quandong, Riberries und Muntharisbeeren begnügen. Diese Früchte schmeckten im ersten Moment ungewohnt, aber Lucy mochte das Aroma. Ihre Versuche, Anne zum Probieren zu überreden, waren jedoch bisher fehlgeschlagen.

»Vielleicht solltest du es doch mit ein bisschen Obst versuchen«, sagte sie. »Die Limonen und die Quandong sind wirklich nicht übel.«

Aber Anne verzog das Gesicht und schüttelte den Kopf. »Wenn ich erst einmal verheiratet bin, werde ich viele Apfelbäume pflanzen. Und Brombeerhecken.«

Lucy bezweifelte, dass Brombeeren hier wachsen würden. Es hatte wohl seinen Grund, warum sie von Natur aus in Australien nicht zu finden waren. Aber sie wollte Annes Traum nicht zerstören.

Den ganzen Tag über arbeiteten sie bei brütender Hitze. Als der Abend hereinbrach, stellten die Leute von der Mission zufrieden fest, dass es keinen einzigen Todesfall gegeben hatte, wofür Gott beim Abendgebet besonders gedankt werden sollte.

Lucy und Anne brachten die schmutzige Wäsche

in die Wäscherei, wo die Frauen aus der Stadt arbeiteten, mit denen sie bisher nicht besonders viel Kontakt gehabt hatten. Dann gingen sie in Dr. McNalls Behandlungszimmer, um die Instrumente zusammenzutragen und in Karbol einzulegen. Die Flüssigkeit brannte schlimm in den Augen und der Nase, aber diese Arbeit war unumgänglich.

Als sie den Raum betraten, fiel Lucy auf, dass Anne ganz blass war. Untertags hatte sie es bei der Hektik gar nicht gesehen. Das Unwohlsein am Frühstückstisch schien sich nicht gebessert zu haben. Und wahrscheinlich wurde es durch die Karboldämpfe schlimmer.

»Ist alles in Ordnung mit dir?«, fragte Lucy, während sie sich den Schweiß von der Stirn wischte. Auch ihr setzte die Hitze sehr zu, aber das äußerte sich nur darin, dass sich ihre Glieder schwer wie Blei anfühlten. Ihre Wangen glühten und waren sicher hochrot.

»Ja, es ist alles in Ordnung«, entgegnete Anne, ohne von den Instrumenten aufzusehen. »Mir macht nur die furchtbare Hitze zu schaffen.«

»Bist du dir sicher?«

Anne nickte. »Ja, es vergeht gleich wieder.« Damit begann sie die Instrumente in eine Nierenschale zu legen.

Lucy sah sie noch einen Moment lang skeptisch an, dann wandte sie sich der Instrumentenwaschschüssel zu und füllte verdünntes Karbol hinein. »Dr. McNall meint, dass die Trockenzeit bald ihren Höhepunkt erreichen wird«, sagte sie dabei. »Draußen im Busch soll es dann zu Bränden kommen.«

Anstelle einer Antwort klirrte etwas.

Als Lucy herumwirbelte, sah sie gerade noch, wie Anne zusammenbrach und dabei die Nierenschale mitriss. Deren Inhalt fiel zuerst auf den Boden, die Schale folgte nur Sekunden später. Anne sank neben dem Instrumententisch wie eine achtlos weggeworfene Puppe zusammen.

»Anne!«, rief Lucy und eilte sofort zu ihr. Ihr Herz raste vor Schreck. Rasch tastete sie nach der Stirn ihrer Freundin.

Ihre Stirn war schweißnass und ihre Zähne klapperten, als würde sie frieren. Hatte sie einen Hitzschlag erlitten?

»Anne, was ist mit dir?«, fragte sie, doch ihre Freundin antwortete nicht. Sie schien sich stattdessen nur auf ihren Atem zu konzentrieren, der schnell und flach ging. Sie wirkte, als würde das Leben jeden Augenblick aus ihr weichen.

In Panik schrie Lucy: »Dr. McNall!«

Sie mühte sich vergeblich, Anne wieder auf die Beine zu helfen. Aus ihrem Körper war jegliche Kraft gewichen.

Tränen schossen Lucy in die Augen, als sie das merkte. »Anne«, sagte sie und streichelte ihr über das Haar. »Anne, was ist nur mit dir?«

Im nächsten Augenblick stürmten Dr. McNall und Schwester Minerva durch die Tür. Der Arzt hob Anne auf die Arme und trug sie zur Behandlungsliege. Dort fühlte er nach ihrem Puls, zog ihr die Augenlider hoch und tastete ihren Hals ab.

»Schwester Minerva, bereiten Sie ein Bett vor«, sagte er schließlich, ohne aufzusehen.

Die Schwester nickte und verschwand aus dem Raum.

Nun horchte der Doktor Anne ab, und als er damit fertig war, wurde seine Miene ernster, als Lucy sie je gesehen hatte. Er nahm das Stethoskop vom Ohr und richtete sich dann auf.

»Ich fürchte, sie hat Typhus.«

Diese Worte trafen Lucy wie ein Schlag.

»Aber das kriegt man doch nur von fauligem Wasser!«

Der Arzt schüttelte den Kopf. »Man kann sich den Typhus auch auf anderem Wege holen. Anne hatte Kontakt mit den Kranken vom Schiff wie wir alle.«

»Das Karbol hat also nichts genützt.«

»Das würde ich nicht sagen. Anne ist unser erster Fall aus dem Personal. Vielleicht ist bei ihr etwas anders gelaufen als bei uns. Ich weiß, dass deine Freundin ein vernünftiges Mädchen ist, aber vielleicht hat sie aus einer der Tassen getrunken, die vorher die Kranken benutzt haben. Bei der Hitze wäre es kein Wunder, wenn man sich vor Durst vergisst.«

Lucy schlang die Arme um ihre Schultern. Sie zitterte vor Angst.

»Und was soll nun werden?«, fragte sie, während sie auf Anne starrte, die immer noch nicht zu sich gekommen war.

»Wir werden sie behandeln wie die anderen auch«, sagte der Doktor, und als Lucy ihn erschrocken ansah, fügte er hinzu: »Ich werde dafür sorgen, dass sie ein gutes Bett bekommt, weit weg von den Schwerkranken. Wenn wir es schaffen, ihre Abwehr zu stärken, erholt sie sich vielleicht wieder. Du weißt, es gibt durchaus Menschen, die den Typhus besiegen können.«

Nur hatten sie leider noch niemanden in ihrer Baracke gehabt, der von der Krankheit genesen war. Das wusste Lucy genauso gut wie der Doktor.

»Dr. McNall, das Bett ist fertig«, vermeldete Schwester Minerva, als sie wieder durch den Türrahmen trat.

»Gut, dann wollen wir mal.« Der Arzt legte das Stethoskop weg und hob Anne erneut hoch. Dann trug er sie aus dem Sprechzimmer in den Krankensaal.

Schwester Minerva hatte ein Bett abseits der anderen Patienten bereitet. Ein Fenster war in der Nähe, durch das man etwas frische Luft in den Raum lassen konnte. Die Jalousie hatte sie heruntergezogen, damit Anne mit ihrem Fieber nicht in der Sonne liegen musste.

Dr. McNall legte sie hinein und zog sich dann zurück, damit Lucy und Schwester Minerva das Mädchen entkleiden konnten. Sie zogen ihr ein frisches Nachthemd über, und während Minerva ihr Kleid fortbrachte, setzte sich Lucy neben Anne und legte ein nasses Tuch auf ihre Stirn.

Sie konnte noch immer nicht begreifen, warum der

Typhus sie erwischt hatte. Anne war doch eigentlich immer vorsichtig gewesen.

Nach einer Weile kam ihre Freundin wieder zu sich.

»Anne?«, fragte Lucy, während sie das durchgewärmte Tuch von ihrer Stirn nahm. Daraufhin schlug Anne langsam die die Augen auf, nur einen Spalt, aber immerhin so weit, dass sie Lucy sehen konnte.

»War der Doktor schon hier?«, fragte sie. Offenbar hatte sie von der Untersuchung nichts mitbekommen.

Lucy schluckte ihre Tränen runter.

»Ja, er war hier«, antwortete sie und griff nach Annes Hand. Sie glühte ebenso wie ihre Stirn.

»Ich hab Typhus, nicht wahr?«, fragte Anne.

Noch nie hatte Lucy ihre Freundin belogen, aber in diesem Augenblick hätte sie es gern getan. Nur um ihr die Furcht vor der Krankheit zu ersparen.

Doch das durfte sie nicht. Anne hätte ihr eine Lüge sicher übel genommen.

»Der Doktor glaubt das zumindest. Aber wir lassen dich nicht sterben. Ich lasse das nicht zu!«

Ein schwaches Lächeln huschte über Annes Gesicht, doch es sah nicht so aus, als sei sie zuversichtlich.

»Wenn ich doch sterben sollte, versprichst du mir, mich an meinem Grab zu besuchen?«

Lucy schossen die Tränen in die Augen. Sie konnte nicht gleich darauf antworten, das Schluchzen, das in ihrer Kehle aufstieg, erstickte ihre Stimme.

»Du darfst so was nicht sagen, hörst du«, presste

sie schließlich hervor. »Hier im Hospital sind immer noch Patienten, die dem Typhus trotzen. Und ich habe auch schon von Fällen gehört, bei denen die Patienten überlebt haben. Vielleicht sind jene, deren Fieber in den letzten Tagen gesunken ist, die ersten, die das Hospital gesund wieder verlassen. Also ist noch nichts verloren.«

Anne sah sie daraufhin an, als würde sie ihr kein Wort glauben. Ging es ihr schon so schlecht, dass sie ihr Ende nahen fühlte?

»Ich werde um dich kämpfen«, beharrte Lucy und blieb so lange an ihrem Bett, bis Minerva sie zum Essen ins Haus schickte.

5. Kapitel

In diesen Tagen passierte nur wenig in der Stadt. Man hörte weder etwas von den Aborigines noch von Harrisons Männern. Die klaren Worte des Doktors mussten ihn wohl davon überzeugt haben, dass es sich nicht lohnte, sich mit ihm anzulegen.

Tag und Nacht verbrachte Lucy so viel Zeit wie nur möglich an Annes Bett. Während ihrer Besuche musste sie sich ein Tuch vors Gesicht binden, denn der Doktor hatte es für sämtliche Schwestern so angeordnet.

Dank der Früchte, die sie nun essen musste, war Anne zwischendurch so klar, dass sie mit ihr reden konnte. Lucy erzählte ihr, was im Hospital los war, was die Schwestern so machten und welche neuen Kunststücke der Kakadu auf dem Missionsdach vorführte. Sie erzählte von den Fuhrwagen, die jeden Tag Obst aus dem umliegenden Buschland holten. Zu Annes Leidwesen gab es dort meist nur Passionsfrüchte, die sie gar nicht ausstehen konnte. Mit den Riberrys hatte sie sich immerhin schon etwas angefreundet.

Lucy wusste, dass es schlimm um sie stand, aber sie wollte die Hoffnung nicht aufgeben.

Dann kletterte das Fieber immer höher. Es war, als hätte es auf eine Gelegenheit gelauert, wieder zuzuschlagen.

Eines Nachts, als Lucy neben Annes Bett saß, stellte sie fest, dass deren Kopf wie Schmiedekohle glühte. Schnell weckte sie den Doktor und der ordnete an, sie sofort in eine Wanne mit eiskaltem Wasser zu legen.

Dadurch ging das Fieber immerhin ein bisschen zurück. Aber es sank nicht so tief, dass sie außer Gefahr war. Trotzdem wurde ihr Verstand wieder ein bisschen klarer.

»Lucy, du bleibst doch bei mir, oder?«, fragte sie, als der Morgen heraufdämmerte.

Die Krankheit hatte ihr Gesicht schmal werden lassen und ihre Worte brachten Lucy wieder zum Weinen.

»Ja, ich bleibe hier«, schluchzte sie und strich ihr übers Haar. »Ich lass dich nicht allein.«

An diesem Tag schaute Lucy noch häufiger nach Anne. Ihr Zustand veränderte sich nicht. Dafür fühlte sich Lucy allmählich wie durch die Mangel gedreht. Trotzdem konnte sie nachts nicht schlafen. Nur ihr Körper schien erschöpft zu sein, ihr Geist jedoch war wacher als zuvor.

Nachts schlich sich Lucy wieder in den Krankensaal. Eine innere Unruhe plagte sie, die wohl nur verschwinden würde, wenn sie bei Anne war.

Sie huschte am Sprechzimmer des Doktors vorbei, der wie immer Wache hielt, bis er gegen Mitternacht von einer der Schwestern abgelöst wurde. Der Lichtschein berührte kurz ihre Knöchel und den Saum des Nachthemdes, doch McNall bekam nichts mit.

Der Schlafsaal war gespenstisch ruhig.

Sie schlich an den Patienten vorbei, bis sie vor Annes Bett stand.

Leise zog sie sich einen Stuhl heran.

Nachdem sie sich gesetzt hatte, betrachtete Lucy ihre Freundin. Der Ausschlag, den jeder Typhuskranke bekam, blühte jetzt auch schon oberhalb des Ausschnittes ihres Nachthemds.

Das Fieber war wieder da, nicht so schlimm wie zuvor, aber Lucy konnte es spüren. Es strahlte ihr regelrecht entgegen. Sie legte die Hand auf die Stirn ihrer Freundin und zog sie dann wieder zurück. Noch war es nicht so weit, dass sie wieder ins kalte Wasser musste.

Lucy richtete den Blick nach draußen, wo der

Mond zwischen den Bäumen hing wie ein vergessener Lampion.

Sie hatte die Bibelstunden beim Reverend immer gehasst und fragte sich nun, ob sie Gott damit erzürnt hatte. Doch wenn dem so war, warum hatte er nicht *sie* krank werden lassen? Wollte er sie damit strafen, dass sie hilflos zusehen musste, wie ihre Freundin starb? Sie konnte sich nicht vorstellen, dass es etwas gab, wofür Anne büßen musste.

In regelmäßigen Abständen prüfte Lucy die Stirn ihrer Freundin. Zunächst schien sich nichts zu ändern. Ihre Atemzüge gingen rasch und flach wie immer.

Kurz nach Mitternacht, als Lucy hörte, wie Schwester Minerva den Doktor zum Schlafen schickte und die Nachtwache übernahm, prüfte sie erneut und fand, dass die Temperatur ein wenig gesunken war. Konnte Anne das Fieber langsam besiegen?

Eine Spur Erleichterung machte sich in ihr breit. Am liebsten wäre sie losgelaufen und hätte dem Doktor oder Schwester Minerva Bescheid gesagt, aber dann hätten sie gewusst, dass sie hier war, und es hätte nur unnötigen Ärger gegeben. Sie beschloss, sitzen zu bleiben und regelmäßig die Temperatur zu prüfen. Zwischendurch wollte sie nur ein wenig die Augen schließen. Sich nur ein wenig ausruhen.

Sie lehnte sich zurück, hörte, wie sich Annes Atem immer weiter entfernte, doch sie konnte dem Schlaf nichts mehr entgegensetzen.

»Lucy!«

Die Stimme des Arztes ließ sie hochschrecken. Erst jetzt merkte sie, dass sie neben Annes Bett eingeschlafen war und dass McNalls Hand auf ihrer Schulter lag.

»Ja, Doktor«, antwortete sie und wollte aufstehen, doch der Arzt hielt sie zurück. Seine Miene war ernst. Lucy versuchte nach Anne zu sehen, doch auch das verwehrte er ihr.

»Lucy, sieh mich an«, sagte Dr. McNall. Das Mädchen spürte, wie sich in seiner Brust etwas zusammenzog. Es musste ihr Herz sein, das sich da verkrampfte. »Anne ist heute Nacht gestorben, während du bei ihr gesessen hast.«

Ein Schrei dehnte sich in ihrer Brust aus, kam aber nicht durch ihre Kehle, denn die war zugeschnürt. »Nein«, war alles, was sie hervorpressen konnte.

Dr. McNall nickte, und die Sorgenfalte zwischen seinen Augenbrauen schien zu einem tiefen Graben zu werden.

»Wenn du willst, kannst du sie noch einmal sehen, aber sie wird nicht mehr die sein, die du gekannt hast. Das solltest du wissen.«

Lucy hörte seine Stimme wie aus weiter Ferne und spürte, wie der unterdrückte Schrei in ihrer Brust zu einem scharfen Schmerz wurde. Es war wie damals, als sie erfahren hatte, dass ihr Vater gestorben war. Auch er war in der Nacht von ihr gegangen. Nun hatte Anne sich davongestohlen, während sie geschlafen hatte.

»Ich möchte sie noch einmal sehen«, sagte sie mit zitternder Stimme zum Doktor. Er nickte und ließ ihre Schultern los, sodass sie sich umwenden konnte. Dann zog er das Laken, mit dem man den Körper bedeckt hatte, zurück.

Es war noch Anne, aber sie war es auch nicht mehr.

Einerseits sah sie aus, als würde sie schlafen, doch ihr Lächeln, ihre Stimme und ihre Seele waren vergangen.

Ein Schleier senkte sich vor Lucys Augen und ein Schluchzen stieg ihre Kehle hinauf. Für einen Moment war es, als würde ihr Herz stolpern und ebenfalls zu schlagen aufhören. Doch es schlug weiter, wenngleich eine ungeheure Schwäche sie auf die Knie zwang. Die Tränen flossen an ihren Wangen hinab, tropften auf die Schürze und den Fußboden.

Man ließ ihr diesen Moment des Abschieds, dann wurde Anne wieder zugedeckt und nach draußen getragen. McNall half Lucy auf, und während sie still weiterweinte, folgte sie ihm nach draußen, wo bereits der Totengräber mit seinem Karren wartete. Auch die anderen Schwestern versammelten sich nun vor der Baracke. Einige von ihnen tupften sich mit den Schürzen die Tränen aus den Augen. Muriel schluchzte hemmungslos und ihr rundes Gesicht zerfloss in Trauer. Margaret sprach mit versteinerter Miene ein Gebet.

Der Totengräber legte Annes Leichnam auf die Ladefläche des Wagens und nickte Dr. McNall zu. Der erwiderte das Nicken und trat dann neben Lucy.

Dass sich seine schwere Hand auf ihre Schulter senkte, bekam sie nicht mit. Sie fühlte sich, als würde sie in zwei Teile zerbrechen, und niemand ringsherum konnte ermessen, welche Schwärze jetzt ihr Herz umgab.

Für diesen Tag hätte der Doktor Lucy von der Arbeit freigestellt, aber das wollte sie nicht. Sie fürchtete in der Stille ihrer Kammer vor Trauer und Schmerz verrückt zu werden. Also machte sie sich nützlich. Das ging auch so lange gut, bis sie ohne nachzudenken Annes Bett ansteuerte, um ihr Obst zu bringen. Ein weiterer Patient war nicht eingeliefert worden, und so sah sie nur die leere Bettdecke, auf die jemand rote Blütenblätter gestreut hatte.

Schluchzend brach sie daneben zusammen.

Diesmal war Schwester Minerva zur Stelle und zog sie in ihre Arme. Noch nie zuvor hatte das eine Schwester im Hospital getan, sie behandelten Lucy zwar freundlich, kamen ihr aber nie so nahe.

Minerva jedoch hielt sie, als wäre sie ihre Tochter, und strich ihr übers Haar.

»Ich weiß, Kindchen, ich weiß«, flüsterte sie ihr zu. Während Lucy noch ihren Schmerz herausweinte, fragte sie sich, ob wohl Minerva für die Blütenblätter verantwortlich war.

Nach diesem Zusammenbruch schickte Dr. McNall Lucy aus dem Hospital.

»Du bist durch die Nachtwachen geschwächt. Ich kann es nicht erlauben, dass du vor Gram auch noch krank wirst«, sagte er und drückte ihr zwei Bücher in die Hand.

»Hier, versuch dich damit abzulenken. Das eine ist neu, ich habe es selbst noch nicht gelesen.«

Lucy nickte schwach, bezweifelte aber, dass die Bücher sie trösten könnten. Sie zog sich in ihre Kammer zurück und legte sich aufs Bett.

Während sie an die Decke starrte, dachte sie an all die Dinge zurück, die sie zusammen mit Anne erlebt hatte. Und immer wieder fragte sie sich, ob das, was geschehen war, hätte verhindert werden können.

Eine Antwort wollte ihr nicht einfallen. Genauso wenig wusste sie, wie es jetzt weitergehen sollte. Natürlich konnte sie hier im Hospital bleiben, aber war das alles? Sie hatte hier ein halbwegs sicheres Leben und Auskommen, aber das war es nicht, was sie sich gewünscht hatte. Sie wollte dieses Land entdecken, Abenteuer erleben. Solange Anne bei ihr gewesen war, hatte sie die Möglichkeit gesehen, irgendwann von hier fortzugehen. Doch jetzt war sie allein. Was sollte sie nun tun? Das Angebot von Mrs Kavanagh fiel ihr wieder ein. Vielleicht sollte sie dorthin gehen. Die Familie würde sie gewiss freundlich aufnehmen. Doch hier im Hospital brauchte man sie ebenfalls …

Plötzlich überkam sie das gleiche Gefühl wie damals, als ihr Vater gestorben war und die Gläubiger angerückt waren, um ihr Geld einzutreiben. Furcht. Furcht vor dem, was kommen würde. Furcht vor dem Ungewissen.

Einen Tag später wurde Anne auf dem Friedhof von Perth begraben.

Die Schwestern und der Doktor waren anwesend, Lucy ging wie ein Familienmitglied direkt hinter dem Sarg. Dem Reverend der Kirche, den sie von den Gottesdiensten in der Mission kannte, stand der Schweiß auf der Stirn, als er das Gebet sprach, und Lucy fiel auf, dass er ausgezehrt wirkte. Hatte er sich auch angesteckt? Konnte die Krankheit durch die Sargdeckel dringen?

Wenn ja, dachte Lucy einen Moment lang, warum holt sie mich dann nicht? Im nächsten Augenblick war es ihr aber, als würde sie jemand im Nacken packen.

Anne hätte nie gewollt, dass sie ebenfalls krank wurde und starb. »Wenigstens du musst leben und versuchen unseren Traum zu erfüllen«, glaubte sie ihre Stimme zu hören.

Doch wie?, dachte Lucy, während sie beobachtete, wie der Sarg, begleitet vom Vaterunser, das sie mechanisch mitsprach, in die Grube gelassen wurde.

Tröstende Hände legten sich schließlich auf ihre Schultern, dann ließ man sie allein.

»Na, Missy, willst du nicht ein Stück zurückgehen?«, fragte schließlich einer der Totengräber. »Wir schaufeln dir sonst noch Sand auf die Füße.«

Das macht nichts, glaubte Lucy zu sagen, aber in Wirklichkeit kam ihr kein Wort über die Lippen.

Der Totengräber sah sie verwundert an, dann schüttelte er den Kopf und setzte seine Arbeit fort.

Als die Männer fort waren, kniete sie sich neben das Grab.

»Du hast zu mir gesagt, dass ich nicht weggehen soll«, sagte sie leise. »Und jetzt bin ich diejenige, die allein ist. Was soll ich nur ohne dich machen?«

Die Frage blieb unbeantwortet und wurde vom warmen Wind davongetragen.

In den folgenden Tagen besuchte Lucy immer gegen Abend Annes Grab. Die Blumen, die sie unterwegs pflückte, verwelkten trotz des Wassers in Muriels Marmeladenglas schnell, sodass sie jeden Tag ausgetauscht werden mussten.

Die Trauer wütete in ihr wie ein wildes Tier. Egal was sie tat, der Gedanke, dass Anne nicht mehr da war, verließ sie nie.

Der Typhus zog sich allmählich zurück. Es war, als sei der Tod endlich satt. Einige Menschen starben noch, wenige überlebten geschwächt. Es würde noch eine Weile dauern, bis sie das Hospital verlassen konnten, aber der Doktor war zuversichtlich, dass sie es schaffen würden.

»Na, hast du schon in den Büchern gelesen?«, fragte McNall Lucy eines Nachmittags, als sie gerade dabei war, sein Sprechzimmer aufzuräumen. Seit die Epidemie zurückging, hatten sie wieder mehr Gelegenheiten, miteinander zu reden.

Die meisten Gespräche mit den Schwestern und dem Doktor führte Lucy nur beiläufig, immer mit Annes Bild vor Augen und der Frage, was sie wohl gesagt hätte. Manchmal passierte es auch, dass sie sich an einem Ort wiederfand, ohne zu wissen, wie sie dorthin gelangt war. Oder dass sie eine Arbeit erledigt hatte, ohne es selbst mitzubekommen. Ihr Körper schien mechanisch zu funktionieren wie eine Uhr.

Diesmal hörte sie aber tatsächlich hin.

»Ich habe mit einem angefangen«, antwortete Lucy matt und wusste nicht, ob Dr. McNall ihr diese Lüge abkaufte. Die Bücher lagen noch immer unberührt dort, wo sie sie an Annes Todestag abgelegt hatte.

Der Arzt betrachtete sie lange und seufzte. »Ich weiß, dein Verlust wiegt schwer, und ich fürchte, es wird noch eine Weile dauern, bis die Wunde, die der Tod gerissen hat, verheilt ist. Aber bitte gib dich nicht auf.«

Lucy hatte nicht das Gefühl, dass sie am Aufgeben war. Erschien es den anderen vielleicht so?

»Das tue ich nicht«, antwortete sie.

»Doch, das tust du«, widersprach ihr der Doktor. »Ich sehe es in deinen Augen. Sie waren früher voller Leben, jetzt sind sie leer. Und ich habe auch den Verdacht, dass du nicht mehr sagen kannst, worüber wir gestern Abend miteinander gesprochen haben.«

Lucy senkte den Kopf. Sie wusste es wirklich nicht mehr. Alles, woran sie sich erinnerte, war der Gang zu Annes Grab.

»Ich frage mich, warum es schon wieder mich treffen musste«, platzte es nun aus ihr heraus. »Bin ich Gott so sehr zuwider, dass ich zuerst meine Eltern verliere und jetzt Anne? Alles, was ich liebe, verliere ich!«

Der Doktor brauchte eine Weile, bis er antwortete.

»Es ist leider Gottes Art, seine Kinder zu prüfen. Und seltsamerweise prüft er jene am härtesten, von denen er am meisten erwartet.«

Lucy warf ihm einen verständnislosen Blick zu, dann sah sie wieder auf ihre Hände, die gerade Instrumente sortierten, ohne dass ihr Kopf so recht daran beteiligt war.

»Das klingt jetzt vielleicht hart, aber das ist meine Erfahrung«, fuhr der Doktor fort. »Ich glaube, wir können viel von dir erwarten. Hadere nicht mit dem, was geschehen ist, sondern blicke nach vorn. Auch wenn es dir in diesem Moment unmöglich erscheint. Das Leben in diesem Land ist rau, aber es belohnt jene, die nicht aufgeben.«

Seine Hände legten sich nun auf ihre Schultern und drehten sie so herum, dass sie ihn ansehen musste.

»Erlaube deinem Verstand, Anne loszulassen. Das bedeutet nicht, dass du sie vergessen musst, aber ist nicht das Herz ein besserer Ort, um sie bei dir zu tragen? Dort wird sie immer sein, und wenn du zuhörst, spricht sie mit dir. Sie hat dich nicht ganz so alleingelassen, wie du glaubst.«

Lucy blickte dem Doktor lange in die Augen. Am liebsten hätte sie gesagt, dass ihr das nicht möglich war, aber sie wusste, dass er recht hatte. Sie durfte nicht nur in der Vergangenheit leben, ihr Leben musste weitergehen. So wie es nach dem Tod ihres Vaters weitergegangen war.

An diesem Abend war Lucy nicht allein auf dem

Friedhof. Aber es waren keine Angehörigen der Typhus-Toten, die ihr Gesellschaft leisteten. Es war eine dunkelhäutige Frau, eine Aborigine. Lucy bemerkte sie zunächst nur aus dem Augenwinkel, als sie sich wieder die Tränen vom Gesicht wischte.

Die Frau stand vor der Umfriedung, als traute sie sich nicht, einzutreten. Dr. McNalls Worte kamen Lucy in den Sinn. Vielleicht hielt sie diesen Ort an dem die hölzernen und eisernen Kreuze emporragten, für einen magischen Garten.

Als Lucy länger hinsah, erkannte sie, dass es nicht irgendeine Aborigine war. Es war die Frau, die sie vor den Gelbmänteln beschützt hatte.

Was suchte sie hier? Sie wirkte nicht, als wollte sie hier jemanden besuchen. Der Doktor hatte ihr erklärt, dass die Aborigines ihre Toten verbrannten und die Asche der Erde übergaben, aus der sie nach ihrem Glauben gekommen waren.

Lucy fragte sich, ob sie sie irgendwie ansprechen sollte. Immerhin starrte die Frau sie direkt an. Viele Aborigines verstanden Brocken ihrer Sprache. Oder vielleicht sollte sie ihr zuwinken?

Lucy war ratlos. Gleichzeitig spürte sie, dass sich die schmerzhafte Klaue der Trauer ein wenig zurückzog, wenn sie über diese Fragen nachdachte. Oder hatte die Frau einen Zauber auf sie gelegt?

Noch einen Moment lang sahen die beiden einander an. Dann wandte sich Lucy wieder Annes Grab zu. Die Blätter der frischen Blumen, die sie ihr gebracht hatte, bewegten sich sanft im Abendwind.

Plötzlich hörte Lucy den Ruf eines Kakadus über sich. Sie blickte auf, sah aber wie damals, als sie den Gelbmänteln gegenübergestanden war, keinen Vogel. Rasch wandte sie sich zu der Frau um, doch die war verschwunden.

Konnte sie sich wirklich in einen Vogel verwandeln? Anne hatte nicht daran geglaubt, aber auf diesem Kontinent war vielleicht alles möglich. Auch Zauberei.

Lucy wollte es herausfinden. Wenn die Frau bloß weitergegangen war, dann müsste sie noch auf dem Weg zu sehen sein. Mit langen Schritten rannte sie zum Tor und schaute sich nach ihr um.

Die Aborigine war fort, dafür bemerkte Lucy eine Zeichnung auf dem Boden, direkt vor dem Toreingang. Es waren Punkte und Wellenlinien, die alle in die gleiche Richtung zeigten. Ein Sinn war für Lucy aus dieser Zeichnung nicht zu erkennen. Magische Zeichen sahen für sie anders aus. Das Bild auf dem Boden wirkte, als hätte es ein Kind aus Langeweile gemalt.

Dennoch hatte die Zeichnung irgendetwas an sich, das es Lucy unmöglich machte, sich einfach abzuwenden. Steckte die Magie in der Zahl der Linien? Lucy zählte sieben, und als sie näher hinschaute, erkannte sie, dass damit vielleicht auch ein Fluss gemeint sein konnte. Die Punkte waren gleichmäßig angeordnet, acht zu jeder Seite. Als Lucy ihre Fantasie noch weiter anstrengte, wirkten die Punkte wie Menschen, die an gegenüberliegenden Flussufern standen. Konnte es sein, dass in dieser Zeichnung doch ein tieferer Sinn steckte? Meinte die Aborigine damit das Reich der Lebenden und der Toten? Oder standen sich Weiße und Aborigines gegenüber?

Noch während sie auf die seltsame Zeichnung starrte, hörte sie Schritte hinter sich. Sie waren zu schwer, um zu der Frau zu gehören. Lucy wandte sich um und erkannte zu ihrer großen Überraschung Mr Callaway. Er kam schnurstracks auf sie zu.

»Da hatte Dr. McNall doch recht, dass ich dich hier finde«, sagte er und lächelte sie freundlich an.

»Warum haben Sie mich denn gesucht?«, entgegnete Lucy, und auf einmal war es ihr furchtbar peinlich, dass sie ihm mit verquollenen Augen gegenüberstand.

»Ich habe mich gefragt, wie es der kleinen Schwester und ihrer Freundin geht.« Seine Miene wurde jetzt wieder ernst. »Dr. McNall hat mir erzählt, was passiert ist. Es tut mir leid.«

Lucy nickte. Für wenige Sekunden, während sie sich mit der Zeichnung beschäftigt hatte, war Annes Schicksal ein wenig in den Hintergrund getreten, doch nun kehrte es mit aller Macht zurück. Ein wenig schämte sich Lucy dafür, dass sie sich hatte ablenken lassen. Obwohl es genau das war, was ihr der Doktor geraten hatte.

»Möchtest du mir ihr Grab zeigen?«, fragte Mr Callaway und Lucy nickte.

Sie führte ihn durch die Reihen der frischen Gräber, bis sie schließlich vor Annes Hügel stand. Der Farmer zog den Hut vom Kopf, senkte den Blick und sprach flüsternd ein Gebet. Lucy blickte auf die Blumen, und in ihr stieg plötzlich der Drang auf, ihrer Freundin von der Zeichnung zu erzählen. Und davon, dass die Aborigine nun schon zum zweiten Mal einfach verschwunden war – begleitet vom Ruf eines Kakadus.

Doch Anne konnte sie nicht mehr hören. Diese Erkenntnis schnürte ihr erneut das Herz und den Magen zu.

»So ein Verlust wiegt schwer«, sagte Callaway schließlich. »Als meine Frau starb, glaubte ich, ich würde verrückt werden. Aber zum Glück hatte ich Henry und andere Menschen, die mir beigestanden haben. Ich frage mich gerade, ob du Lust hast, mit zu uns zu kommen.«

Unvermittelt legte der Farmer seine Hand auf ihre Schulter. Das überraschte Lucy, aber sie stieß sie nicht weg. Es tat ihr sogar gut, dass der Mann Verständnis zeigte.

»Mein Sohn könnte etwas Gesellschaft brauchen und meine Haushälterin Hilfe«, fuhr Callaway fort. »Du wärst auf meiner Farm sehr willkommen. Dort bist du unter Menschen, die dich genauso lieb gewinnen könnten, wie du Anne lieb warst.«

Lucy sagte darauf nichts. Sie beobachtete weiterhin, wie der Wind die Blütenblätter auf Annes Grab zum Erzittern brachte. Die Worte klangen wie aus weiter Ferne zu ihr.

Callaway gab trotz ihres Schweigens nicht so leicht auf.

»Deine Freundin würde wollen, dass du nicht in Trauer erstarrst. Und sollte es einen Himmel geben, so werde ich meiner Emily sagen, dass sie auf sie achtgeben soll.«

Die Hand ruhte noch eine Weile auf ihrer Schulter, dann zog sie sich zurück. Die Stelle, wo sie gelegen hatte, fühlte sich nun unangenehm kühl an. Lucy wandte sich um. Der Farmer sah sie erwartungsvoll an.

»Hat der Doktor Ihnen gesagt, dass Sie mich mitnehmen sollen?«

Das Ganze erschien Lucy viel zu verdächtig für einen Zufall.

»Nein, das hat er nicht. Aber er hatte mitbekommen, dass du und Henry euch sehr gut verstanden habt. Als er mir erzählte, was geschehen war, habe ich mich gefragt, ob ich dich wohl überreden könnte.«

»Und was ist mit meiner Stelle im Hospital?«

»Ich habe mit dem Doktor bereits darüber gesprochen. Es gefällt ihm zwar nicht, dass er auf deine Hilfe verzichten müsste, aber natürlich weiß er, dass dir ein Ortswechsel jetzt guttun könnte. Auch wenn es dir vielleicht etwas rasch erscheint.«

Etwas rasch war eine Untertreibung, Anne war ja gerade etwas mehr als zwei Wochen tot. Irgendwie wurde Lucy das Gefühl nicht los, dass Dr. McNall hinter diesem Angebot steckte. Aber sie konnte auch nicht behaupten, dass es ihr missfiel.

»Könnte ich ab und zu Annes Grab besuchen?«, fragte sie.

»Das könntest du. Immer wenn ich in die Stadt fahre, nehme ich dich mit.« Er sah sie eindringlich an, dann lächelte er wieder. »Du wirst es gut haben bei uns. Draußen auf der Farm gibt es so viel zu entdecken, dass man die Stadt darüber vergisst.«

Und den Schmerz, dachte er, sagte es aber nicht laut.

»Ich komme in zwei Tagen wieder. Ich werde einkaufen und dann beim Hospital vorbeischauen. Wenn du mitmöchtest, sei übermorgen am Nachmittag mit deinem Gepäck draußen vor der Tür. Bist du nicht dort, fahre ich allein zur Farm und bin dir auch nicht böse.«

Wieder legte er die Hand auf ihre Schulter und drückte sie leicht. Dann wandte er sich um und verließ den Friedhof.

Erst als er schon nicht mehr zu sehen war, fiel es Lucy ein, dass sie ihn hätte fragen können, was die Zeichnung vor dem Tor zu bedeuten hatte. Immerhin kannte er sich ein wenig mit den Aborigines aus. Aber das würde sie vielleicht schon bald nachholen können.

Als Lucy ins Hospital zurückkehrte, hatte sie sich entschieden. Während des Marsches vom Friedhof zur Mission hatte sie das Für und Wider abgewogen.

Sicher, sie würde die Schwestern und den Doktor vermissen, aber vielleicht gab ihr der Aufenthalt im Busch die Möglichkeit, das Land besser kennenzulernen. Und wer weiß, vielleicht konnten Tote ja doch hören. Dann würde sie Anne jede Woche berichten, was sich zugetragen hatte. Sie stellte sich vor, dass ihr das gefallen würde.

Nach und nach kam ihr die Einsicht, dass das Leben weiterging und Anne sich gewünscht hätte, dass sie ihre Trauer ein wenig beiseiteschob. Ganz verlassen würde sie sie nie, und Lucy wusste, dass es immer wieder Nächte geben würde, in denen sie sich in den Schlaf weinte. Aber auf der Farm konnte sie ihren Kummer vielleicht ein wenig vergessen. Außerdem konnte sie bei der Arbeit dort niemandem aus Unachtsamkeit und Trauer Schaden zufügen.

Schließlich durchschritt sie das Tor zur Mission. Der Kakadu, der immer am Schild turnte, hatte heute einen Freund dabei. Oder war es eine Freundin? Er verzichtete auch auf seine Kunststücke und schnäbelte stattdessen ganz verliebt mit dem anderen Vogel.

Da sie wollte, dass Dr. McNall als Erster von ihrem Entschluss erfuhr, ging sie zur Typhus-Baracke. Am Nachmittag waren wieder ein paar Patienten entlassen worden. Ihre Betten standen frisch bezogen im Krankensaal.

Als sie ihn dort nicht antraf, ging sie zu seinem Sprechzimmer. Er war gerade mit der Untersuchung eines Patienten, der nicht bettlägerig war, fertig.

»Denken Sie dran, regelmäßig ihre Pillen zu nehmen, Mr Kendall, und in einer Woche möchte ich Sie hier wiedersehen.«

Mr Kendall war ein alter Mann aus der Stadt, der sich ab und zu in der Mission blicken ließ, weil ihn seine Wehwehchen plagten. Schwester Margaret behauptete, dass er vor allem herkomme, weil er sonst niemanden zum Reden habe.

Nachdem der Mann gegangen war, wandte sich Dr. McNall an Lucy, die er schon längst bemerkt hatte.

»Was führt dich zu mir?«

»Ich habe Mr Callaway auf dem Friedhof getroffen«, antwortete Lucy. »Er hat mir erzählt, dass Sie ihm gesagt haben, wo er mich finden kann.«

»Das habe ich in der Tat«, entgegnete der Doktor und sah sie nun erwartungsvoll an. »Und, hattet ihr eine gute Unterhaltung?«

Lucy nickte. »Ja, die hatten wir. Ich habe ihm Annes Grab gezeigt und wir haben geredet.«

Sie stockte kurz. Jetzt war wohl der Zeitpunkt gekommen, ihm ihre Entscheidung mitzuteilen. Von Mr Callaways Vorhaben wusste der Doktor ja. Ganz einfach war das nicht, denn sie mochte den Arzt wirklich. Aber schließlich gab sie sich einen Ruck.

»Er hat mir angeboten, mit ihm auf seine Farm zu kommen. Seine Haushälterin braucht Hilfe.« Dass er auch dazugesagt hatte, dass sein Sohn ein wenig Gesellschaft haben sollte, fügte sie nicht hinzu. Und erst recht nicht, dass sie Henry sehr mochte.

»Und wie hast du dich entschieden?«, fragte der Doktor.

»Ich werde mit ihm gehen. Vorausgesetzt, Sie können meine Hilfe hier entbehren.«

Der Doktor lächelte. »Entbehren können wir dich hier nur sehr schlecht. Aber eine Ortsveränderung würde dir guttun. Du bist noch jung, und nach all den Schrecken, die du hier erlebt hast, solltest du mal eine Zeit der Ruhe bekommen. Denn es nützt wirklich niemandem etwas, wenn du seelisch krank wirst und hier nicht mehr arbeiten kannst. Versuche ein wenig Abstand zu gewinnen und deine Trauer zu überwinden. Wenn du dann wieder Lust hast zurückzukehren, bist du uns jederzeit willkommen.«

Der Doktor nickte ihr zu, und Lucy tat nun etwas, das sie zuvor noch nie bei einem anderen Mann als ihrem Vater gemacht hatte. Sie umarmte ihn.

»Schon gut, Mädchen«, sagte McNall und strich sanft über ihren Rücken. »Auch du wirst eines Tages dein Glück finden, da bin ich sicher.«

Noch an diesem Abend begann sie ihre Teppichstofftasche zu packen. Mr Callaway würde zwar erst übermorgen erscheinen, aber sie wollte am nächsten Tag noch einmal im Hospital mitarbeiten. Außerdem war ihr Kopf dermaßen voll von Gedanken, dass es keinen Sinn gehabt hätte, früh ins Bett zu gehen.

Nachdem sie den Großteil ihrer Habseligkeiten in der Teppichstofftasche verstaut hatte, ging sie zu Annes leerem Bett. Darunter stand noch immer ihr kleiner Koffer, den sie aus dem Waisenhaus mitgenommen hatte. Sollte sie die Sachen, die ihr gehört hatten, mit auf die Farm nehmen? In gewisser Weise war sie die einzige Erbin.

Das Einzige, was ein bisschen Wert gehabt hatte, war das Medaillon mit dem Bildnis ihrer Mutter gewesen. Lucy hatte dafür gesorgt, dass Anne es mit in den Sarg bekommen hatte, damit ihre Mutter immer bei ihr war. Das Taschentuch, in dem das Medaillon eingewickelt war, hatte sie als Andenken behalten. Die Häkelspitze am Rand war schon ziemlich verschlissen, aber die eingestickten Buchstaben A. M., Annes Monogramm, waren noch gut zu erkennen.

Die Kleider konnte sie selbst nicht gebrauchen, Anne war immer ein wenig zierlicher gewesen als sie selbst. Also beschloss sie, die Sachen den Schwestern zu überlassen, damit sie sie an die Einwanderer verteilen konnten. Sie zog also den Koffer hervor, verstaute die Sachen darin und stellte ihn dann auf die Bettdecke. Annes Haarbürste behielt sie ebenfalls.

Als sie fertig war, fielen ihr die Bücher des Doktors ins Auge. Noch immer hatte sie sie nicht angerührt. Sie musste sie bald zurückgeben, also wollte sie wenigstens einmal hineinlesen.

Bei einem der Bücher handelte es sich um eine wissenschaftliche Abhandlung über Pflanzen, das andere war ein Roman.

Herman Melville – Moby Dick stand auf dem Einband. Das Buch war eine Neuausgabe, der Doktor musste es mit einer der letzten Auswandererschiffe, die in Perth angelegt hatten, bekommen haben.

Als sie den Buchdeckel aufschlug, las sie, dass es sich um einen Roman handelte, der bereits 1851 erschienen war. Wenn Dr. McNall es lesen wollte, konnte es nicht schlecht sein.

Da sie noch immer nicht müde war, drehte sie die Flamme in ihrer Lampe höher, hockte sich aufs Bett und begann zu lesen.

Sie erfuhr vom grausamen Kapitän Ahab, der sein Leben vollkommen dem Fang eines weißen Wals verschrieben hatte. Er hasste das Tier, weil es ihm bei einem früheren Jagdzug das Bein abgebissen hatte. Die Jagd auf Moby Dick wurde für ihn zur Besessenheit, für die er alles zu opfern bereit war.

Als Lucy endlich mit dem Lesen aufhören konnte, war der Morgen bereits angebrochen, doch sie fühlte sich nicht müde. Sie legte sich aufs Bett zurück, blickte aus dem Fenster und fragte sich, ob es wohl auf der Welt eine Sache gäbe, der man sich voll und ganz verschreiben konnte, ohne dabei so kalt und böse zu werden wie Kapitän Ahab. Sie wollte sich einer besseren und wichtigeren Aufgabe widmen, damit Anne und ihre Eltern, wenn sie vom Himmel herabblickten, stolz auf sie sein konnten.

Am Morgen berichtete Lucy Dr. McNall begeistert von dem Buch.

»Ich wusste, dass es dir gefallen würde«, entgegnete der Doktor, und es stellte sich heraus, dass er die Geschichte doch kannte.

»Ich erinnere mich, dass ich das Buch während der Studienzeit gelesen habe. Leider hatte ich bei der Ausreise vergessen, es einzupacken, daher habe ich mir eine neue Ausgabe kommen lassen.«

»Und wie geht die Geschichte aus?«, fragte Lucy, denn sie war sicher, dass sie das Buch nicht so schnell wieder in die Hand bekommen würde.

»Lies es doch selbst«, gab der Doktor schmunzelnd zurück.

»Aber ich sollte es Ihnen doch zurückgeben.«

Der Arzt zuckte mit den Schultern. »Behalte es vorerst, du kannst es mir auch noch später geben. Auf Mr Callaways Farm bist du ja nicht aus der Welt.«

6. Kapitel

Wie es Mr Callaway versprochen hatte, kam er zwei Tage nach ihrem Zusammentreffen auf dem Friedhof zur Mission. Auf seinem Wagen hatte er nicht nur die Güter, die er für seine Farm benötigte, neben ihm auf dem Kutschbock saß auch Henry.

Lucys Herz machte einen Sprung, als sie ihn sah. Sie hatte nicht damit gerechnet, dass er seinen Vater begleiten würde.

Seit Annes Tod hatte sie fast überhaupt nicht mehr an ihn gedacht. Doch jetzt, wo sie ihn wiedersah, kehrten auch all die Gefühle, die in ihr aufgekeimt waren, wieder zurück.

»Oh, wie ich sehe, bekommen wir doch noch einen zusätzlichen Passagier«, rief Mr Callaway seinem Sohn zu, als er die Pferde zügelte.

Lucy saß auf der Treppe. Zu ihren Füßen stand

ihre Teppichstofftasche. Die hatte noch an Umfang zugenommen, denn neben dem Buch, das sie von Dr. McNall bekommen hatte, waren noch Geschenke von einigen Schwestern darin. Emma hatte ihr ein Stück von ihrer kostbaren Lavendelseife mitgegeben, Muriel etwas Backwerk, Minerva schenkte ihr ein Paar neue Strümpfe und Margaret ein rotes Haarband, mit dem sie ihre Locken zusammennehmen konnte. Außerdem hatten sie ihr noch reichlich Obst und einen Beutel feine Haferflocken mitgegeben, damit sie vernünftiges Porridge zubereiten konnte.

Lucy war sicher, dass es auf der Farm genug Hafer gab, aber sie wollte die Schwestern nicht kränken, wenn sie dieses Geschenk ausschlug.

Das Lebewohl war kurz und ein wenig schmerzlich. Die Schwestern und der Doktor umarmten sie und wünschten ihr alles Gute, während Henry die Tasche auf den Wagen wuchtete und zwischen den Kisten und Paketen verstaute.

Anschließend half er Lucy auf den Kutschbock.

»Das ist doch dein Platz«, sagte sie.

Er lächelte sie verschmitzt an. »Ich kann auch hinten auf dem Wagen sitzen. Außerdem bist du heute unser Ehrengast, also darfst du vorn sitzen.«

Damit gab er ihr einen letzten Schubs, der sie auf die Sitzfläche schob, dann sprang er hinter ihr auf die Ladefläche.

»Heya!«, rief Mr Callaway und schnalzte mit den Zügeln. Die Pferde zogen an.

Lucy wandte sich zu den Menschen um, die immer

noch vor der Mission standen. Sie winkten ihr zu und Lucy winkte zurück. Sie sah, dass Schwester Muriel sich immer noch in ihr Taschentuch schnäuzte und dass sich Dr. McNall abwandte, als könnte er es nicht ertragen, sie fortfahren zu sehen.

Nachdem sie der Straße eine Weile gefolgt waren, bogen sie ab und damit verschwand die Mission aus ihrem Blickfeld.

Mr Callaway lenkte den Wagen durch dichtes Buschland. Lucy erblickte Bäume, wie sie sie in ihren Träumen gesehen hatte, doch glücklicherweise fing keiner von ihnen Feuer. Die Farbe des Sandes wechselte zwischen hellen und dunklen Rottönen, ab und zu war der Boden auch einfach nur schwarz oder braun.

Nach einer Weile entdeckte Lucy merkwürdige rote Gebilde, die wie Turmspitzen oder Raubtierzähne aus dem Boden ragten.

»Was sind das für Hügel?«, fragte Lucy und deutete auf die kleinen Bauwerke, die unmöglich natürlich entstanden sein konnten.

»Termitenbauten«, antwortete Mr Callaway. »Weißt du, was Termiten sind?«

Lucy nickte. »Ja, so was Ähnliches wie Ameisen.«

»Stimmt, und so wie es Ameisenhaufen im englischen Wald gibt, so gibt es hier diese Prachtwerke. Die Termiten bauen sie allerdings nicht nur für sich allein. Ist so ein Bau erst mal fertig, ziehen verschiedene Tiere mit ein. Spinnen oder Echsen. Hier in der Gegend gibt es recht viele Echsenarten, einige sind ganz putzig, andere sehr giftig. Bevor du eines der Tiere anfasst, solltest du Henry fragen, der kennt sich mit ihnen aus.«

Als die Dämmerung schließlich hereinbrach, fuhren sie durch ein Gebiet voll mächtiger Bäume mit weißen Stämmen. Ganz in der Nähe hörte man das Plätschern eines Flusses, von dem Lucy annahm, dass es derselbe war, der durch Perth floss.

»Bei diesen Bäumen musst du aufpassen, Mädchen«, sagte der Farmer, als er Lucys staunenden Blick bemerkte. »Es ist Flusseukalyptus. Er wird auch Witwenmacher genannt. Ohne Vorwarnung wirft er manchmal große Äste ab. An deiner Stelle würde ich immer ein Ohr offen haben, wenn ich unter einem von ihnen stehe. Wenn man das leise Knacken bemerkt, kann man noch schnell beiseitespringen.«

Lucy legte den Kopf in den Nacken und blickte skeptisch nach oben. Die Äste wirkten fest, aber das täuschte wahrscheinlich. In einem der Bäume entdeckte sie eine große Kugel aus grauem Pelz. »Brechen die Äste ab, weil eins von diesen Dingern drauf sitzt?«, fragte sie und deutete auf das unbekannte Tier, dessen Konturen nicht richtig zu erkennen waren.

»Das sind Koalas. Ihretwegen brechen keine Äste, die wissen genau, auf welche sie sich setzen können. Das tun sie übrigens die meiste Zeit, herumsitzen ist ihr Lieblingssport. Und zwischendurch fressen sie die Blätter vom Baum.«

Lucy blickte weiterhin auf das Tier, doch bevor es sich regte, waren sie schon an dem Baum vorbei. Aber auch in weiteren Bäumen entdeckte sie die Koalas, und zu ihrem großen Erstaunen sah sie, dass sie putzigen kleinen Bären ähnelten. Einige von ihnen hatten Jungtiere auf ihren Rücken, die sich fest ins Fell der Mütter krallten.

Sie war sicher, dass Anne diese Tiere gefallen hätten.

»Der Fluss, den du dort hinten siehst, ist übrigens der Swan River. Aber das wusstest du wohl schon, denn Perth wurde an seinem Ufer gebaut.«

»Ich kenne den Fluss, aber nicht seinen Namen«, entgegnete Lucy.

»Nun, dann kennst du ihn jetzt. Auf dem Swan River kann man sehr häufig schwarze Schwäne beobachten, daher der Name.«

Lucy reckte den Hals und versuchte zu erkennen, ob sich auf dem Flussband Schwäne befanden. Tatsächlich entdeckte sie dunkle Flecke auf dem gleißenden Wasser.

»Man nennt sie auch Trauerschwäne«, fügte der Farmer hinzu. »Sie bleiben ein Leben lang zusammen, und wenn einer aus diesem Paar stirbt, klagt der andere laut sein Leid. Meist stirbt der Partner kurz nachher, weil er es nicht ertragen kann, dass er ohne den anderen sein muss.«

Diese Geschichte rührte Lucy und machte ihr wieder bewusst, wie schwer es ohne ihre Freundin für sie war. Auch wenn sie den Kopf gesenkt hielt, bemerkte Mr Callaway, dass sie kurz davor stand, wieder in Tränen auszubrechen.

»Bestimmt hattest du noch keine Gelegenheit, dir das Land ein wenig anzuschauen, nicht wahr?«, fragte er, um sie abzulenken.

»Nein, wir hatten immer viel zu tun, und als der Typhus kam, sind wir noch weniger rausgekommen«, entgegnete Lucy und wischte sich die Tränen vom Gesicht.

»Na, dann wird mein Sohn dir als Erstes ein bisschen die Gegend zeigen. Hier draußen ist es überlebenswichtig, zu wissen, wo man ist, wo es Wasser gibt und welche von den Pflanzen man essen kann. Für den Fall, dass man sich hier mal verläuft.«

Schließlich kündigte der Farmer an: »Wir sind gleich da! Siehst du die Bäume da hinten?«

Lucy blickte auf den Hain aus Eukalyptus- und anderen Bäumen. Ein hölzerner Zaun umgab das Gelände.

»Man sieht es von hier noch nicht, aber inmitten dieser Bäume steht unser Haus. Und dahinter befindet sich die Pferdeweide.«

Der Wagen rumpelte weiter. Lucy ließ ihren Blick nicht von dem Baumland, das sich beim Näherkommen zu öffnen schien.

»Da sind wir«, sagte Mr Callaway schließlich.

Das Farmhaus war aus Holz gebaut, in einer Form, wie sie es in England und auch in Perth noch nicht gesehen hatte. Die Wände waren weiß gestrichen, am Giebel prangten kunstvolle Schnitzereien. Zu

Lucys Überraschung war daran eine Rosenleiter angebracht, an der eine Rose mit dunkelroten Blüten emporrankte.

Daneben stand ein kleineres Gebäude, das vermutlich als Stall diente. In einem Gatter entdeckte Lucy Hühner, hinter dem Haus weideten zwei Kühe mit großen Hörnern und einige Schafe.

»Gefällt es dir hier?«, fragte Callaway, als er das Staunen des Mädchens bemerkte.

Lucy nickte, unfähig etwas zu antworten. Die Bilder vereinnahmten sie vollständig, sie schienen durch ihre Augen in ihren Geist zu dringen und sich dort auszubreiten, bis jede Ecke von ihnen erfüllt war. Sie hatte die meiste Zeit in der Stadt verbracht und noch nie zuvor so einen idyllischen Flecken Erde gesehen. Die Bäume, das Haus, der Weg und sogar der Brunnen harmonierten perfekt miteinander. Maler aus aller Welt hätten sich bestimmt darum gerissen, diese Farm auf Leinwand zu bannen.

Henry sprang schließlich vom Wagen herunter und streckte die Hand zu ihr aus. »Komm, ich zeig dir die Pferde!«

Nachdem Lucy vom Kutschbock herunten war, liefen sie in Richtung Gatter.

»Mein Vater züchtet die besten Pferde in der Gegend«, erklärte Henry, während er mit so langen Schritten vorauseilte, dass Lucy zwischendurch rennen musste, um an seiner Seite zu bleiben. »Sie sind zäh und kräftig. Ich kann mir sogar vorstellen, dass sie bei einem Pferderennen Preise gewinnen könnten.«

»Gibt es denn Pferderennen in der Gegend?«, fragte Lucy.

»Nein, bis jetzt noch nicht, aber vielleicht führt es der Gouverneur hier auch ein. Dann werde ich im Sattel eines unserer Pferde sitzen und alle Konkurrenten stehen lassen.«

»Würde dein Vater denn das erlauben?«

»Sicher würde er das. Ein gewonnenes Pferderennen kann einem Züchter wesentlich mehr Abnehmer für seine Tiere bringen. Hier in der Gegend sind die Leute nicht besonders reich, nur selten zahlt jemand einen guten Preis. Und dann ist da noch dieser Widerling Harrison, der auch Pferde züchtet und die reichen Mitglieder des Stadtrates beschwatzt, sie nur von ihm zu kaufen.«

Lucy fragte sich allmählich, welche Bosheit diesem Harrison nicht zu eigen war.

Plötzlich ertönte Hufgetrappel. Der Boden zitterte und leises Wiehern mischte sich in das Getöse.

»Da sind sie!«, rief Henry und schob einen Ast beiseite, der halb auf dem Gatter ruhte.

Lucy betrachtete fasziniert die Parade der verschiedenfarbigen Pferde. Sie waren alle ziemlich groß und hatten kräftige Beine. Ihre langen Mähnen flatterten im Wind wie Schleier.

Ein paar von ihnen blieben stehen und blickten zu ihr und Henry herüber, konnten sich aber wohl nicht entscheiden, ob sie näher kommen sollten oder nicht. Andere Pferde fingen an, wie wild ihre Artgenossen zu umkreisen. Es war, als wollten sie die ungeteilte Aufmerksamkeit der Zuschauer erheischen.

»Sie sind wunderschön«, flüsterte Lucy beeindruckt. In Bristol und auch in Perth hatte sie bisher Pferde nur mit Sätteln und eingespannt vor Wagen gesehen. Sie frei, ohne Halfter und Sattelzeug zu betrachten, gefiel ihr sehr.

Schließlich kamen zwei Tiere auf sie zu.

»Das sind die Leittiere der Herde«, erklärte Henry. »Sie wollen prüfen, ob von uns eine Gefahr ausgeht. Hier.« Er griff in seine Hosentasche und holte einige Zuckerwürfel hervor. »Nimm das und gib sie ihnen auf der flachen Hand.«

Lucy musterte den Zucker skeptisch. »Werden sie mich nicht beißen?«

»Nein, keine Bange, sie beißen nur, wenn du sie erschreckst. Wenn du die Hand ganz ruhig hältst, werden sie dir nichts tun.«

Lucy nahm den Zucker und streckte dann die Hand aus. Ein wenig mulmig war ihr schon zumute, denn die Pferde hatten ziemlich große Zähne und kräftige Kiefer.

Ein Rappe, dessen Fell aussah wie mit Schuhcreme poliert, näherte sich ihr, beschnupperte zunächst ihre Hand und stieß dann ein Schnauben aus. Irgendwie klang es missbilligend.

»Was ist, wenn es mich nicht mag?«, erkundigte sich Lucy und wollte nichts lieber, als die Hand wieder zurückzuziehen. Doch Henry sollte sie nicht für feige halten.

»Es muss sich erst einmal an deinen Geruch gewöhnen«, sagte er. »Lass ihm noch ein bisschen Zeit.«

Nachdem der Rappe den Kopf kurz weggedreht hatte, näherte er sich nun wieder und schnupperte erneut.

Lucys Muskeln waren bis zum Äußersten gespannt. Ihr Arm begann ein wenig zu zittern, und schon bald hatte sie das Gefühl, dass die Zuckerstücke in ihrer Hand zentnerschwer wurden.

Nach einer Weile kam der Rappe aber zu der Einsicht, dass es ungefährlich war, den Zucker zu nehmen. Seine Lippen tasteten sich vorsichtig voran, und Lucy entfuhr ein erstaunter Laut, als sich das Tier den Zucker schnappte, ohne die Zähne zu benutzen.

»Na siehst du, war doch gar nicht so schlimm«, sagte Henry grinsend.

Die Lippen des Pferdes hatten sich ganz weich angefühlt und die kleinen Haare daran hatten gekitzelt. Lucy atmete tief durch und lachte ihre eigene Anspannung weg.

Das andere Pferd, ein Brauner, das sich bislang noch zurückgehalten hatte, hörte, wie der Rappe genüsslich den Zucker kaute, und kam nun auch auf sie zu.

»Du solltest dem anderen auch etwas geben, sonst fällst du bei ihm in Ungnade«, erklärte Henry und zog weitere Zuckerstücke aus seiner Hosentasche.

Diesmal war Lucy etwas furchtloser, wenngleich Pferde sicher einen unterschiedlichen Charakter haben konnten. Wo eines zart tastete, konnte das andere kräftig zubeißen. Doch auch der Braune holte sich die Zuckerstücke, ohne ihr wehzutun. Er hielt sich nicht erst lange mit Schnuppern auf, sondern stupste ihr gierig die Nase in die Hand. Seine Zähne streiften kurz Lucys Haut, doch sie verletzten sie nicht.

Der Rappe, der nun mit Kauen fertig war, kam wieder zu ihr und streckte seine Nase über das Gatter.

»Keine Sorge, er will dir nichts tun«, sagte Henry, als Lucy zurückschreckte. »Streichle seinen Kopf und seinen Hals, das mag er.«

Lucy berührte vorsichtig das Fell und wieder schnaubte das Tier, aber diesmal klang es wohlig. Auch der andere drängte sich schon bald neben den Rappen.

»Sie mögen dich«, kommentierte Henry und lenkte dann den Braunen ab, bevor er sich mit dem anderen Tier ins Gehege kommen konnte.

Nach einer Weile zogen die Pferde wieder ab. Lucy war noch immer überwältigt.

Auf dem Rückweg fragte sie: »Wie heißt eigentlich dieses Gras?«

Es war ihr schon die ganze Zeit über aufgefallen. Es war wesentlich länger als das englische Gras und wuchs in dicken Büscheln. Die Halme fühlten sich zäh und hart an, und Lucy war sicher, dass man sich an ihnen gewaltig schneiden konnte, wenn man versuchte sie auszureißen.

»Das nennen sie hier Spinifex«, antwortete Henry und strich mit der Hand darüber. »Für unsere Rinder und Pferde ist es ungenießbar, aber die Tiere, die hier von Natur aus leben, kommen damit zurecht. Weil es so zäh ist, kann man verschiedene Dinge mit ihm machen: Taschen flechten zum Beispiel oder Vordächer. Nichts, was es in diesem wunderbaren Land gibt, ist nutzlos.«

Schließlich kehrten sie zur Farm zurück. Mr Callaway war bereits dabei, den Wagen zu entladen. Lucy und Henry gingen ihm zur Hand; auf diese Weise lernte das Mädchen gleich die Vorratskammer des Hauses kennen. Sie war riesig und kühl, beinahe wie ein Keller. Nach der Hitze, die den ganzen Weg über geherrscht hatte, fand Lucy das sehr erfrischend, auch wenn sich Gänsehaut auf ihren Armen bildete.

»Das hier ist der kälteste Ort des Hauses«, erklärte Henry, während er ihr eine Kiste abnahm und sie auf einem der Regale verstaute. Lucy hätte zu gern gewusst, was drinnen war, aber sie musste sich ein Weilchen gedulden, denn draußen wartete noch anderes Frachtgut.

»Ich habe gehört, dass es in England manchmal so kalt ist, dass sich Eis an den Fensterscheiben bildet. Und dass Schnee fällt. Ich habe leider noch nie richtigen Schnee gesehen, ich war noch zu klein, als Vater mit mir ausgewandert ist.«

»Ja, das stimmt«, antwortete Lucy. »In Bristol hatten wir im Winter oft Schnee, der die Straßen vollständig bedeckte und alles weiß und weich machte.«

»Wirst du ihn hier vermissen?«

Lucy dachte an die Kälte auf dem Dachboden des

Pfarrhauses und schüttelte den Kopf. »Nein, ich glaube nicht.«

»Henry, Lucy, wo bleibt ihr!«, rief Mr Callaway, während er weitere Kisten vom Wagen wuchtete. »Deine Geschichten kannst du dem Mädchen später erzählen, Junge, jetzt müsst ihr erst mal mit anpacken, bevor es dunkel ist.«

Nachdem sie sämtliche Kisten in die Vorratskammer gebracht hatten, betraten sie das Farmhaus. Es ähnelte ein wenig dem Missionshaus, war aber nicht so groß. Es gab keinen Eingangsbereich, gleich hinter der Eingangstür befand sich die Küche. Sie war der größte Raum und verfügte über eine hohe, aus Steinen gemauerte Esse. In der Mitte standen ein grob gezimmerter Tisch und vier Stühle, außerdem gab es an den Wänden Regale, auf denen Geschirr und Töpfe abgestellt waren. Das einzige alte Möbelstück, das Mr Callaway wohl aus England mitgebracht hatte, war ein Schrank, in dem Besteck und Geschirr aufbewahrt wurden.

Die Herrscherin der Küche war die Haushälterin, Mrs Mayall, eine gemütlich aussehende Frau Ende fünfzig, die stets in korrekt gebundener Schürze über dem dunklen Kleid umherlief. Ihre langen, grau melierten Haare hatte sie zu einem dicken Knoten im Nacken zusammengesteckt.

Lucy vermutete, dass sie Witwe war, denn in Bristol hatten nur Frauen, deren Ehemann verstorben war, schwarze Kleider getragen. Sie stand am Herd, wo etwas gut Duftendes in einem großen Topf brutzelte. Die Hitze des Herdfeuers trieb Lucy die Schweißperlen auf die Stirn, der Haushälterin schien sie nichts auszumachen.

»Mrs Mayall, darf ich vorstellen, das ist Lucy Farnsworth«, sagte Mr Callaway und klopfte sanft auf Lucys Schulter. »Sie wird Ihnen bei der Arbeit ein wenig zur Hand gehen.«

»Ich hoffe, du kannst gut zupacken, Lucy«, sagte Mrs Mayall, nachdem sie das Mädchen eingehend gemustert hatte.

»Das kann ich«, antwortete Lucy.

»Wo hast du denn bisher gearbeitet?«

»Im Haushalt eines Reverends in Bristol und im Hospital der Mission in Perth.« Was Letzteres anging, wusste die Haushälterin zweifelsohne Bescheid.

»Wo ich wieder zusammengeflickt wurde«, setzte der Hausherr hinzu. »Genau genommen habe ich diesem Mädchen hier mein Leben zu verdanken, denn sie war als Erste zur Stelle, als ich niedergeschossen wurde. Und sie hat mich gepflegt. Wenn das keine gute Referenz ist, Mrs Mayall.«

Die Haushälterin nahm das mit einem Nicken zur Kenntnis, und obwohl sie weiterhin streng wirken wollte, trat ein Lächeln auf ihre schmalen Lippen.

»Na gut, Mädchen, dann wollen wir es mal miteinander versuchen. Du wirst mir bei sämtlichen Arbeiten zur Hand gehen, und ich werde dir zeigen, wie man vernünftig kocht. Heute Abend wirst du beim Abwasch helfen und den Küchenboden wischen.

Morgen früh holst du Wasser und Holz für das Feuer. Dann sehen wir weiter.« Sie musterte Lucy prüfend, dann fragte sie: »Ist so weit alles klar?«

»Ja, Mrs Mayall.«

»Gut, dann hol Teller und deck den Tisch.«

Lucy nickte, blickte sich um und ging dann zu dem Bord, auf dem die Teller aufgereiht standen. Als sie fertig waren, trug Mrs Mayall das Essen auf. Es war ein Eintopf aus Kartoffeln, Zwiebeln, Fleisch und Pastinaken.

»Ich hoffe, du weißt ein gutes Irish Stew zu schätzen«, sagte die Haushälterin, als sie Lucys Teller füllte.

»Mrs Mayall stammt nämlich aus Irland, musst du wissen«, fügte Henry vorlaut hinzu. »Wenn du ihr Stew nicht magst, ist das so was wie Majestätsbeleidigung.«

»Lausejunge!«, sagte Mrs Mayall daraufhin und versetzte ihm einen leichten Klaps gegen den Hinterkopf. »Setz dem Mädchen bloß keine Respektlosigkeiten in den Kopf.«

Henry lachte darauf nur und auch Mr Callaway schmunzelte.

Lucy wusste, dass so eine Ansprache im Haus des Reverends ganz anders ausgesehen hätte.

Was das Stew anging, gab es keinen Grund, Mrs Mayall zu beleidigen. Es war köstlich, und mit vollem Magen fiel es ihr ein wenig schwer, anschließend noch beim Abwasch zu helfen und den Boden zu wischen. Doch sie wollte, dass Mrs Mayall zufrieden war, und strengte sich an.

Als sie ihre Arbeit erledigt hatte, zeigte Henry ihr das Zimmer, in dem sie von nun an wohnen würde. Es war nicht besonders groß, aber Mr Callaway hatte sich Mühe gegeben, die Einrichtung ein wenig mädchenhafter zu machen. Wahrscheinlich hatte ihm Mrs Mayall dabei geholfen. Den gestickten Wandbehang musste jedenfalls sie gefertigt haben, genauso wie den Quilt, mit dem das Bett bedeckt war. Er bestand aus verschiedenfarbigen Stoffquadraten, die auf den ersten Blick kein System ergaben, aber bei genauerem Hinsehen ein Muster bildeten. Neben Bett und Kleiderschrank gab es noch einen schmalen Tisch, den sie als Schreibtisch benutzen konnte, außerdem einen Nachtschrank.

»Gute Nacht und lass dich nicht von den Narmakan-Schwestern holen«, rief Henry noch kurz zur Tür herein, bevor er sich ebenfalls zu Bett begab.

»Narmakan-Schwestern?«, fragte Lucy, während sie sich auf die Decke sinken ließ. Sie war weich und duftete nach Blüten im Sommerwind.

»Die Narmakan-Schwestern waren böse Geister, die Menschen krank machen konnten. Eines Tages verwandelten sie sich in Krokodile, und als sie merkten, dass sie damit jeden Menschen, der vorbeikam, erschrecken konnten, sind sie einfach Krokodile geblieben.«

»Aber hier in der Nähe gibt es doch keinen Sumpf oder See«, entgegnete Lucy, die immerhin wusste, dass Krokodile nicht gänzlich an Land leben konnten, sondern immer wieder im Wasser abtauchen mussten.

»Sag das nicht, es gibt einen. Ein Nebenarm des Swan River fließt hier ganz in der Nähe und es gibt auch einen Sumpf, in dem Krokodile leben.«

»Aber sie können wohl kaum eine Hauswand hinaufklettern«, entgegnete Lucy lachend. »Eine Schlange mag das schaffen, aber kein Krokodil.«

»Aber die Narmakan-Schwestern sind Geister, vergiss das nicht. Also, gute Nacht!«

Lucy lachte und schüttelte den Kopf. Es war klar, dass er es nicht ernst gemeint hatte. Aber seine Geschichte beschäftigte sie immerhin lange genug, dass sie für eine Weile nicht an Anne dachte.

Doch als der Mond beim Fenster hereinschien, schreckte sie aus dem Schlummer, weil sie geglaubt hatte eine Mädchenstimme zu hören, die ihren Namen rief.

Für einen kurzen Moment dachte sie, dass entweder Annes Geist oder die Narmakan-Schwestern sie heimsuchten. Doch dann erkannte sie, dass es nur der Wind war, der am Giebel des Hauses entlangstrich.

Am nächsten Morgen erwachte Lucy schon recht früh. Das Morgenlicht fiel durch das Fenster auf ihr Gesicht und machte es ihr unmöglich, weiter im Bett liegen zu bleiben. Sie wusch sich, zog sich an und band ihre Haare mit der roten Schleife von Schwester Margaret zusammen. Dann beschloss sie, schon einmal Wasser vom Brunnen hereinzuholen.

Der Sonnenaufgang war ein überwältigender Anblick. Das Licht ließ die rote Erde und auch die Wolken wie ein einziges großes Feuer erscheinen. Lucy hatte noch nie zuvor einen solch weiten Himmel gesehen.

Die Spinifexbüschel raschelten im warmen Morgenwind. Aus der Ferne konnte man den Gesang der ersten Vögel vernehmen. Der Brunnen, dem sie mit zwei Eimern in der Hand zustrebte, warf einen langen Schatten auf den Hof, ebenso der Stall und das Haus, in dem außer ihr noch niemand wach zu sein schien.

Lucy stellte die Eimer neben den Brunnen und ließ dann den Schöpfeimer hinunter. Ein Klatschen ertönte, und nach kurzem Probieren fand sie heraus, dass er sich durch eine Art Hebel wieder nach oben ziehen ließ. Leichter machte es das Schöpfen nicht, aber Lucy schaffte es. Schon bald war der erste Eimer gefüllt.

Als sie sich umwandte, um nach dem zweiten Eimer zu greifen, stand plötzlich ein Mann nur wenige Schritte entfernt. Sie erschrak heftig, sprang zurück und stieß dabei den vollen Eimer um. Das Wasser ergoss sich über ihre Füße.

Es war unverkennbar ein Aborigine. Seine Haut war so dunkel, dass sie fast schwarz war. Sein krauses Haar war an einigen Stellen grau, auch sein Bart. Er war sehr dünn, beinahe schon knochig, und um seinen Körper trug er lediglich ein erdfarbenes Tuch. Er stand völlig reglos da, als sei er aus dem Boden gewachsen. Vielleicht war er das auch, denn Lucy hatte ihn nicht kommen gehört. Seine Augen fixierten sie eindringlich.

Lucy erinnerte sich wieder an die Frau, die sie in der Stadt und am Friedhof gesehen hatte. Dieser Mann war ähnlich gekleidet, hatte aber ein anderes Muster auf seinen Wangen.

Was wollte er hier? Sie hätte ihn gern gefragt, wusste aber nicht, wie sie ihn ansprechen sollte. Aber vielleicht konnte die Haushälterin herausbekommen, was sein Anliegen war. Lucy wandte sich also um und lief ins Haus zurück.

»Mrs Mayall!«, rief sie durch die Küche. »Mrs Mayall!«

»Was ist denn los, Mädchen?«, fragte die Haushälterin, die in Nachthemd und Schlafhaube aus ihrer Kammer gestürmt kam.

»Auf dem Hof ist ein Aborigine«, entgegnete Lucy und deutete auf das Fenster.

Die Haushälterin kniff die Augen zusammen und blickte nach draußen. Der Mann war immer noch da. Lucys Schrei und ihre Flucht schienen ihn nicht verunsichert zu haben. Er hockte sich jetzt hin und begann mit dem Finger über den Boden zu fahren.

Mrs Mayall winkte ab. »Keine Angst, das ist nur John. Nicht besonders gesprächig, der Bursche, aber auch nicht gefährlich.«

»Und was will er hier?«, fragte Lucy. »Ich hätte ihn ja gefragt, aber ich wusste nicht, was ich sagen sollte.«

»Er hätte dir keine Antwort gegeben, Kind«, antwortete Mrs Mayall. »Niemand weiß, was er hier will. Jeden Morgen kommt er her und zeichnet etwas in den Sand. Mr Callaway meint, dass dies eine Art Schutzzauber ist. Der alte Mann mag uns wohl, sonst würde er das nicht machen. Noch ein Grund, keine Angst vor ihm zu haben.«

Angst hatte Lucy nicht wirklich, aber dennoch traute sie sich nicht wieder hinaus. Sie hatte Angst, dass sie den Mann stören könnte. Wenn es wirklich ein Schutzzauber war, den er zeichnete, war es besser, wenn er seine Arbeit beenden konnte.

»Na gut, wenn du mich schon mal aus dem Schlaf geholt hast, dann kann ich auch aufbleiben«, sagte die Haushälterin dann und kehrte in ihre Kammer zurück. Lucy trat ans Fenster und beobachtete weiterhin den Mann. Er brauchte wohl noch eine Weile für seine Zeichnung. Lucy war gespannt, wie sie aussehen würde. Vielleicht genauso wie das Bild, das die Frau vor dem Friedhof gemalt hatte?

Da Mr Callaway mit den Zeichnungen der Aborigines vertraut zu sein schien, nahm sie sich vor, ihn bei Gelegenheit danach zu fragen.

Inzwischen kam Mrs Mayall fertig angezogen aus der Kammer.

»Wirst noch ein bisschen warten müssen, wenn du das fertige Bild betrachten willst«, erriet sie Lucys Absicht. »Inzwischen solltest du rausgehen und die Wassereimer holen, die brauche ich hier.«

»Stört ihn das nicht, wenn ich draußen bin?«

»Warum sollte es das? John kümmert sich nur um seine Zeichnung, egal ob du ihm über die Schulter siehst oder daneben arbeitest. Solange du nicht versuchst ihn zu vertreiben, ist alles in Ordnung. Die Aborigines glauben, dass jeder Mensch aus der Erde kommt und ein Teil von ihr ist. Sandkörner, die nebeneinanderliegen, bekämpfen sich doch auch nicht.«

Lucy warf noch einen skeptischen Blick nach draußen, dann ging sie zur Tür.

Tatsächlich beachtete John sie kein bisschen, als sie zum Brunnen ging. Obwohl er sie sicher hörte, rührte er sich nicht und schaute sich nicht nach ihr um.

Als Lucy an ihm vorbeiging, konnte sie geschwungene Linien und Kringel erkennen. Und da war noch mehr, allerdings wagte sie nicht, stehen zu bleiben und genau hinzusehen.

Sie wandte sich dem Brunnen zu und begann den Eimer, der ihr hinuntergefallen war, erneut zu füllen. Der zweite Eimer folgte, und als Lucy sie aufnahm, um sie ins Haus zurückzutragen, war der Mann verschwunden. Nicht mal in der Ferne konnte sie ihn mehr ausmachen. War er am Ende doch ein Geist, der spurlos erscheinen und verschwinden konnte?

Nein, Geister konnten nicht zeichnen. Die Zeichnung des Mannes war deutlich zu erkennen. Lucy trat mit den Eimern in der Hand davor und gab acht, dass kein Wasser darauf schwappte.

Sie konnte mehrere Strichmännchen erkennen, eine zusammengerollte Schlange und eine Sonne. Dazwischen waren stets Wellenlinien und Kringel, außerdem ein paar Symbole, mit denen sie nichts anfangen konnte.

»Was ist, bekomme ich das Wasser heute noch?«, rief Mrs Mayall plötzlich zur Tür heraus.

Lucy blieb nichts anderes übrig, als sich von der Zeichnung abzuwenden und ins Haus zurückzukehren.

Wenig später kamen Henry und Mr Callaway herunter. Lucy brannte darauf, Henry die Zeichnung zu zeigen, obwohl sie für ihn sicher nichts Neues war. Doch Mrs Mayall hatte sie erst einmal dazu angestellt, auf den Topf, der in der Feuerstelle hing, zu achten und gelegentlich umzurühren.

Auch hier gab es Porridge, wenngleich es etwas anders roch, als sie es vom Haushalt des Reverends gewohnt war. Woran das genau lag, wusste sie nicht, aber vielleicht weihte Mrs Mayall sie irgendwann in die Geheimnisse ihrer Kochkunst ein. Lucy warf Henry ein Lächeln zu und schwang dann den Kochlöffel.

Das Porridge roch nicht nur anders, es schmeckte auch anders. Bei den Callaways wurde das Porridge mit Wildhonig gesüßt, was ganz köstlich schmeckte.

Nach dem Essen nutzte Lucy einen kurzen Moment, in dem sich Mrs Mayall mit Mr Callaway unterhielt, um Henry zu der Zeichnung zu führen.

»Hast du eine Ahnung, was das hier zu bedeuten hat?«, fragte sie.

Henry legte den Kopf schief und betrachtete die Zeichnung eine Weile. Dann deutete er auf eine der Figuren.

»Das bist du«, sagte er dann. »Siehst du die Wellenlinien? Das ist dein Haar. John zeichnet manchmal die Bewohner eines Hauses. Er muss dich gesehen haben.«

»Ich bin ihm erst heute Morgen beim Wasserholen begegnet.«

»Und, hast du dich sehr erschreckt? John taucht manchmal wie aus dem Nichts auf.«

»Nein, nicht wirklich«, entgegnete Lucy, wenngleich die Wahrheit ein bisschen anders aussah. Dann deutete sie wieder auf die Zeichnung. »Die Schlange ist genau unter mir.« Sie dachte wieder an ihren Traum und die Schlange in ihrem Zimmer. Der Aborigine konnte unmöglich von dieser Begebenheit wissen. Und auch nicht von ihren Träumen.

»Ja, das ist sie.«

»Bedeutet das Gefahr?«

Henry schüttelte den Kopf. »Nein, ganz sicher nicht. Die Aborigines verehren Yurlunggur, die Erd- oder Regenbogenschlange, sie ist für sie die Schöpferin der Welt. Sie beschützt ihr Volk und bestraft Verbrecher. Das klingt doch nicht schlimm, oder?«

Lucy schüttelte den Kopf. Und gleichzeitig dachte sie darüber nach, was die Schlange in ihrem Traum zu bedeuten hatte. Wollte sie sie dafür bestrafen, dass sie dem Reverend das Geld gestohlen hatte? Immerhin war das auch ein Verbrechen. Doch wie konnte sie davon wissen?

»Die Wellen hier könnten die Traumpfade darstellen«, fuhr Henry fort und deutete auf die Linien, die von ihnen allen abgingen. »Bei den Aborigines ist es Tradition, Lieder über das Land und seine Entstehung zu singen. Das Singen erhält das Leben und die Traumpfade. Jeder Aborigine folgt den Pfaden seiner Ahnen und führt sie fort. Damit erschafft er eine Art Landkarte. Werden die Lieder vergessen, stirbt diese Karte und mit ihr das Land.«

»Du kennst dich sehr gut aus«, stellte Lucy fest.

Henry nickte. »Mein Vater steht schon seit Langem in Kontakt mit ihnen. Kurz nachdem wir hier eingezogen waren, tauchte John bei uns auf. Er hinterließ eine Zeichnung und ging wieder. Vater hat sich zunächst darüber gewundert, dann wollte er mehr wissen. Schließlich traf er auf weitere Aborigines. Er lernte einige Brocken ihrer Sprache und weiß seitdem, dass John versucht, uns mit diesen Zeichen zu beschützen. Dass er dich ebenfalls gezeichnet hat, zeigt, dass er dich in seinen Schutz miteinbeziehen will.«

Lucy überlegte einen Moment lang. »Und dieser Schutz wirkt?«

»Wie du gesehen hast, ist es Harrisons Leuten nicht gelungen, meinen Vater zu erschießen.«

»Aber hätten sie dann gar nicht erst auf ihn schießen sollen?«, wunderte sich Lucy, denn sie stellte sich unter einem Schutzzauber etwas anderes vor.

»Der Schutzzauber vermag nicht, Menschen von ihrem Tun abzuhalten«, gab Henry zu bedenken. »Er bewahrt sie lediglich vor den Folgen der Taten anderer.«

»Aber dein Vater war verletzt.«

»Das stimmt, aber nicht so schlimm. Und er hatte dich in der Nähe. Du hast ihm geholfen und er hat überlebt. Damit hat der Schutzzauber seinen Zweck erfüllt.«

»Henry!«, tönte es nun vom Pferdestall her. »Was ist, kommst du oder muss ich die Arbeit heute allein machen?«

»Ich muss wieder an die Arbeit«, sagte er und lächelte verlegen. »Und du solltest auch wieder zu Mrs Mayall. Heute Abend können wir ein bisschen spazieren gehen, da erzähle ich dir, was ich noch über das Land weiß. Und ich zeige dir eine Stelle, wo man Kängurus beobachten kann.«

Lucy erinnerte sich an Mrs Kavanaghs Tochter und ihr Gespräch über diese Tiere. Dementsprechend begeistert nickte sie auf Henrys Vorschlag, denn sie wollte unbedingt wissen, wie es sich mit der Größe und dem Beutel der Kängurus verhielt. Und sie wollte ihm die Zeichnung vom Friedhof aufmalen und fragen, was sie zu bedeuten hatte.

Der Tag verlief arbeitsreich, aber ohne die Hektik, die Lucy vom Hospital gewohnt war. Als es Nachmittag wurde und die Vorbereitungen zum Abendessen getroffen worden waren, erlaubte ihr Mrs Mayall, die Küche zu verlassen.

»Da wartet jemand auf dich!« Lächelnd deutete sie auf Henry, der auf dem Brunnenrand saß und auf einem Grashalm herumkaute.

»Wir wollen einen Spaziergang machen«, entgegnete Lucy und versuchte so unbeteiligt wie möglich zu wirken. Aber einer Frau wie Mrs Mayall konnte sie natürlich nichts vormachen.

»Du magst ihn, nicht wahr?«

Lucy nickte. »Ja, er ist wirklich nett.«

»Nun, das freut mich. Weil er hier draußen wohnt, hat er nicht viel Kontakt mit den jungen Leuten in der Stadt. Manchmal kommt er mir fast ein bisschen zu nachdenklich vor für sein Alter. Es ist gut, wenn er jemanden bei sich hat, der ungefähr gleich alt ist.«

Die Haushälterin zwinkerte ihr zu, dann schwang sie ihr Tuch, als wollte sie ein Huhn verscheuchen. »Na mach schon, geh zu ihm. Und viel Spaß euch beiden. Lasst euch aber nicht von irgendwelchen giftigen Tieren beißen.«

»Das werden wir nicht, Mrs Mayall!«, versprach Lucy und rannte dann nach draußen.

»Na endlich!«, empfing Henry sie mit einem breiten Lächeln. »Ich dachte schon, du wärst an Mrs Mayall festgewachsen. Wollen wir?«

Lucy nickte. Dass Henry ihr galant den Arm anbot, fand sie ein wenig albern, aber sie hakte sich trotzdem ein.

Henry führte sie an den Weiden seines Vaters vorbei in den Busch, der die Farm an drei Seiten umgab. Sobald sie sich vom Haus entfernt hatten, kam es Lucy vor, als würden sich die Geräusche ringsherum vervielfachen. Überall raschelte und krächzte es. Einige Laute kannte sie, andere waren neu. Die Eindrücke strömten derart intensiv auf sie ein, dass sie beinahe vergessen hatte, was sie Henry fragen wollte. Glücklicherweise fiel es ihr wieder ein.

»Du kennst dich doch gut mit den Zeichnungen der Aborigines aus«, begann sie und blieb unvermittelt stehen.

Henry zog verwundert die Augenbrauen hoch. »Ein wenig schon, warum fragst du?«

Lucy hockte sich hin und zeichnete mit dem Finger das Bild nach, das die Aborigine-Frau hinterlassen hatte.

Als sie fertig war und fand, dass sie das Original recht gut nachempfunden hatte, fragte sie: »Was könnte deiner Meinung nach diese Zeichnung bedeuten?«

Henry runzelte die Stirn und trat hinter sie.

»Die Wellenlinien sind Traumpfade, das ist klar«, sagte er nach einer Weile.

»Ich hätte sie für einen Fluss gehalten«, entgegnete Lucy.

»Die Bilder, die die Aborigines zeichnen, haben manchmal andere Bedeutungen, als wir ihnen geben würden.«

»Und was bedeuten die Punkte?«

»Tja, das ist schwierig.« Henry kratzte sich am Hinterkopf. »Sie könnten Zierde sein, aber auch Bäume oder Personen darstellen. Auf jeden Fall würde ich sagen, dass diese Zeichnung ein Hinweis auf die Traumpfade verschiedener Menschen ist. Wo hast du die Zeichnung gesehen?«

»Vor dem Friedhof in Perth«, antwortete Lucy. »Als

ich Annes Grab besucht habe, habe ich dort eine Aborigine-Frau gesehen. Sie stand eine Weile vor dem Tor, und als sie fortging, war die Zeichnung da.«

Sie wollte ihm besser nicht ihre Vermutung erzählen, dass sich die Frau vielleicht in einen Kakdu verwandelt haben könnte.

»Hm, das ist seltsam. So was wie Friedhöfe kennen die Aborigines nicht. Sie verbrennen ihre Toten, wenn sie die Gelegenheit dazu haben. Manchmal bringen sie sie auch auf Bäume, um sie vor den Dingos zu schützen, und begraben sie erst viel später. Auf jeden Fall ist es bei ihnen verboten, danach noch über die Toten zu sprechen.«

Lucy fragte sich, ob sie es fertigbringen konnte, nicht mehr über Anne zu sprechen oder an sie zu denken.

»Könnte das Bild vielleicht auch so etwas wie ein Zauber sein? Weil sie vielleicht geglaubt hat, dass der Friedhof ein magischer Ort ist? Oder weil dort die Namen der Toten stehen?«

»Möglich wäre es. Genau kann es dir wahrscheinlich nur die Frau sagen. Wenn wir ihr zufällig begegnen sollten, kann ich ja mal mit ihr reden.«

»Du sprichst ihre Sprache?« Lucy war sichtlich beeindruckt.

»Ein bisschen. Genug, um etwas mit ihnen zu reden. Wenn du willst, bringe ich dir die Wörter bei, die ich kann.«

»Das wäre ganz wundervoll«, entgegnete Lucy und klatschte freudig in die Hände. Eine solch ungetrübte Freude hatte sie schon länger nicht mehr empfunden.

»Aber erst einmal wollen wir uns doch im Busch umschauen«, entgegnete Henry. »Wir müssen uns beeilen, sonst schaffen wir nicht mehr viel, bevor es dunkel wird.«

Lucy warf noch einen Blick auf ihre Zeichnung, die langsam vom Wind verweht wurde. Vielleicht würde sie deren Bedeutung ja irgendwann einmal erfahren.

Henry führte sie nun tiefer in den Busch hinein. Die Zahl der fremdartigen Pflanzen schien mit jedem Schritt zuzunehmen, und Lucys Begleiter kannte den Namen fast jeder von ihnen.

»Mein Vater war früher Lehrer, kannst du dir das vorstellen?«, fragte er, nachdem sie wissen wollte, wo er zur Schule gegangen war. In Perth gab es eine, darüber hatten die Schwestern gesprochen.

Lucy zog überrascht die Augenbrauen hoch. Bis zum Tode ihres Vaters hatte sie einen Hauslehrer gehabt, der sich um sie kümmerte und sie unterrichtete, wenn er auf Reisen war. Es war ein älterer Mann mit Backenbart und grauem Haar gewesen, der immer ein wenig altmodische Kleidung trug und nach Mottenkugeln roch. Mit einem Lehrer wie Mr Callaway hätten die Unterrichtsstunden sicher mehr Spaß gemacht.

»Und warum hat er seine Stelle aufgegeben?«

»Ich war damals noch sehr klein, und meine Mutter erwartete ihr zweites Kind. Bei dessen Geburt starb sie und mein Vater blieb mit mir zurück. Die Trauer um sie hätte ihn fast umgebracht, und als er hörte, dass man in Australien ein neues Leben beginnen könnte, ist er hierhergekommen.«

»Um zu vergessen?«

»Um Abstand zu bekommen«, entgegnete Henry.

»Und warum arbeitet er hier nicht als Lehrer?« Während ihrer Zeit in der Mission hatte Lucy etliche Leute gesehen, die nicht lesen und schreiben konnten und vielleicht dankbar gewesen wären, wenn es ihnen jemand beigebracht hätte.

»Er hatte es vor, aber es war nicht möglich. Also hat er sich entschieden, etwas Land zu kaufen und die Farm aufzubauen. Er hat Mrs Mayall angestellt, um auf mich achtzugeben, und dann Tag und Nacht an dem Haus gebaut. Ein paar Männer, die er auf dem Schiff kennengelernt hatte, haben ihm dabei geholfen, mit zweien oder dreien steht er immer noch in Kontakt. Sie wohnen in Perth, er wollte einen von ihnen besuchen, als er angeschossen wurde.«

Lucy versuchte sich vorzustellen, wie es gewesen sein mochte, mit so wenigen Menschen ein Haus zu errichten – als Lehrer, der so schwere Arbeit nicht gewohnt war. Aber offensichtlich hatte sich Mr Calaway durch nichts von seinem Traum abbringen lassen.

»Vermisst du deine Mutter manchmal?«, fragte Lucy, während die Steine unter ihren Schuhen knirschten.

Henry überlegte einen Moment, dann antwortete er: »Nicht wirklich. Als sie starb, war ich zwei Jahre alt. Ich kann mich nicht einmal mehr an sie erinnern, sondern kenne sie nur von dem Bild, das mein Vater auf seinem Schreibtisch stehen hat.«

»Und er wollte nie wieder heiraten?«

Henry schüttelte den Kopf. »Nein, und wenn du das Bild siehst, weißt du auch warum. Meine Mutter war wunderschön.«

»Meine Mutter starb auch schon früh«, sagte Lucy. »Ich war da gerade vier Jahre alt. Sie hatte ein schwaches Herz, das ganz plötzlich zu schlagen aufhörte.«

»Das tut mir leid«, entgegnete Henry. »Kannst du dich denn noch an sie erinnern?«

»Nur ein bisschen. Mein Vater hatte auch so ein Bild auf dem Schreibtisch. Er hat sie sehr geliebt.« Lucy blickte auf ihre Schuhspitzen und fragte sich, wie wohl alles hätte sein können, wenn ihre Mutter nicht gestorben wäre.

Für einen Moment herrschte Schweigen, dann flüsterte Henry plötzlich. »Schau mal, da!« Er deutete mit dem Zeigefinger auf einen Punkt in der Ferne, und als Lucy dorthin schaute, erkannte sie ein Tier mit rotem Fell, das auf seinen Hinterbeinen saß und damit beschäftigt war, Blätter von einem Busch abzupflücken und sie sich ins Maul zu schieben. Auf den ersten Blick wirkte es wie ein riesiges Kaninchen.

»Ist das ein Känguru?«, fragte Lucy, und Henry nickte.

»Ja, das ist eins. Und schau mal auf seinen Bauch.«

Zu Lucys Überraschung sah dort ein Köpfchen hervor, das sie auf den ersten Blick noch mehr an ein

Kaninchen erinnerte, aber bei genauerem Hinsehen eine exakte Kopie des großen Tiers war.

»Kängurus tragen ihre Kinder im Beutel mit sich«, erklärte Henry. »Eine Känguru-Mutter kann bis zu drei Junge in unterschiedlichem Alter haben. Einen Joey, der ihr nachläuft, ein Junges im Beutel und ein Baby, das erst geboren wird, wenn das größere Geschwisterchen den Beutel verlassen hat.«

»Joey?«, wunderte sich Lucy.

»So nennt man die etwas größeren Jungen der Kängurus. Wenn sie geboren werden, sind sie winzig klein und müssen durch das Fell der Mutter in den Beutel kriechen. Dort bleiben sie, bis sie groß genug sind, selbst durch die Gegend zu hüpfen.«

»Kängurus hüpfen also?« Lucy reckte ihren Hals noch weiter in der Hoffnung, mehr Tiere ausmachen zu können. Aber wie es aussah, hatte nur das eine den Mut, sich so dicht an Menschen heranzuwagen. Lucy war sicher, dass es sie bemerkt hatte, aber es schien ihm nichts auszumachen.

»Hier haben übrigens viele Tiere einen Beutel«, fuhr Henry fort, als sie sich schließlich vorsichtig von dem fressenden Känguru entfernten. »Es gibt Beutelmäuse, Beutelwölfe und noch andere.«

Lucy fragte sich, ob es ihr wohl gelingen würde, an ein Notizbuch oder etwas Papier zu kommen, denn sie wollte das, was sie eben gehört hatte, unbedingt aufschreiben. Um all diese neuen Eindrücke festzuhalten, musste sie unbedingt ein Tagebuch beginnen. Die seltsame Begegnung mit dem Aborigine und der

Zeichnung, die inzwischen verwischt war, aber die sie immer noch genau vor Augen hatte, würde am Anfang stehen.

Als sie an John dachte, fiel ihr gleich noch eine Frage ein: »Du hast erzählt, dass die Aborigines hier in der Nähe leben. Haben Sie ein Dorf oder so was?«

»Nein, Dörfer gibt es bei ihnen nicht. Sie wandern von einem Ort zum anderen, immer dorthin, wo es Nahrung gibt.«

»Und wovon ernähren sie sich?«

»Von den Tieren und Pflanzen, die es hier gibt. Soweit mein Vater herausgefunden hat, betreiben sie keinen Ackerbau, weil sie glauben, das würde die Haut von Mutter Erde verletzen.«

Lucy war beeindruckt. Offenbar brauchte es keine Häuser, um als Mensch glücklich zu sein. John und sein Volk hatten ihre Schutzzauber und die Tiere und Pflanzen ihrer Heimat. Das schien ihnen zu reichen.

Ein plötzliches Krächzen holte sie aus ihren Gedanken. Es klang wie die Rufe von Krähen. Ein Schwarm Vögel zog im nächsten Augenblick über ihre Köpfe hinweg, doch sie hatten rot-schwarzes Gefieder und Köpfe wie Papageien.

»Man nennt sie Rotschwanzrabenkakadus«, erklärte Henry. »Sie halten sich in der Nähe von Wasserlöchern auf, die man hier Billabongs nennt.«

»Du würdest auch einen guten Lehrer abgeben«, bemerkte Lucy, worauf sein Kopf rot wie eine reife Kirsche wurde. »Oder einen Naturforscher.«

»An so was habe ich noch gar nicht gedacht«, entgegnete er und kratzte sich am Kopf. »Aber wer weiß, vielleicht werde ich das eines Tages. Jetzt will ich dir aber erst mal noch den Billabong zeigen. In der Abenddämmerung ist es dort besonders schön.«

Sie folgten weiter dem schmalen Weg und erreichten schließlich ein Wasserloch, so groß wie ein kleiner See.

»Wenn die Regenzeit anbricht, wird es noch größer. Dann kommen Tiere von überall hierher und trinken. Im Moment geht das Wasser zurück, aber noch ist es ausreichend, um viele Vögel, Kängurus und andere Tiere anzulocken.«

Während er sprach, blickte Lucy zur Seite und betrachtete sein Profil. Das Abendsonnenlicht glitt darüber und ließ die Haut rosiger als sonst erscheinen. Sein Haar passte farblich zum Sonnenuntergang und seine Augen hatten einen violetten Schimmer angenommen. Fast wirkte er wie ein Prinz aus einem der Feenmärchen, die sie als Kind gelesen hatte.

Plötzlich ergriff Lucy der Wunsch, sich an ihn zu schmiegen. Trotz der warmen Abendluft, die sie umgab, konnte sie die Wärme seines Körpers deutlich spüren.

Sie wusste, dass es sich nicht schickte – aber andererseits, was hielt sie hier davon ab? Niemand sah sie. Und die Kakadus hatten sicher nichts dagegen.

Gerade als sie sich an ihn lehnen wollte, machte Henry einen Schritt nach vorne. »Schau mal, da hinten!« Er deutete auf einen Punkt in der Landschaft.

Lucy erblickte einige große blaue Schmetterlinge.

»Diese Tiere nennt man Feenvögel«, erklärte Henry.

»Das sind Vögel?«, fragte Lucy erstaunt.

»Ja, sie sind recht klein und stets ruhelos. Die Aborigines haben verschiedene Geschichten darüber. Das gilt für alles, was es hier auf diesem Flecken Erde gibt. Jedes Ding hat seine Geschichte und nicht immer sind das schöne Geschichten.«

So wie die Geschichte von mir und Anne, ging es Lucy durch den Kopf. Wieder verspürte sie den Wunsch, sich anzulehnen, doch da sie nicht wusste, wie er darauf reagieren würde, wandte sie sich kurz zur Seite und streifte mit ihrem Handrücken wie zufällig seinen Arm. Die kurze Berührung durchfuhr sie siedend heiß und ließ ihren Pulsschlag schneller werden.

Henry sah sie daraufhin an. Nahm er ihr die Berührung übel? Offenbar nicht, denn er fuhr mit seiner Erklärung fort. »Eine Sache oder ein Mensch, der weder einen Traumpfad noch eine Geschichte hat, ist in ihren Augen tot, ein Nichts.«

Lucy hörte nur noch halbherzig hin, denn an ihrer Hand glaubte sie noch immer seine Haut zu spüren.

So blieben sie stehen und blickten auf den Billabong und die Wolken, die sich darin spiegelten, bis es dunkelte. Lucy stellte fest, dass sie in Henrys Nähe fähig war, alles Schreckliche, was geschehen war, für einige Momente zu vergessen.

Noch bevor die Sonne gänzlich versunken war, machten sie sich auf den Heimweg. Lucy hätte gern gewusst, welche Tiere hier zu Nachtzeiten unterwegs waren, doch das musste sie auf ein anderes Mal verschieben. Wenn sie bis zum Abendessen nicht zurück waren, würde sich Mr Callaway sicher Sorgen machen.

Als sie die Farm erreichten, sahen sie fremde Pferde auf dem Hof.

»Das sind Harrisons Leute«, sagte Henry und zog sie dann eilig mit sich. »Komm, wir müssen zum Haus für den Fall, dass sie Vater etwas antun wollen.«

Schnell wie der Wind sprinteten sie auf das Farmhaus zu. Die Pferde bemerkten sie und wandten sich nach ihnen um, aber da waren Lucy und Henry schon hinter dem Gebäude verschwunden.

»Duck dich!«, befahl Henry, dann bedeutete er ihr, dass sie unterhalb der Fenster entlangschleichen sollte. Nachdem Lucy in die Hocke gegangen war, folgte er ihr und gemeinsam näherten sie sich den Fenstern. Stimmen waren zu vernehmen. Lucy wollte etwas sagen, doch Henry legte sich den Finger auf den Mund, um ihr zu zeigen, dass sie still bleiben mussten.

»Sie bleiben also dabei, nicht an mich zu verkaufen?«

Lucy kannte die Stimme. Es war Harrison, der widerliche Kerl, der Dr. McNall beschuldigt hatte, nicht genug gegen den Typhus zu tun. Und der jemanden angestellt hatte, auf Mr Callaway zu schießen!

»Sie haben Glück, dass ich Sie in mein Haus gelassen habe, Mr Harrison«, entgegnete Mr Callaway.

»Nachdem Sie einem Ihrer Leute das Attentat auf mich befohlen haben, hätte ich Sie gleich von meinem Hof weisen müssen.«

»Einer meiner Leute soll auf Sie geschossen haben?« Harrison tat, als würde er vor Überraschung aus allen Wolken fallen. »Sagen Sie mir, welcher es war, und ich werde ihn entlassen.«

»Sie wissen, dass ich den Mann nicht gesehen habe«, gab der Farmer zurück, unwillig, sich auf die Heuchelei des Großgrundbesitzers einzulassen. »Aber ich weiß, wer dahintersteckt.«

Harrison schwieg, und Lucy erhob sich ein wenig aus der Hocke, um in den Raum zu spähen.

Man sah Harrison auf den ersten Blick nicht an, was für eine schwarze Seele in seiner Brust wohnte. Er wirkte wie ein ganz normaler Mensch, durch sein helles Haar und die blauen Augen hatte er sogar etwas Freundliches an sich. Aber das war nur oberflächlich wie bei einem alten Osterei, dessen Schale zwar immer noch bunt glänzte, dessen Inneres aber stank.

Der Mann nahm keine Notiz von ihr. Er musterte Mr Callaway lächelnd und sagte: »Kommen wir doch wieder aufs Geschäft zurück. An Ihrer Stelle würde ich es mir noch einmal überlegen. Für das Geld können Sie leicht woanders ein Anwesen kaufen. Und vor allem in Frieden leben.«

»Wollen Sie mir schon wieder drohen?«, entgegnete der Farmer.

Harrison lächelte eisig. »Ich möchte Ihnen nur die

Gesundheit aller, die hier leben, ans Herz legen. Sie wollen doch nicht, dass Ihnen und Ihren Leuten etwas Schlimmes zustößt, oder?«

Das war zu viel für Mr Callaway. Er zog seinen Revolver aus dem Gurt und richtete ihn auf den Großgrundbesitzer.

»Schluss mit dieser unsinnigen Unterhaltung! Verschwinden Sie von hier, und zwar sofort!«

Harrisons Begleiter wollten ebenfalls zu ihren Waffen greifen, doch ihr Boss hielt sie zurück. »Gut, ich gehe, Mr Callaway. Aber die Konsequenzen werden Sie tragen müssen.« Er deutete auf die Waffe in Callaways Hand.

»Keine Sorge, Harrison, ich habe keine Angst vor Ihnen!«, entgegnete der Farmer. Beide Männer sahen sich unnachgiebig an, dann wandte sich Harrison um. »Kommt, Männer, verschwinden wir von hier.«

Callaway steckte die Waffe daraufhin wieder ein folgte ihnen in einigem Abstand nach draußen.

»Dein Vater ist unheimlich mutig«, sagte Lucy, während sie sich vom Fenster zurückzog.

Henry nickte. »Aber wie ich ihn kenne, wird er sich ärgern, dass er die Fassung verloren und zur Waffe gegriffen hat.«

»Anders wäre er Harrison aber nicht losgeworden.«

»Mag sein, aber vielleicht wäre er auch von selbst gegangen, wenn er eingesehen hätte, dass er umsonst gekommen ist.«

»Das glaube ich nicht«, entgegnete Lucy und hörte, wie die Männer vom Hof ritten. »Ich habe erlebt, wie er sich mit Dr. McNall angelegt und ihm gedroht hat, seine Zulassung für nichtig erklären zu lassen.«

»Das passt zu Harrison«, entgegnete Henry kopfschüttelnd. »Er merkt gar nicht mehr, was für einen Unsinn er redet. Hauptsache, alle machen das, was er will.«

Wenig später ertönten Schritte neben ihnen. Lucy und Henry schnellten sofort in die Höhe.

Doch zum Weglaufen reichte es nicht mehr, denn im nächsten Augenblick trat Mr Callaway um die Ecke.

»Habe ich mich doch nicht getäuscht«, sagte er und stemmte die Hände in die Seiten. »Es gehört sich nicht, zu lauschen.«

»Aber, Vater, wir …«

»Es hätte gefährlich werden können«, schnitt Mr Callaway seinem Sohn das Wort ab. »Wenn Harrisons Leute auf mich geschossen hätten und der Schuss wäre durch die Scheibe gegangen, hätte er einen von euch treffen können.«

Beide senkten schuldbewusst die Köpfe.

»Nun gut, es ist nichts passiert«, fuhr Mr Callaway fort. Die Anspannung wich ein wenig aus seinem Körper. »Kommt ins Haus. Mrs Mayall benötigt sicher Hilfe. Als Harrison hier ankam, ist sie in ihre Kammer geflüchtet, der Kerl macht ihr Angst.«

Wem nicht, dachte Lucy und sah ihm nach, als er sich umwandte.

»Wie konnte er eigentlich mitbekommen, dass wir am Fenster waren?«, flüsterte sie, als Henrys Vater ein Stück weit vorausgegangen war.

»Wahrscheinlich in dem Bild auf seinem Schreibtisch«, entgegnete Henry ebenfalls im Flüsterton. »Früher meinte er immer, meine Mutter würde alles sehen, was ich anstelle; ich bin sicher, dass die Scheibe des Bilderrahmens das, was vor dem Fenster geschieht, reflektiert.«

Als sie ins Haus kamen, traute sich Mrs Mayall gerade wieder aus ihrer Kammer. »Nein, was für ein schrecklicher Mensch«, murmelte sie leise vor sich hin. »Warum haben Sie ihn eigentlich ins Haus gelassen, Mr Callaway? Sie hätten ihn und seine Handlanger gleich vertreiben sollen.«

»Ich bin kein Mann, der roher Gewalt etwas abgewinnen kann, das wissen Sie, Mrs Mayall«, entgegnete Henrys Vater und hörte sich dabei irgendwie erschöpft an. »Lucy und Henry werden Ihnen helfen, das Abendessen ganz schnell fertig zu bekommen.«

Damit klopfte er Lucy und Henry auf die Schulter und zog sich in sein Arbeitszimmer zurück.

Am Abend saßen sie schweigend am Tisch. Henrys Vater war wie abwesend und in Gedanken vertieft. Henry und Lucy warfen sich immer wieder verstohlene Blicke zu. Mrs Mayall beobachtete das Ganze mit ausdrucksloser Miene.

Lucy konnte sich denken, warum Mr Callaway schwieg. Harrison ließ nicht locker, was sein Land betraf. Doch warum war er so scharf darauf, gerade diesen Flecken zu bekommen? Australien war so ein großer Kontinent, wenn Harrison mehr Grundbesitz haben wollte, könnte er auch woanders etwas kaufen.

Irgendwie hatte sie das Gefühl, dass noch etwas anderes dahintersteckte. Wenn jemand so hartnäckig eine Sache verfolgte, hatte er einen bestimmten Plan. Wenn sie nur wüsste, welchen!

Nach dem Abendessen kam Henry wieder zu ihr. Diesmal hatte er ein Geschenk dabei. Es war ein Notizbuch, das in rot gemusterten Stoff eingebunden war. Es wirkte ein wenig verzogen, an einer Seite waren die Blätter vergilbt. Dieses Heft hatte anscheinend schon lange darauf gewartet, dass man es aus seinem Versteck hervorholte.

Lucy hielt es zunächst für ein Tagebuch, das Henry ihr zeigen wollte. Doch dann sagte er zu ihr: »Ich dachte mir, dass du vielleicht aufschreiben möchtest, was du gesehen hast. Mein Vater hatte dieses Büchlein noch in seinem Schreibtisch.«

»Hast du es ihm etwa gestohlen?«

»Nein, ich habe ihn gefragt. Er meinte, dass er es ohnehin nicht benutzen wird.«

Damit reichte er ihr das Buch. Lucy betrachtete einen Moment lang den roten Einband, dann schlug sie es auf. Die Seiten waren wirklich noch alle unbeschrieben. Die Zeit hatte sie altern lassen, aber sie waren noch weiß genug, um darauf zu zeichnen oder zu schreiben.

»Hier, die sind von mir«, sagte Henry und reichte ihr zwei Bleistifte. »Wenn wir das nächste Mal in die Stadt kommen, kannst du dir bei Mr Featherman einen Federhalter und Tinte kaufen, aber fürs Erste muss das genügen.«

Lucy strahlte Henry an, dann sprang sie auf und fiel ihm um den Hals. Das Büchlein landete auf dem Quilt und Henry musste die Stifte schnell weghalten, damit sie sich nicht daran verletzte.

»Genau das hatte ich mir gewünscht! Vielen Dank!«

Henry erwiderte ihre Umarmung länger, als sie es erwartet hätte. Lucy fühlte seinen Körper an ihrem und nie gekannte Gefühle rasten plötzlich durch sie. Ihre Haut kribbelte und Gänsehaut überzog ihren Rücken. Das Gefühl war so angenehm, dass sie ihn am liebsten lange nicht mehr losgelassen hätte. Doch nun löste Henry seine Arme und trat einen Schritt zurück.

Es fühlte sich an, als sei ihr etwas Bedeutendes entrissen worden. Verwirrt und auch ein wenig überrascht blickte sie Henry an.

Er schwieg verlegen und auf seinen Wangen bildeten sich rote Flecken. Dann räusperte er sich und fragte: »Was hast du denn zu deinem letzten Geburtstag bekommen?«

»Seit ich bei dem Reverend arbeiten musste, wurde mein Geburtstag nicht gefeiert.« Lucy dachte daran zurück, dass Anne ihr immer gern etwas geschenkt hätte, aber nie Geld für ein Geschenk gehabt hatte.

»Und wann ist er?«, erkundigte sich Henry neugierig. »Ich möchte ihn nicht verpassen.«

Lucy antwortete mit einem verschmitzten Lächeln: »Am fünfundzwanzigsten Dezember.«

Henry sah einen Moment ungläubig drein, dann sagte er: »Du bist am Weihnachtstag geboren? Eigentlich müsstest du ein Glückskind sein.«

»Aber das bin ich nicht«, entgegnete Lucy und ließ sich dann auf das Bett sinken. Plötzlich war sie wieder traurig. Henry setzte sich neben sie. »Nachdem meine Mutter gestorben war, hatte ich nur noch meinen Vater. Als ich zwölf war, starb er auch, an einem Fieber, das er von einer seiner Reisen mitgebracht hatte. Die folgende Zeit habe ich bei dem Reverend verbracht, dem jede Freude zuwider war, und jetzt ist auch noch Anne gestorben. Sie fehlt mir ganz schrecklich, weißt du.«

Henry nickte.

»Das verstehe ich gut, ich mag gar nicht daran denken, was wäre, wenn meinem Vater etwas zustoßen würde.«

»Das darfst du auch nicht!«, entgegnete Lucy, und Henry schüttelte den Kopf.

»Eigentlich will ich das auch nicht. Aber du hast gesehen, was heute los war. Die Männer hätten nur ihre Waffen ziehen müssen. Mein Vater hätte vielleicht einen oder zwei töten können, doch er selbst wäre auch nicht mehr lebend aus der Sache rausgekommen.«

»Aber sie haben nicht geschossen, nichts anderes zählt«, hielt Lucy dagegen.

»Da hast du recht. Aber die Gefahr bleibt. Solange

mein Vater nicht verkauft, werden sie es wieder versuchen.«

»Warum will Harrison die Farm eigentlich haben? Gibt es hier irgendwelche vergrabenen Schätze?«

»Nein, das nicht«, antwortete Henry. »Mein Vater vermutet, dass er das Land für eine Großviehzucht braucht. Er will Rinder aus Amerika einschiffen lassen. Sehr viele Rinder. Aber dazu müsste er das Land erst einmal bewässern. Bei der Pferdeweide meines Vaters bräuchte er das nicht zu tun, hier könnten die Rinder gleich weiden.«

»Er will es also bequem haben.«

»Genau«, entgegnete Henry. »Und bestimmt ist er auch in einer Notlage. Wo soll er die Rinder weiden lassen, wenn sie hier ankommen? Sein Schiff könnte bereits in ein paar Wochen Perth erreichen.«

Lucy fragte sich erneut, ob man nichts gegen Harrison tun konnte. Ob man nichts dagegen tun konnte, dass Glück immer wieder zerstört wurde. Sie wollte auf keinen Fall, dass Mr Callaway etwas zustieß. Und sie wollte auch Henry nicht verlieren.

Wenn er so wie jetzt neben ihr saß, schlug ihr Herz gleich schneller und die Trauer, die immer wieder von ihr Besitz ergriff, verblasste.

»Du wirst dein Glück noch finden, Lucy«, sagte Henry schließlich und vertrieb damit die Gedanken an Harrison. »Ich bin sicher, dass das Schicksal dir nicht nur Schlimmes bringen wird. Irgendwann ist alles Schlechte verbraucht und nur noch das Gute übrig.«

Lucy lehnte ihren Kopf an seine Brust. Es fühlte sich gut an, noch viel besser, als wenn sie mit Anne auf dem Dachboden des Waisenhauses gesessen hatte. War es immer so, wenn man sich in einen Menschen verliebte? Auf jeden Fall fühlte es sich ein wenig wie Glück an, also war sie bereit, Henry zu glauben.

7. Kapitel

Harrisons Männer ließen sich nicht so bald wieder blicken. Dafür erschien John, der alte Aborigine, Morgen für Morgen und hinterließ neue Zeichnungen. Es schien fast, als würde er sie den Stimmungen anpassen, die er aus dem Haus empfing. Am Tag nach Harrisons Besuch war die Zeichnung besonders umfangreich gewesen. Sie hatte sogar Pferde beinhaltet, was Lucy auf die Frage brachte, ob John die Farm nicht vielleicht beobachtete.

Sie bezweifelte, dass er sich unsichtbar machen konnte, aber vielleicht hatte sein Volk es gelernt, sich so zu tarnen, dass kein Weißer sie sah, wenn sie es nicht wollten.

Henry vermutete eher, dass John die Hufspuren gesehen und daraus den richtigen Schluss gezogen hatte. Harrisons Leute ritten öfter durch die Gegend, eben weil ihr Boss Interesse an dem Grund und Boden hatte. Da war es möglich, dass John die Reiter gesehen und anhand der Hufspuren erkannt hatte, dass sie hier gewesen waren.

Einmal zeichnete der Aborigine über den Personen eine wunderschöne Sonne, die Lucy in ihr Heft übertrug. Nur zu gern hätte sie mit dem alten Mann gesprochen, doch er reagierte nicht, wenn sie ihn grüßte, was in ihr die Vermutung aufkommen ließ, dass er taub war und nur durch seine Bilder sprechen konnte.

Sie hatte Henry vorgeschlagen, selbst eine Zeichnung für John im Sand zu hinterlassen, aber er hatte ihr abgeraten.

»Bei den Aborigines haben Zeichnungen eine sehr große Bedeutung. Wenn du etwas falsch machst, erschreckst du ihn vielleicht noch.«

Also hatte Lucy bloß damit begonnen, die hübschesten Motive abzuzeichnen, bevor sie der Wind verwehte. Wer weiß, vielleicht würde sie ja irgendwann erfahren, was die einzelnen Symbole bedeuteten.

Zu der Sonne und den anderen Zeichnungen gesellte sich schließlich auch das Bild, das die Aborigine-Frau vor dem Friedhofstor hinterlassen hatte. Lucy malte es mit besonderer Sorgfalt, weil ihr dieses Bild wichtig erschien. Und weil sie glaubte, dass es irgendwie mit Anne zusammenhing.

Wann immer Mrs Mayall Lucy entbehren konnte, ging sie mit Henry in den Busch oder zeichnete das, was sie gesehen hatte, in ihr Heft. Schon bald sah es darin aus wie in dem Pflanzenbuch des Doktors, nur dass sie nicht so viel Text dazuschrieb.

Sie nahm das Notizbuch auch mit, wenn sie Annes Grab besuchte, und hoffte, dass ihre Freundin von dem Ort, an dem sie jetzt war, sehen konnte, was sie gezeichnet hatte.

Abends nach ihren Spaziergängen saßen Lucy und Henry oft lange zusammen und unterhielten sich. So erfuhr Lucy, dass die Sternbilder hier auf dem Kopf standen und dass bei den Aborigines aus dem Orion das Sternbild Emu wurde.

Gelegentlich las Lucy ihm auch etwas aus »Moby Dick« vor. Dabei dachte sie stets mit ein wenig schlechtem Gewissen daran, dass sie dem Doktor das Buch zurückgeben musste. Aber bis sie es fertig gelesen hatte, würde sicher noch ein wenig Zeit vergehen.

Manchmal saßen sie beide auch einfach nur still nebeneinander und sahen aus dem Fenster. Lucy wünschte sich dabei jedes Mal, dass sie einen Farbkasten hätte, der all diese Rot- und Orangetöne enthielt. Dieses Land trug wirklich zu Recht den Namen »roter Kontinent«. Und auch wenn der Traum von Australien Annes Leben gekostet hatte, so gab es doch Momente, in denen sie nicht bereute hergekommen zu sein.

»Ihr solltet der Farm einen Namen geben«, sagte sie eines Abends, als sie wieder von einer Wanderung heimgekehrt waren.

»Vielleicht einen Aborigine-Namen«, schlug Henry vor.

»Was heißt denn ›rot‹ in ihrer Sprache?«

»Wewam.«

»Klingt ein wenig seltsam für eine Farm, oder?«

Henry lachte auf. »Für unsere Ohren vielleicht. Die Aborigines mögen es sicher.«

»Gibt es keinen anderen Namen, der besser passt?«, fragte Lucy.

Henry überlegte einen Moment lang. »Wie wäre es mit ›Amarco‹?«

»Was heißt das?«

»Schöner Ort.«

»Schon besser, aber fällt dir noch etwas anderes ein?« Lucy wollte auch ein paar Wörter auf Aborigine lernen.

»Was hältst du von ›Bimbadeen‹?«

»Klingt ein bisschen nach Aberdeen.«

»Es heißt übersetzt ›Ort der vielen Vögel‹. Angesichts der Vögel am Billabong könnte das passen.«

»Aber die Vögel sind nicht hier. Wenn ich einem Aborigine erklären soll, wo die Farm ist, dann wird er sie mit diesem Namen am Wasserloch suchen.«

»Da hast du auch wieder recht.« Henry verfiel in nachdenkliche Schweigsamkeit.

»Binda?«, fragte er dann.

»Was heißt das?«

»Grüner Ort.«

»Grün ist höchstens die Weide, aber nicht das Haus.«

»Yarramalong?«, fragte Henry und fügte hinzu, bevor sie nachfragen konnte: »Das heißt ›Ort der wilden Pferde‹.«

»Das ginge schon eher«, stimmte Lucy nun zu. »Aber die Pferde sind nicht wild.«

»Und es klingt auch nicht würdevoll genug«, entgegnete Henry. »Hm, was hältst du von dem Wort ›Mawarra‹?«

»Mawarra klingt gut.«

»Oder wie wäre es mit ›Illoura‹?«

»Kommt ganz darauf an, was das bedeutet«, gab Lucy zurück.

»Sie bedeuten beide ›freundlicher Ort‹.«

»Zwei Worte meinen dasselbe?«

»Das ist bei den Aborigines so. So wie in Europa oder Amerika sprechen sie auch hier nicht nur eine Sprache, sondern es gibt unterschiedliche Dialekte.«

»Vielleicht richtet es sich aber auch danach, in welcher Hinsicht ein Ort freundlich ist«, sinnierte Lucy, und diese Erklärung gefiel ihr viel besser. »An einem ist vielleicht viel zu essen zu finden und ein anderer sieht schön aus.«

»Das wäre natürlich eine Möglichkeit. So wie die Aborigines ihr Leben führen, wäre das auch logisch.«

Lucy kam in den Sinn, dass sie vielleicht John fragen könnten, doch dann fiel ihr ein, dass er wohl taub war. Oder er konnte hören, aber verstand ihre Sprache nicht. Sie könnte dann zwar »Mawarra« oder »Illoura« zu ihm sagen, aber sie würde seine Erwiderung nicht verstehen.

»Und welcher von den beiden Namen soll es nun sein?«, fragte Henry, und erst jetzt fiel ihr auf, dass er sie eindringlich ansah.

Sein Blick ließ einen warmen Schauer durch ihren Körper rinnen. Sie erwiderte ihn nur kurz und blickte dann wieder auf den Quilt, auf dem sie saßen. »Mir gefällt Mawarra besser.«

Henry lächelte und legte dann seine Hand auf ihre. »Also gut, wir nennen die Farm Mawarra.«

»Und was wird dein Vater dazu sagen?«

»Er wird es mögen. Ich weiß nicht, ob er der Farm jemals einen Namen geben wollte, aber sie ›freundlicher Ort‹ zu nennen, ist sicher nicht verkehrt. Vielleicht bringt uns der Name Glück!«

»Und wenn dein Vater es nicht will?«

»Dann nennen wir die Farm einfach insgeheim so. Das hat den Vorteil, dass wir den Namen schnell ändern können, wenn uns ein anderer besser gefällt. Oder wenn beispielsweise plötzlich Kakadus hier nisten.«

»Wie würde sie dann heißen?«

»Carrabulone.«

»Das klingt eher italienisch«, wandte Lucy ein.

»Es heißt aber ›viele weiße Kakadus‹«, entgegnete Henry. »Oder man könnte auch Muuwa nehmen, das heißt ›weißer Kakadu‹.«

»Muuwa gefällt mir besser«, beschied Lucy und fügte gleich hinzu: »Dann sollten wir uns diesen Namen für die Mission in Perth aufheben. Dort gibt es einen weißen Kakadu.«

»Darüber werden die Schwestern aber nicht gerade glücklich sein.«

Plötzlich wurde seine Miene ernst. Es war, als würde ihm eine Frage auf der Seele brennen, die er nicht zu stellen wagte.

»Was ist?«, fragte Lucy beunruhigt. Hatte sie etwas Falsches gesagt?

»Nichts«, entgegnete er und schüttelte den Kopf. »Mir ist nur gerade etwas in den Sinn gekommen. Nicht so wichtig.«

Lucy wurde das Gefühl nicht los, dass es sehr wohl wichtig war. Aber Henry ließ sich nicht dazu bewegen, darüber zu sprechen.

Jäh nahm der so gemütliche und fröhliche Abend eine Wendung, die Lucy nicht gewollt hatte. Henry wirkte traurig, ohne dass sie den Grund wusste. Schweigend saß er neben Lucy und starrte auf den Fußboden. Lucy betrachtete ihn, und wieder stellte sie fest, dass das weiche Abendlicht sein Gesicht noch schöner machte. Nur der Blick in seinen Augen gefiel ihr ganz und gar nicht. Was hatte er nur? War er plötzlich von einer schlimmen Erinnerung überfallen worden?

Eine Antwort auf ihre Fragen bekam sie nicht. Als es dunkelte, erhob Henry sich und wünschte ihr eine gute Nacht. Lucy hörte genau auf den Klang seiner Stimme, aber abgesehen von einem Hauch Traurigkeit konnte sie keine Veränderung bemerken. Vielleicht hatte das, was ihn verstummen ließ, wirklich nichts mit ihr zu tun.

Nach einer weiteren Woche gingen die Vorräte auf der Farm zur Neige. Mr Callaway hatte gerade damit zu tun, die Schafe zu scheren, und da er Henry nicht allein mit dem Wagen losschicken wollte, bat er Mrs

Mayall, Lucy von der Arbeit freizustellen. Lucy freute sich, dass sie mitfahren durfte. Sie würde Anne besuchen und in die Läden gehen können. Und das Schönste war, sie würde mit Henry allein fahren!

Nachdem die Haushälterin zugestimmt hatte, band sie ihre Schürze ab und bürstete ihr Kleid, denn in der Stadt sollte man sie nicht für unordentlich halten.

Mrs Mayall gab ihr eine Einkaufsliste mit und ermahnte sie, sich ja nicht von den Händlern übers Ohr hauen zu lassen. »Besonders Perry Higginson hat es faustdick hinter den Ohren«, sagte sie. »Wenn er glaubt, dass er damit durchkommt, nimmt er dir schnell mal ein paar Shillings mehr ab. Du musst mit ihm handeln, und zwar so hartnäckig, wie du nur kannst.«

Bisher hatte Lucy noch nie um einen Preis gefeilscht, aber sie betrachtete das als Herausforderung. Dementsprechend verschwieg sie Mrs Mayall auch, dass sie in solchen Dingen noch unerfahren war. Die Befürchtung, zu versagen, spornte Lucy an.

Sie verließ mit der Liste das Haus und ging zu Henry, der gerade die Pferde in den Wagen einspannte.

»Na, alles klar?«, fragte er und lächelte sie breit an.

Lucy nickte. »Ja. Mrs Mayall hat mir eben noch diese lange Liste mitgegeben. Wollen wir hoffen, dass die Pferde die Ladung auch ziehen können.«

»Das können sie bestimmt!«, entgegnete Henry lächelnd. »Bei einem ganzen Haus wird es schwierig, aber bei Lebensmitteln und Hausrat sehe ich keine

Probleme. Steig schon mal auf, wenn ich fertig bin, fahren wir los.«

Lucy nickte und kletterte dann auf den Kutschbock. Mittlerweile gelang ihr das schon recht gut ohne fremde Hilfe. Bevor sie losfuhren, kam Mr Callaway auch noch einmal zu ihnen. »Passt auf euch auf und seht zu, dass ihr Harrisons Leuten aus dem Weg geht«, ermahnte er sie. Dann, zu Lucys Erstaunen und Erschrecken, drückte er Henry einen Revolver in die Hand. Der Lauf steckte in einer ledernen Tasche, nur der Griff schaute hervor. Dennoch ließ der Anblick der Waffe Lucy einen Schauer über die Arme laufen. Immerhin wusste sie, wie es aussah, wenn jemand von einer Kugel getroffen wurde.

Glaubte Mr Callaway wirklich, dass sie in Gefahr waren, wenn sie in die Stadt fuhren?

»Hier, falls euch irgendwer zu nahe treten sollte«, sagte er zu seinem Sohn. »Er ist geladen und einsatzbereit. Aber benutze ihn nur dann, wenn es wirklich keinen anderen Ausweg gibt. Du weißt, Flucht ist keine Schande.«

Henry nickte und befestigte die Waffe neben sich am Kutschbock, damit sie nicht verloren ging.

»Und dass ihr mir ja nichts vergesst!«, sagte Mr Callaway noch, und seine Miene war nun wieder entspannter. »Ihr wisst, dass Mrs Mayall ihre Kochkünste nicht spielen lassen kann, wenn die Hälfte fehlt. Wir wollen doch nicht hungern.«

»Keine Sorge, wir vergessen nichts«, versprach Lucy, und Henry trieb die Pferde an. Ein Ruck ging durch den Wagen, als sie anzogen, und wenig später rollten sie vom Hof.

»Wie lange möchtest du eigentlich bei uns bleiben?«, fragte Henry, als sie auf den Wald der Wassereukalyptusbäume zufuhren. Die Farm lag schon ein ganzes Stück hinter ihnen. Die beiden Pferde trabten ruhig und die Sonne schien brütend heiß auf ihre Strohhüte.

»Warum fragst du das? Willst du mich loswerden?«

Henry schüttelte den Kopf »Nein, aber als wir dich abgeholt haben, meinte Vater, dass du nur für eine gewisse Zeit hier sein wirst.«

Lucy dachte an das, was sie mit dem Doktor kurz vor ihrem Abschied besprochen hatte.

»Dr. McNall hatte es mir freigestellt, ob ich zurückkehren will oder nicht. Ich könnte wieder dort arbeiten. Ich weiß nicht, ob es dein Vater erlaubt, dass ich ganz bei euch bleibe.«

»Das wird er schon.« Henry blickte sie fast ein bisschen furchtsam an. »Willst du uns denn verlassen?«

»Was würdest du denn wollen?«, fragte sie zurück.

»Es ist schön, jemanden zum Reden zu haben oder zum Spazierengehen. Du bist schon fast wie eine Schwester, nein, mehr noch …« Sein Gesicht wurde nun rot wie die Blüten des Coral Trees und er verstummte.

Auch Lucys Wangen glühten plötzlich. Sie ahnte, was Henry andeuten wollte. Und sie fühlte genauso, und zwar seit dem Tag, als sie ihn zum ersten Mal gesehen hatte. Nur dass sie jetzt keine Tische mehr umrannte.

Den restlichen Weg über schwiegen sie. Lucy hatte seine Frage nicht beantwortet, denn sie wusste noch nicht, was sie tun würde. Sie wollte Mr Callaway nicht zur Last fallen. Aber sie hatte die Farm und all die Wunder des Busches ins Herz geschlossen. Und am allerwenigsten wollte sie Henry verlassen. Er konnte Anne zwar nicht ersetzen, dafür war er auf andere Weise in ihrem Herzen, die sie nicht mehr missen wollte.

Schließlich kam die Stadt in Sicht. Die heiße Luft flirrte über den Dächern.

»Hast du was dagegen, wenn wir am Friedhof anhalten?«, fragte Lucy, als sie die Bäume, die den Friedhof umstanden, ausmachen konnte. »Ich möchte Anne nur mal kurz erzählen, was sich inzwischen zugetragen hat.«

Lucy konnte Henry ansehen, dass er nicht daran glaubte, dass Tote die Geschichten der Lebenden hören konnten. Aber ihr zuliebe nickte er.

»Klar doch, wir besuchen sie. Willst du ihr vielleicht Blumen mitbringen? Ich weiß eine Stelle, wo Everlastings wachsen.«

»Everlastings?«

»Das ist eine Pflanze mit gelben Blüten, die wie Sonnen aussehen. Die sind sehr hübsch.«

Lucy nickte. »Das klingt gut.«

Henry lenkte die Pferde zur Seite. Sie fuhren in Richtung Fluss und machten schließlich in der Nähe bei einer Wiese halt. Dort standen neben anderen Gewächsen hohe Stauden mit großen sternförmigen

Blüten. Sie hatten eine tiefgelbe Farbe. Die Stängel darunter waren violett und die Blätter bläulich grün.

»Hier, schneid ein paar von ihnen ab«, sagte Henry und reichte ihr sein Messer.

Lucy nahm es und sprang vom Wagen herunter. Die Stängel waren nicht leicht durchzuschneiden, aber mit ein wenig Mühe gelang es ihr schließlich.

»Was meinst du, ob wir eine ganze Pflanze für die Farm mitnehmen können?«, rief sie Henry zu. »Sie sind sehr hübsch.«

»Ich glaube nicht, dass Mrs Mayall das gern sehen würde. Eine Zeit lang hatten wir diese Everlastings auf dem Hof. Sie heißen nicht nur so, sie halten auch ewig und sind fast nicht totzukriegen. Aber sie haben noch eine andere Eigenschaft, die du mögen wirst.«

»Und die wäre?«

»Wenn die Blüten geschnitten wurden und trocken sind, können sie trotzdem immer wieder aufblühen, je nachdem wie das Wetter ist.«

»So wie eine Rose von Jericho?«, fragte Lucy.

»Was ist das?«

»Mein Vater hatte mir mal eine mitgebracht. Es ist eine Pflanze, die über Jahrhunderte ohne Wasser auskommen kann, aber wenn Regen fällt, wird sie wieder grün. Kommt es dann wieder zu einer Trockenheit, zieht sie sich zusammen und wartet die nächste Regenzeit ab.«

»Das ist fast so wie bei unseren Billabongs. In der Trockenzeit werden sie kleiner und alle Pflanzen verdorren. Aber wenn es regnet, treten die Wasserlöcher über die Ufer und werden zu großen Seen. Neue Pflanzen wachsen, die Vögel kommen, und schon bald sind die zuvor kleinen Wasserlöcher regelrechte Oasen.«

Plötzlich musste Lucy wieder an den Traum denken, den sie während des Aufenthaltes in der Mission gehabt hatte.

»Gibt es bei euch einen Baum, der von allein Feuer fängt und verbrennt, aber dann wieder neu austreibt?«

Henry lächelte wissend. »Und ob es den bei uns gibt! Überall, könnte man sagen. Die Buschfeuer flammen in jedem Jahr auf, und die Eukalyptusbäume brennen wegen des Öls in ihren Blättern besonders gut. Wenn die Feuer verschwunden sind, bleiben oft nur die Stämme zurück. Und nach einer Weile brechen neue Knospen auf. Viele Eukalyptusbäume sind schon etliche Male verbrannt, aber sie erwachen immer wieder zum Leben.«

»Genauso wie die Everlastings.« Lucy blickte auf die Blumen in ihrem Arm. Anne würde es gefallen, Blumen zu haben, die nicht sterben konnten.

»Lass uns fahren«, sagte sie und kletterte wieder auf den Kutschbock.

Der Friedhof lag ruhig in der Nachmittagssonne. Der Wind strich durch die Bäume und Vögel zwitscherten und krächzten in den Kronen. Auf dem Boden bildeten sich kleine Sandwirbel, die sich schnell wieder in einer Staubwolke auflösten.

Bislang war Lucy immer allein auf den Friedhof gegangen, nun kam Henry mit zu Annes Grab.

Dort angekommen legte Lucy den Strauß auf den Hügel und trat dann einen Schritt zurück. Sie wagte nicht, in Henrys Gegenwart ihrer Freundin laut von den Ereignissen der Woche zu erzählen. Aber sie tat es in Gedanken. Zum Abschluss ihrer stummen Erzählung hockte sie sich hin und zeichnete die Sonne, die John auf der Farm hinterlassen hatte, in den Grabhügel. Henry erkannte sie natürlich und schmunzelte.

»Ich glaube, wir können jetzt wieder gehen«, sagte sie, als sie fertig war. Die Sonne war gelungen, vielleicht nicht ganz so schön, wie sie Johns sichere Finger gezeichnet hatten.

Henry und Lucy wandten sich um und kehrten zum Tor zurück. Als die Pferde sie bemerkten, drehten sie die Köpfe zur Seite und schnaubten.

»Ist ja schon gut, wir fahren gleich weiter«, sagte Henry und wollte gerade auf den Kutschbock klettern. Doch dann bemerkte er aus dem Augenwinkel eine Bewegung.

»Das fehlt uns noch«, murmelte Henry, als er zur Seite blickte. Schlagartig wurde er blass.

Drei Männer näherten sich ihnen. Ihre gelben Mäntel waren von Schmutzflecken übersät, ihre Gesichter wurden von breiten Hutkrempen überschattet. Sie steuerten direkt auf sie zu.

»Auf den Wagen, Lucy!«, rief Henry und half ihr beim Aufsteigen. Wenig später nahmen die Männer vor dem Gefährt Aufstellung. Lucy hatte gerade vorschlagen wollen, einfach loszufahren, doch daraus wurde nichts, denn einer der Gelbmäntel nahm das Leitpferd am Halfter.

»Wenn das nicht der kleine Callaway ist«, sagte der Anführer und kam bedrohlich auf Henry zu. »Und sein Mädchen hat er auch gleich mitgebracht.«

Lucy erkannte den Mann. Es war derselbe, der versucht hatte, das Haar der Aborigine-Frau anzuzünden.

»Lassen Sie uns in Ruhe«, entgegnete Henry scharf, doch die Männer lachten nur.

»Ich glaube nicht, dass ich deinem Wunsch entsprechen kann«, entgegnete der Wortführer und wandte sich dann an seine Männer. »Was meint ihr, Jungs, wollen wir ihn gleich mal ein bisschen zurechtstutzen, damit er nicht so frech wird wie sein Vater?«

Darum ging es also! Sie wollten Henry dafür bestrafen, dass sein Vater sie und ihren Boss vor die Tür gewiesen hatte.

Lucy blickte auf den Revolver auf dem Kutschbock. Sie hatte so eine Waffe noch nie in der Hand gehalten, aber sie wusste ungefähr, wie man sie halten und abfeuern musste.

Doch die Männer sahen nicht so aus, als würden sie sich von einem Mädchen bedrohen lassen.

Wieder musste sie daran denken, dass der Doktor gesagt hatte, sie solle einen Stein werfen und dann weglaufen. Einen Stein gab es nicht, wohl aber diesen Revolver. Wenn sie einen Schuss abgab, würden die Männer vielleicht das Weite suchen.

»Lasst ihn in Ruhe!«, sagte sie und richtete die Waffe auf die Männer. »Ihr seid vier und er ist einer. Außerdem seid ihr älter als er. Ihr müsst ganz schön feige sein, wenn ihr einem Jungen Schläge androht.«

Der Anführer der Gelbmäntel kniff die Augen zusammen. »Kennen wir uns nicht von irgendwoher?«

Lucy antwortete nicht. Auch wenn es vielleicht feige war, warum sollte sie ihn gerade jetzt an den Vorfall mit der Aborigine-Frau erinnern? Wenn er versuchte sie anzufassen, würde sie feuern, auch wenn der Rückstoß der Waffe sie vielleicht vom Kutschbock riss.

»He, Murray, lass es gut sein, das sind doch bloß Kinder«, sagte einer der Männer und legte dem Anführer die Hand auf die Schulter.

Der Angesprochene stieß sie zornig weg. »Das sind keine Kinder, sondern freche Mistvögel, die eine anständige Tracht Prügel verdient haben.«

»Rühren Sie ihn an, schieße ich!«, rief Lucy daraufhin, und ihre Stimme klang bestimmter, als ihr zumute war. Sie hatte Mühe, das Zittern ihrer Hände zu unterdrücken. Der Anführer sah sie an und sie fühlte sich von seinem Blick durchbohrt. Er schien prüfen zu wollen, ob sie auch wirklich den Mumm hatte, die Waffe abzufeuern.

Lucy wollte auf keinen Fall, dass Henry etwas geschah. Das ließ sie so entschlossen dreinschauen, dass der Gelbmantel schließlich von ihrem Mut überzeugt war.

»Lasst uns verschwinden, es lohnt sich nicht«, sagte er plötzlich. »Sein Vater wird schon sehen, was er davon hat.«

Damit wandten sich die Männer um und gingen. Seltsamerweise lachten sie dabei nicht spöttisch, wie man es von ihnen erwarten könnte. Auf halbem Weg drehte sich der Anführer noch einmal um, und sein Blick schien genau Lucy zu treffen. Doch das erschreckte sie nun nicht mehr. Sie hatte gewonnen, und das, ohne einen einzigen Schuss abgefeuert zu haben.

Lucy blieb mit der Waffe in der Hand auf dem Kutschbock stehen, bis die Gelbmäntel verschwunden waren. Dann ließ sie die Arme wieder sinken.

»Jetzt können wir unsere Vorräte wohl vergessen«, sagte Henry und lehnte sich gegen den Wagen. Noch immer war er ganz blass um die Nase. Auch wenn er schon so groß wie ein erwachsener Mann war, hätte er gegen die drei keine Chance gehabt. Und das wusste er selbst nur allzu gut. »Ich muss schon sagen, dass du ganz schön Mut hast«, wandte er sich nun an Lucy. »Die Männer hätten dich erschießen können.«

»Haben sie aber nicht«, gab Lucy zurück und legte die Waffe wieder hin. Ihre Hände zitterten nun, als hätte sie sich stundenlang an einem Felsvorsprung festklammern müssen. Aber jetzt bemerkte es niemand außer Henry.

»Warum meinte der eine eigentlich, dass er dich kennen würde?«, fragte er.

»Weil ich ihn mal davon abgehalten habe, einer Aborigine die Haare anzuzünden. Daraufhin wollte er meine anzünden, aber ich bin weggelaufen.«

»Das hättest du diesmal besser auch tun sollen.«

»Und dich im Stich lassen?«

Lucys und Henrys Blicke trafen sich. Seine Lippen bewegten sich, als wollte er etwas sagen, aber er brachte keinen einzigen Ton hervor. Der Schock saß ihm noch mächtig in den Knochen.

»Die Männer da hätten dich nach Strich und Faden verprügelt«, fuhr Lucy fort. »Ich würde dich nie im Stich lassen, Henry Callaway!«

Noch immer war der Junge nicht imstande, etwas zu sagen. Er sah Lucy einfach nur an und senkte dann den Blick.

»Danke, dass du mir geholfen hast.«

»Schon gut. Ich muss zugeben, dass ich ziemliche Angst bei dem Gedanken hatte, die Waffe abzufeuern. Vielleicht solltest du mir beibringen, wie man das macht.«

»Das werde ich, wenn wir zurück sind«, versprach Henry. »Aber jetzt müssen wir erst mal zu Hause erklären, warum wir keine Vorräte mitbringen. Ich setze heute keinen Fuß mehr in die Stadt.«

Wie es nicht anders zu erwarten war, zeigte sich Mr Callaway alles andere als begeistert, als er von dem Vorfall hörte.

»Das war eine sehr große Dummheit«, sagte er, und diesmal war seine Stimme wirklich ernst. »Wenn die Männer ihre Waffen gezogen und auf euch geschossen hätten!«

»Wenn ich das nicht getan hätte, hätten die Männer

Henry verprügelt«, rechtfertigte sich Lucy. »Das konnte ich nicht zulassen.«

Mr Callaway schüttelte den Kopf, aber er wusste, dass sie recht hatte. »Beim nächsten Mal werdet ihr auf den Wagen springen und die Pferde antreiben, habt ihr verstanden?«

Die beiden nickten. Lucy war ein wenig überrascht, dass er seine Strafpredigt nicht fortsetzte.

»Ich werde morgen in die Stadt fahren und die Vorräte holen«, sagte er nur und stiefelte davon.

»Meinst du, dass wir noch irgendeine Strafe kriegen?«, flüsterte Lucy, während sie ihm hinterhersah.

»Nein, mein Vater ist nicht nachtragend«, entgegnete Henry. »Entweder er verhängt die Strafe gleich oder gar nicht. Wahrscheinlich weiß er, dass er an unserer Stelle auch nicht anders gehandelt hätte. Auch wenn er das nicht zugeben mag.«

»Und was meinst du, wird jetzt geschehen?« Lucy blickte sich zum Haus um und sah Mr Callaway gerade in der Tür verschwinden.

»Da werden wir abwarten müssen«, antwortete Henry und machte sich daran, die Pferde auszuschirren.

Ganz so leicht kamen sie dann aber doch nicht davon.

Am Abend bat Mr Callaway Lucy zu sich. Allein. Sie war sicher, dass es wegen des Vorfalls beim Friedhof war, auch wenn Henry nicht dabei sein musste. Vielleicht würde er seine Rüge gleich nach ihr bekommen. Mit pochendem Herzen stand sie also vor der Tür von Mr Callaways Arbeitszimmer und klopfte an.

»Komm rein!«, rief er.

Als Lucy eintrat, saß er hinter dem Schreibtisch. Auf der Nase hatte er eine Nickelbrille, die sie noch nicht an ihm gesehen hatte. Offenbar brauchte er sie zum Lesen, denn vor sich hatte er ein Buch liegen.

Mit einem beklommenen Gefühl näherte sie sich dem Schreibtisch.

»Setz dich«, sagte Callaway und deutete auf den Lederstuhl, auf dem vor ein paar Wochen noch Harrison gesessen hatte. Lucy ließ den Blick über den Schreibtisch gleiten und entdeckte das Bild, von dem Henry erzählt hatte. Seine Mutter war wirklich wunderschön gewesen.

»Gleich vorneweg, ich habe dich nicht zu mir gebeten, um dir irgendeine Strafpredigt zu halten«, sagte der Farmer, der mit seiner Brille jetzt doch wie ein Lehrer wirkte. »Ich muss schon sagen, dass ich einerseits recht ärgerlich wegen der Sache auf dem Friedhof war, aber ich bin dir auch sehr dankbar, dass du meinen Sohn vor einer Tracht Prügel bewahrt hast. Es ist eine Schande, dass sich Harrisons Männer an Schwächeren vergreifen, aber so sind sie.«

»Und weshalb wollten Sie mich dann sprechen?«

»Ich muss sagen, dass mich deine Courage überrascht hat.«

»Ich wollte nur nicht, dass Henry etwas passiert«, antwortete Lucy. »Dasselbe hätte ich für jeden anderen getan.«

»Das kann ich mir denken«, sagte Callaway. »Woher kommt solch ein Mut? Ich habe so etwas noch nie bei einem Mädchen erlebt.«

Die Worte erinnerten sie an die Reaktion von Dr. McNall. »Mein Vater lehrte mich, dass ich niemals Unrecht ertragen und zulassen soll«, gab Lucy zurück.

»Dein Vater muss ein guter Mann gewesen sein.«

Lucy nickte. »Das war er.«

Mr Callaway lehnte sich nun auf seinem Stuhl zurück und blickte ihr direkt in die Augen. Etwas hatte er auf dem Herzen, das spürte Lucy. Etwas, das ihr vielleicht nicht gefallen würde.

»Ich möchte dich nicht für das, was vorgefallen ist, bestrafen«, begann er schließlich. »Aber ich kann dir vorerst nicht mehr erlauben, das Grab deiner Freundin zu besuchen. Es ist zu gefährlich.«

Lucys Augen weiteten sich erschrocken. Eine Erwiderung wollte ihr zunächst nicht einfallen.

»Harrisons Leute mögen vielleicht diesmal nachgegeben haben«, erklärte Mr Callaway weiter. »Aber beim nächsten Mal werden sie sicher nicht so friedlich sein. Wenn sie jetzt schon nicht davor zurückschrecken, Heranwachsende anzugreifen, was wird dann beim nächsten Mal passieren? Ich möchte Henry und dich nicht zu Grabe tragen müssen, das wäre mehr, als ich ertragen könnte.«

Ein hilfloser Zorn wütete auf einmal in Lucys Brust. Ein wenig auf Mr Callaway, obwohl sie wusste, dass er recht hatte und nur ihr Bestes wollte, doch vor allem auf Harrison und seine Leute. Warum konnten sie die Menschen nicht einfach in Ruhe lassen? Warum schien es ihr einziger Lebenszweck zu sein, zu zerstören und anderen das Leben zur Hölle zu machen?

Tränen kullerten aus ihren Augen, obwohl Lucy es nicht wollte.

»Ich weiß, es wird dir nicht leichtfallen. Aber es muss sein«, sagte Mr Callaway, und seine Stimme hörte sich nun etwas kratzig an. »Deine Freundin würde sicher nicht wollen, dass du neben sie gebettet wirst, mit einer Kugel im Herzen. Harrison ist kein guter Mensch und er wird auch nicht zögern, Schwache und Kinder zu töten, wenn es seinen Zielen dient.«

»Warum tut dann niemand etwas gegen ihn?«, fragte Lucy und rieb sich mit einer ärgerlichen Handbewegung die Tränen aus den Augen. Sie sah ihn anklagend an. »Warum hat niemand den Mut, ihn in seine Schranken zu weisen?«

Darauf wusste Mr Callaway keine Antwort. »Er hat viel Geld und damit viel Macht. Und er ist entschlossen und brutal. Vielleicht finden wir irgendwann einmal die Kraft, uns gegen ihn aufzulehnen. Eine Ratte, die in die Enge getrieben wird, greift auch irgendwann einmal an. Aber vorerst sollten wir versuchen Frieden einkehren zu lassen. Harrison wird es uns weiß Gott nicht leicht machen, aber vielleicht verliert er irgendwann seinen Spaß an diesem Spiel.«

Irgendwann. Lucy begann dieses Wort zu verabscheuen. Warum nicht gleich?

»Aber jetzt müssen wir alle die Augen offenhalten

und vorsichtig sein. Kann ich mich in der Hinsicht auf dich verlassen?«

Lucy nickte, und wahrscheinlich bemerkte Mr Callaway ihren Zorn.

»Gut, dann kannst du jetzt wieder gehen.«

Lucy erhob sich folgsam, doch bevor sie ging, kam ihr noch ein Gedanke. Vielleicht war es respektlos, das anzubringen, aber sie konnte einfach nicht anders. »Ihre Frau, was hätte die zu dieser Sache gesagt? Hätte sie abgewartet oder etwas gegen Harrison unternommen?«

Ein trauriges Lächeln schlich sich auf das Gesicht des Farmers. Er nahm die Brille von der Nase und legte sie auf das Buch. Dann sah er ihr direkt und so intensiv in die Augen, dass sich Lucy am liebsten in ein Mauseloch verkrochen hätte.

»Meine Frau war dir ähnlich«, sagte er überraschend sanft, wie sie es noch nie von ihm gehört hatte. »Sie hätte auch nie ein Unrecht hingenommen, besonders nicht gegen ihre eigene Familie. Ich werde kämpfen, wenn es nötig ist, aber jetzt halte ich es für besser, abzuwarten.«

8. Kapitel

Am nächsten Tag lag eine seltsame Spannung in der Luft. Lucy fiel auf, dass Mr Callaway weiterhin schweigsam war. Hatte das noch immer mit dem

Zwischenfall in Perth zu tun? Oder mit ihrem Gespräch?

Zu gern hätte sie gewusst, was hinter seiner Stirn vor sich ging. Doch nicht einmal Henry wusste, was sein Vater dachte. Lucy hoffte allerdings, dass er nicht klein beigeben und an Harrison verkaufen würde. Für so heldenhaft hielt sie ihn, ihm wenigstens dabei die Stirn zu bieten.

Am Nachmittag fuhr Mr Callaway in die Stadt, um die Vorräte zu holen.

»Hoffentlich lauern ihm Harrisons Leute nicht auf«, sagte Lucy besorgt, als sie Henry im Stall besuchte. Er reparierte gerade Sattelzeug mit einer langen gebogenen Nadel.

»Mein Vater hat sein Gewehr mitgenommen«, entgegnete Henry und legte die Ahle beiseite, bevor er sie sich noch in den Finger stach. »Die Gelbmäntel wagen es nicht, meinen Vater anzugreifen, wenn er eine Waffe hat. Er mag vielleicht Lehrer gewesen sein, aber er hat das Schießen bei der Jagd gelernt. In der ersten Zeit haben wir sehr oft das, was er im Busch geschossen hat, auf den Tisch bekommen. Glaub mir, seine Kugeln treffen.«

Aber sie würden die Probleme nicht lösen, das wusste Lucy.

»Wolltest du mir nicht auch das Schießen beibringen?«, fragte sie.

»Das würde ich gern, aber wie ich meinen Vater kenne, hat er den Revolver bei sich oder ihn in seinem Schreibtisch eingeschlossen. Nach dem, was in Perth passiert ist, sollten wir ihn lieber vorher fragen. Er will sicher nicht, dass du einen Menschen umbringst.«

Lucy war nicht sicher, ob sie damals wirklich abgedrückt hätte. Sie war zwar wild entschlossen gewesen, doch es war ein großer Unterschied, auf jemanden bloß zu zielen oder wirklich zu schießen.

»Gibt es nicht etwas anderes, was du mir beibringen kannst?«

Lucy hatte gesehen, dass er zu tun hatte, aber sie wollte die Zeit, in der Mrs Mayall ihren Mittagsschlaf hielt, nicht mit Herumsitzen vergeuden. Sonst hatte sie sich um diese Zeit immer an ihren Schreibtisch gesetzt und gezeichnet, aber heute hatte sie keine Lust dazu.

Henry überlegte einen Moment lang, dann hatte er eine Idee.

»Willst du reiten lernen?«

Und ob Lucy das wollte!

»Und dein Sattel?«

»Den habe ich fast fertig. Wenn du dich also von Mrs Mayall loseisen kannst …«

»Mrs Mayall macht gerade ihren Mittagsschlaf und die Küche ist sauber. Ich habe einen Moment Zeit.«

Henry lächelte so breit, dass seine Mundwinkel fast seine Ohren erreichten, dann sprang er auf.

»Also gut, ich hole Lizzy, das ist eines unser ruhigsten Pferde.«

Wenig später kam er mit einem Apfelschimmel nach draußen. Die Stute trug keinen Sattel, wohl aber Zaumzeug. Als sie Lucy sah, wieherte sie freundlich.

»Wo ist der Sattel?«, fragte Lucy.

»Du wirst dich erst mal ohne Sattel draufsetzen«, entgegnete Henry und brachte das Pferd in die richtige Position, damit Lucy hinaufklettern konnte.

»Aber falle ich da nicht runter?« Das Mädchen betrachtete die Stute skeptisch.

»Nicht, wenn du dich gut festhältst. Mein Vater hat es mir auch so beigebracht.«

Henry reichte ihr die Zügel und machte eine Räuberleiter. Lucy war noch immer nicht sicher, ob sie es ohne Sattel wagen sollte, aber schließlich wollte sie nicht als Feigling dastehen.

Sie stieg also auf seine Hände, und ehe sie es sich versah, saß sie rittlings auf dem Rücken des Tiers. Ihr weiter Rock bauschte sich hinter ihr, aber ihre Beine blieben halbwegs bedeckt.

Lucy schnappte nach Luft. »Das ging ja leichter, als ich dachte!«, rief sie und lächelte.

»Habe ich dir doch gesagt«, entgegnete Henry, den sie jetzt deutlich überragte. »Ich werde Lizzy führen, und du versuchst dich auf ihrem Rücken zu halten.«

Ehe Lucy ihn um einen kurzen Moment Geduld bitten konnte, setzte sich das Pferd in Bewegung. Henry führte es zum Brunnen und wieder zurück. Obwohl das Tier langsam ging, wurde Lucy ziemlich durchgeschüttelt.

»Du musst dich den Bewegungen des Tieres anpassen«, riet Henry, aber Lucy war so besorgt, herunterzufallen, dass ihr das nicht besonders gut gelang. Henry schien jedoch zufrieden zu sein.

»Jetzt wirst du lernen, wie man sie zum Laufen und zum Stehen bringt. Und natürlich zum Schnellerwerden.«

»Und wie macht man das?« Lucy blickte ein wenig besorgt auf den Hals des Pferdes. Am liebsten hätte sie sich daran festgeklammert. Aber sie wollte vor Henry nicht als Angsthase dastehen. Und solange das Pferd stand, fühlte sie sich auch ganz wohl.

»Du drückst dem Pferd einfach ganz leicht die Hacken in die Flanken. Vorher solltest du dich aber festhalten.«

Lucy griff in die dichte Mähne, doch als sie mit ihren Hacken Lizzys Flanken berührte, reagierte die Stute nicht.

»Warum läuft sie nicht?«, fragte sie.

»Du musst fester zudrücken«, riet Henry.

»Aber tut ihr das nicht weh?«, wandte Lucy ein.

»Pferde sind robust, sie halten einiges aus.«

Dennoch hatte Lucy nicht vor, der Stute Schmerzen zuzufügen.

»Kann man denn ein Pferd nicht anders antreiben?«, fragte sie. Ihre Hände waren jetzt klitschnass vor Anspannung.

»Eigentlich nicht. Du könntest es mal mit Zungenschnalzen versuchen.«

Lucy versuchte es, doch es hatte keinen Erfolg. Lizzy blieb stur stehen.

»Ich zeig dir mal, wie man es richtig macht.« Ehe Lucy es sich versah, stieg Henry ebenfalls auf das Pferd und setzte sich hinter sie auf die Kruppe. Lizzy wieherte aus Protest, sie war es nicht gewohnt, zwei Reiter zu tragen. Aber es zeigte sich, dass sie wirklich ein sehr gutmütiges Pferd war. Henry drückte sich an Lucys Rücken und nahm die Zügel.

»Was soll das werden?«, fragte Lucy, doch da trieb Henry die Stute schon an.

»Halt dich an meinen Armen fest«, sagte er. »Ich werde dir zeigen, wie es sich anfühlt, wenn ein Pferd schnell läuft.«

Damit schlug er Lizzy die Hacken in die Flanken, wesentlich fester, als Lucy es getan hatte.

Die Stute begann folgsam zu traben und Lucy konnte jetzt wirklich nichts anderes tun, als sich festzuklammern. Ihr gesamter Körper verkrampfte sich, und zunächst hatte sie ständig das Gefühl, jeden Moment von dem Tier herunterzurutschen. Sie schrie kurz auf, was bei Henry für Heiterkeit sorgte.

»Keine Angst, ich pass schon auf, dass du nicht runterfällst. Du wirst dich allmählich an die Bewegungen gewöhnen.«

Damit hatte er recht. Nach einer Weile erkannte Lucy den Takt, in dem das Pferd seine Schritte setzte, und es gelang ihr, sich anzupassen. Nachdem sie eine Weile im Trab über die Wiese geritten waren, fühlte sie sich schon bald mutig genug, die Zügel zu übernehmen.

»Ich will es auch mal probieren«, sagte sie, worauf Henry ihr die Zügel übergab. Die Stute lief noch immer gleichförmig voran, wie ein mechanisches Spielzeug, das nur diese eine Bewegung vollführen konnte.

Auf einmal erschien Lucy alles ganz leicht. Henry hatte recht, man musste sich nur den Bewegungen anpassen.

»Lenke sie jetzt mal nach rechts«, sagte Henry und legte seine Hände um ihre Taille. Das irritierte Lucy ein wenig, doch sie zwang sich, auf die Zügel zu achten.

»Wie mache ich das?«, fragte sie.

»Zieh den rechten Zügel näher zu dir heran. Wenn du nach links reiten willst, dann machst du dasselbe zur anderen Seite.«

Lucy versuchte es. Und tatsächlich, das Pferd lief zur Seite. Eigentlich war es nicht schwer. Doch würde sie es auch ganz ohne Henry schaffen? Sie hätte ihn bitten können, das Pferd anzuhalten und abzusteigen, aber noch wollte sie das nicht. Sie genoss das Gefühl seines Körpers hinter dem ihren. Er fühlte sich so unendlich warm an, dass sie sich am liebsten ganz an ihn gekuschelt hätte.

Doch jetzt saß sie auf dem Pferd, und es gab ihr mächtig viel Selbstvertrauen, dass Lizzy gehorchte und sich von ihr lenken ließ.

Eine Weile ritten sie über die Steppe, an den hohen Spinifex-Büscheln und den Ameisenhügeln vorbei, unter Eukalyptusbäumen hindurch und schließlich auf die Weide, wo Henrys Vater die Pferde hielt.

»Traust du dir zu, zu springen?«, fragte Henry völlig unerwartet.

»Nein!«, platzte Lucy heraus, und vorbei war es mit ihrem Selbstvertrauen.

»Aber das musst du manchmal tun, um über ein

Hindernis hinwegzukommen. Pass auf, wir versuchen es gemeinsam.«

Henry übernahm nun wieder die Zügel. Er trieb die Stute mit seinen Hacken an, woraufhin sie in den Galopp wechselte. Wieder hatte Lucy das Gefühl, sie würde gleich runterfallen. Henry ließ Lizzy auf das Gatter zulaufen. Lucy hätte am liebsten geschrien, aber der Laut blieb ihr in der Kehle stecken.

»Vertrau mir«, flüsterte Henry, dann ließ er die Zügel ein wenig locker und beugte sich nach vorn. Lucy hatte keine andere Wahl, als die Bewegung mitzumachen. Die Stute riss die Vorderhufe hoch und machte einen Satz.

In dem Moment, wo das Pferd sich mit der Hinterhand abdrückte und für einen Moment zu schweben schien, hielt Lucy die Luft an. Sie spürte Henrys Kopf an ihrer Schulter, und ihr gesamter Körper spannte sich an. Hunderte Dinge, die passieren könnten, wenn das Pferd am Koppelzaun hängen bliebe und strauchelte, gingen ihr durch den Sinn.

Doch Lizzy schaffte den Sprung mühelos. Ein Ruck drückte Lucy nach hinten, aber Henry fing sie auf. Als die Stute wieder auf dem Boden aufkam, atmete Lucy auf und lachte dann.

»Ich hätte nicht gedacht, dass das so aufregend ist!«, rief sie erleichtert.

»Wenn du es erst ein paarmal gemacht hast, wird es ganz normal sein«, antwortete Henry. »Du siehst, es ist wirklich nicht schlimm, man muss nur wissen, wie man es machen muss.«

Eine Weile ritten sie im Kreis, wobei Henry Lucy wieder die Zügel übergab. Sie blieben dabei im Galopp, wechselten dann zurück in den Trab und ließen die Stute schließlich im Schritt gehen.

»Wenn sie stehen bleiben soll, ziehst du beide Zügel zu dir und sagst ›brrr‹«, meinte Henry schließlich, als sie eine kleine Anhöhe erreichten, von der aus man einen großen Teil der Weide überblicken konnte.

Lucy versuchte es, und im Gegensatz zum Losreiten ging Stehenbleiben ganz leicht. Glücklicherweise, denn der Sprung war bereits aufregend genug gewesen.

»Na siehst du, es ist wirklich einfach. Komm, wir steigen ab.«

Henry sprang blitzschnell von der Kruppe herunter und streckte dann die Arme nach ihr aus. Lucy zitterte vor Anstrengung am ganzen Körper. Sie klammerte sich um seinen Hals, und Henry konnte das Gleichgewicht nicht halten und fiel nach hinten. Gemeinsam purzelten sie ins Gras, und Lucy kam auf ihm zu liegen. Henry begann ausgelassen zu lachen und sie stimmte ein, als sie den Schrecken überwunden hatte. In seiner Gegenwart schien es leicht, alle Sorgen und Ängste zu vergessen.

»Du bist schwer«, stellte er fest, dann wurde sein Gesicht plötzlich ernst. Auch Lucy lachte nicht mehr. Mit einem Mal wurde ihr bewusst, wie nahe sie einander waren. Beinahe noch näher als auf dem Pferd. Lucy konnte den Schweiß auf Henrys Haut riechen, den Duft seines Haars. Und sie sah seine Lippen. Sie waren den ihren so nahe wie noch nie. Eine überwältigende Sehnsucht wallte plötzlich in ihr auf. Ohne dass es ihr so recht bewusst war, beugte sich ihr Kopf vor und ihre Lippen berührten seinen Mund.

Lucy hatte sich schon viele Male vorgestellt, wie sich ein Kuss wohl anfühlte. Sie hatte manchmal auch fantasiert, wie es wäre, Henry zu küssen. In jenen Momenten war sie froh gewesen, allein zu sein. Ihr Herz hatte gepocht und sie hatte ein Flattern im Bauch gehabt, das sich wie frischgeschlüpfte Schmetterlinge angefühlt hatte. Oder wie der Flügelschlag der Feenvögel.

Doch keine ihrer Fantasien konnte sich mit dem messen, was sie jetzt fühlte. Henrys Lippen waren weich wie ein Seidentuch und schmiegten sich warm an ihre. Er wich nicht zurück, beugte sich auch nicht vor, sondern verharrte, wie er war.

Dabei flatterte es nicht nur in ihrem Bauch, auch ihr Herz raste wie wild. Abwechselnd wurde ihr warm und kalt. Fast glaubte sie schon, Henry würde das spüren. Doch wenn, schien es ihn nicht zu stören. Oder erging es ihm genauso?

Lucy hatte auch keine Ahnung, wie lang ein Kuss dauern konnte. Sie schloss die Augen und verließ sich auf ihr Gefühl.

Als sie sich schließlich aufrichtete und die Augen öffnete, stellte sie fest, dass Henry sie die ganze Zeit über angesehen hatte.

»Wenn ich ehrlich bin, hab ich mir das heimlich gewünscht«, gab er zu, und auf seinen Wangen erblühten zwei verlegene rote Flecke. »Aber ich habe nicht zu hoffen gewagt, dass es mal geschehen würde.«

»Ich auch nicht«, erwiderte Lucy und ein wenig erschrak sie nun doch über sich selbst. Durfte man einen Jungen einfach so küssen? Reverend McCallahan hätte sie sicher verdorben und sündig genannt.

»Aber es erschien mir richtig«, fügte sie hinzu und sprach damit ihren nächsten Gedanken laut aus.

»Es war auf jeden Fall sehr, sehr schön«, sagte Henry und legte seine Hand nun sanft um ihren Nacken. Dann zog er sie erneut an sich. Diesmal dauerte der Kuss noch länger, und Lucy war sicher, dass Henry sie wieder dabei ansah. Aber sie meinte mehr zu fühlen, wenn sie die Augen schloss.

Als sie sich wieder voneinander lösten, kam es Lucy vor, als seien Stunden vergangen. Sie glaubte sich fast in einem Paradies, doch dann stellte sie fest, dass sie noch immer auf der Wiese lagen und Lizzy unweit von ihnen graste.

»Ich habe noch nie so ein schönes Mädchen wie dich gesehen«, sagte er, und bevor sie ihn davon abhalten konnte, löste er ihr rotes Haarband. Die langen schwarzen Flechten fielen wie ein Wasserfall über ihre Schultern und kitzelten sein Gesicht.

»Du hast mir ebenfalls gleich gefallen, als ich dich sah«, entgegnete Lucy und fügte ein bisschen verlegen hinzu: »So sehr, dass ich den Essenswagen im Hospital umgeworfen habe.«

Henry lächelte. »Daran erinnere ich mich noch. Aber ich dachte nicht, dass es deswegen war.«

»Du hast mich also für einen Tollpatsch gehalten?«

»Nein, aber ich dachte, ich hätte dich erschreckt.«

»Das hast du nicht.«

Henry griff nun nach ihrer Hand und schweigend blieben sie nebeneinander im Gras liegen. Die Wolken zogen über ihnen hinweg, und wenn es nach Lucy gegangen wäre, hätten sie hier noch stundenlang bleiben können. Doch dann würde sich Mrs Mayall wohl Sorgen um sie machen.

»Wir müssen zurück«, sagte sie also und erhob sich, so schwer es ihr auch fiel. »Gib mir das Band zurück.«

»Und wenn ich es behalten möchte?«

»Dann könnten dein Vater und Mrs Mayall Verdacht schöpfen. Gib es mir wieder, bitte.«

Henry grinste sie an, als hätte er überhaupt nicht die Absicht, das zu tun. Dann stand er jedoch ebenfalls auf und trat hinter sie, um ihr die Haare mit dem Band wieder zusammenzubinden.

»Jetzt wird niemandem etwas auffallen«, sagte er, und bevor er zu Lizzy ging, die noch immer den Kopf ins Gras steckte, gab er Lucy noch einen Kuss. Einen frechen, kurzen Kuss, der fast wie gestohlen wirkte.

»Für den Heimweg«, sagte er grinsend und holte die Stute heran, damit sie aufsteigen konnten.

Als sie bei der Farm ankamen, war Mrs Mayall wieder auf den Beinen und auch Mr Callaway war aus der Stadt zurückgekehrt. Auf dem Wagen stapelten sich die Kisten. Offenbar war er von Harrisons Leuten nicht belästigt worden.

Lucy fühlte sich mittlerweile so sicher im Sattel, dass sie darauf bestanden hatte, das Pferd den ganzen Weg über allein zu lenken. Henry hielt sich an ihr fest, so leicht, als seien seine Arme ein Schal, der um ihre Hüfte lag. Offenbar vertraute er ihren Reitkünsten bereits.

»Wo wart ihr denn?«, fragte Mr Callaway, als Lucy das Pferd zum Stehen gebracht hatte.

»Auf der Weide«, antwortete Henry. »Ich habe Lucy beigebracht, wie man reitet. Auf einer Farm mit Pferden ist das doch sicher angebracht, oder?«

»Selbstverständlich«, entgegnete Mr Callaway. »Und wie es aussieht, ist deine Schülerin sehr gelehrig.«

»Ja, das ist sie!«, gab Henry zurück und sprang vom Pferd herunter. Dann streckte er die Hände aus und half Lucy von dem breiten Pferderücken herunter. Diesmal fielen sie nicht um, was Lucy beinahe schade fand. Aber vor Mr Callaway hätte sie Henry niemals geküsst!

Etwas an ihrem Verhalten musste Henrys Vater aufgefallen sein, denn plötzlich huschte ein überraschtes Stirnrunzeln, gefolgt von einem bedächtigen Lächeln über sein Gesicht. Sie werden erwachsen, schien sein Blick zu sagen. Doch Henry und Lucy bemerkten es nicht.

Henry brachte Lizzy wieder in den Stall zurück und bürstete sie dort ab. Anschließend half er seinem Vater beim Abladen.

Lucy ging zu Mrs Mayall in die Küche. Dabei konnte sie nicht anders, als ständig vor sich hin zu lächeln.

Sogar der Haushälterin fiel das auf, denn obwohl Lucy in den vergangenen Wochen die Trauer über Anne gut versteckt hatte, war sie nicht gerade heiter gewesen. Dass sie so breit lächelte, hatte Mrs Mayall bisher noch nicht erlebt.

»Dir hat der Ausritt wohl gefallen?«, fragte sie also.

Lucy nickte und ihre Wangen waren jetzt auch so rot wie die Blüten des Coral Trees. »Ja, das hat er.«

»Nun, in deinem Alter hatte ich den Kopf auch voller Träume und traute mir alles zu. Aber jetzt würde mich wahrscheinlich niemand mehr auf ein Pferd bekommen.«

»Warum denn nicht, Mrs Mayall?«, fragte Lucy gut gelaunt. »Lizzy ist ein ganz braves Pferd.«

»Das mag sein, aber ich glaube kaum, dass sich so ein netter junger Mann finden würde, der mich dabei unterstützt.«

Sie zwinkerte Lucy zu und wandte sich dem Herd zu.

Lucys Wangen glühten jetzt noch schlimmer. Konnte man ihr ansehen, dass sie Henry geküsst hatte? Vielleicht war die Schleife falsch gebunden. Unsicher tastete sie nach dem Band, doch das saß so, wie sie es auch gebunden hätte. Vielleicht besaß Mrs Mayall ja die unheimliche Fähigkeit des Hellsehens?

Die dunklen Wolken, die am Abend aufzogen, würden Unwetter bringen, meinte Mrs Mayall, und Mr Callaway warnte Lucy und Henry davor, in den Busch zu gehen.

Zunächst glaubte Lucy, dass es wegen der Küsserei sei, die man ihnen irgendwie angesehen hatte, doch natürlich gab es einen vernünftigen Grund: Zu dieser Jahreszeit war das Laub trocken und brannte wie Zunder. Ein Blitzschlag würde genügen, um Bäume in Brand zu setzen. Da die Regenzeit noch fern war, würde die Wassermenge, die vom Himmel fiel, gering sein und einen Brand nicht stoppen können. Das Feuer könnte sich sehr schnell ausbreiten, und wer in einen Buschbrand geriet, war in Gefahr, von den Flammen verschlungen zu werden.

Also zogen sich Henry und Lucy in ihr Zimmer zurück.

Eigentlich hatte sich zwischen ihnen nichts grundlegend verändert, aber zwei Küsse konnten das Leben zweier Menschen schon gehörig durcheinanderwirbeln.

Anstatt wie sonst gemeinsam aus »Moby Dick« zu lesen oder über die Pflanzen und Tiere zu sprechen, die sie bei ihren Spaziergängen gesehen hatten, saßen sie schweigend nebeneinander.

»Ist etwas anders zwischen uns?«, begann Henry schließlich.

Lucy lächelte und dachte wieder daran, dass Anne ihr prophezeit hatte, sie würde ihn heiraten.

»Falls du Angst hast, dass du mich heiraten musst, kann ich dich beruhigen«, gab Lucy scherzhaft zurück, aber Henry schien die Sache ernster zu nehmen, als sie gedacht hatte.

»Aber wenn ich dich liebe?«, fragte er, was Lucy nun

doch verwunderte. Sie hatte Henry auch gern, sehr sogar. Nein, das war nicht der richtige Ausdruck, sie hatte ihn lieb.

Aber war Liebe nicht etwas für Menschen, die älter waren als sie?

»Wir sind noch zu jung dazu, dein Vater würde es nicht erlauben.«

»Dann warten wir eben«, entgegnete er und griff nach ihrer Hand. »Vorausgesetzt, du bleibst so lange bei mir.«

Lucy sah ihn an und fragte sich, ob sie es ertragen könnte, ihn nicht um sich zu haben. Nein, das konnte sie nicht. Sein Anblick, sein Lachen und seine Stimme waren für sie unverzichtbar geworden. Wenn er stürbe, würde es ihr das Herz zerreißen. War das Liebe?

»Ich bleibe bei dir, das habe ich nun entschieden«, entgegnete sie. »Aber rede jetzt noch nicht vom Heiraten. Wir sind beide zu jung, und wer weiß, vielleicht verkrachen wir uns bald wieder.«

»Das glaube ich nicht«, entgegnete Henry lachend. »Ich kann mir nicht vorstellen, dass ein anderes Mädchen so hübsch und nett und interessant ist. Wenn ich alt genug bin, werde ich dich heiraten, das verspreche ich dir.«

Lucy legte ihren Kopf an seine Schulter. Henry senkte seinen Kopf, bis er ihren berührte.

So blieben sie sitzen, bis es vollkommen dunkel war und sie sich nicht mehr sehen, sondern nur noch spüren konnten. In der Dunkelheit trafen Henrys Lippen auf die von Lucy.

Jetzt fühlte sich der Kuss wieder vollkommen anders an, und ein Verlangen, das sie noch nie verspürt hatte, machte sich in Lucy breit. Viel zu schnell schien sich Henrys Mund von ihrem zurückzuziehen, und auch seine Hände, die sanft über ihre Schultern und ihren Rücken gestrichen hatten, hätten ruhig noch ein wenig länger dort bleiben können. Doch sie wussten beide, dass sie nicht weiter gehen durften, jetzt noch nicht.

Henry trat also hinaus auf den dunklen Korridor und Lucy blieb sitzen mit der festen Überzeugung, dass er ihr Herz mit in sein Zimmer genommen hatte.

In der Nacht blieb das befürchtete Gewitter zwar aus, doch zum ersten Mal, seit sie die Mission verlassen hatte, träumte Lucy wieder. Trotz all der schönen Erlebnisse des Tages war es kein guter Traum.

Lucy lief durch den Eukalyptushain. Es war der Flusseukalyptus, vor dem Mr Callaway sie gewarnt hatte. Sie irrte allein zwischen den Bäumen umher und verspürte eine unheimliche Angst. Ihre Rufe nach Henry blieben unbeantwortet. Es war, als wäre sie verschwunden, ohne dass die anderen es gemerkt hätten.

Plötzlich hörte sie ein Knistern. Sie konnte nicht sagen, woher es kam, es schien rings um sie herum zu sein, ohne dass sie eine Ursache dafür ausma-

chen konnte. Ängstlich blickte sie nach oben in der Annahme, dass ein Ast auf sie fallen würde, aber über ihr war nur Himmel.

Dann wurde sie von etwas eingehüllt, das wie Nebel aussah. Doch schon bald konnte Lucy riechen, dass es sich um Qualm handelte. Der Busch brannte! Sie sah Kängurus an sich vorbeihüpfen. Koalamütter versuchten verzweifelt, mit den Jungen auf ihrem Rücken zu fliehen.

Lucy wusste instinktiv, dass sie von hier fortmusste, doch es gelang ihr nicht, die Beine zu heben. Als sie an sich hinabblickte, erkannte sie warum: Hände hatten sich aus dem Sand hervorgereckt und hielten sie fest. Lucy zerrte an den unbarmherzigen Fingern, versuchte sie zu lösen, doch dann merkte sie, dass es die Finger von Toten waren. Sie waren klamm und steif und Lucys Kraft reichte nicht aus, um sie zu öffnen. Das Feuer kam näher und näher, drohte sie schließlich zu erreichen. Die Flammenzungen leckten bereits über ihre Haut …

Keuchend fuhr Lucy auf. Ihre Brust fühlte sich wie zugeschnürt an, und nur langsam realisierte sie, dass alles nur ein Traum gewesen war.

Dann bemerkte sie einen rötlichen Schein, der in ihr Zimmer fiel. Sie blickte aus dem Fenster, und was sie da sah, ließ sie im ersten Moment glauben, noch immer in ihrem Traum gefangen zu sein. Aber als sie sich in den Handrücken kniff, sah sie, dass es diesmal Wirklichkeit war. Ein Feuer war in der Nähe des Stalls ausgebrochen und bewegte sich rasch auf die Farm zu. Der Anblick der gen Himmel lodernden Flammen war gespenstisch.

Blitzschnell sprang Lucy aus dem Bett, warf sich ihr Kleid über und stürmte zu Henrys Zimmer.

»He, wach auf, es brennt!«, rief sie und hämmerte wie wild gegen die Tür.

Henry schreckte aus dem Schlaf, und als er Lucys Stimme vernahm, kam er sofort rausgelaufen.

»Ein Buschfeuer ist ausgebrochen!«, rief sie, bevor er etwas sagen konnte. »Wir müssen deinen Vater wecken.«

Henry wischte sich mit der Hand übers Gesicht, dann wandte er sich um und zog schnell seine Hose über.

Schließlich stürmten sie gemeinsam die Treppe hinunter. Henrys Vater hatte sein Schlafzimmer im unteren Teil des Hauses. Er kam ihnen bereits entgegen, die Hose über dem Nachthemd und die Stiefel an den nackten Füßen. Ein Hemdszipfel hing noch über dem Hosenbund.

»Vater, es …«

»Ich weiß«, schnitt Mr Callaway seinem Sohn das Wort ab und schob sich hastig die Hosenträger über die Schultern. »Ich werde mich um die Pferde kümmern.«

Damit rannte er auf den Hof. Lucy und Henry folgten ihm.

Das Feuer brannte bereits lichterloh. Zum Erschrecken von Lucy und der Callaways trieb der Wind brennende Zweige in Richtung Scheune und Haus. Einige von ihnen hatten das Stallgebäude erreicht, und die Schindeln, die durch die Sonnenstrahlung ebenfalls ausgetrocknet waren, hatten Feuer gefangen.

»Henry, sieh zu, dass du die Pferde aus dem Stall kriegst. Ich werde zur Weide reiten und versuchen die Tiere auf freie Flächen zu bringen.«

»Und was soll ich machen?«, fragte Lucy, die angesichts der roten Flammenzungen und der Hitze, die ihr entgegenschlug, erschauerte.

»Du wirst mit Mrs Mayall Wasser schöpfen, so viel du kannst. Versucht das Dach und die Wände des Wohnhauses mit Wasser zu tränken. Wenn Henry die Pferde weggebracht hat, wird er euch helfen.«

Als sich Lucy zum Haus umwandte, stürmte Mrs Mayall gerade nach draußen.

Das Mädchen rief ihr zu, was Mr Callaway gesagt hatte. Dann verschwand sie mit der Haushälterin im Haus, wo jene ihr die Eimer in die Hand drückte, mit denen sie sonst Wasser holte.

Mrs Mayall selbst holte zwei weitere Eimer aus der Vorratskammer, dann lief sie mit Lucy nach draußen.

Auf dem Weg zum Brunnen hielt das Mädchen Ausschau nach Henry. Er war bereits im Stall verschwunden. Das Dach sah inzwischen besorgniserregend aus. Weitere brennende Zweige waren darauf gelandet und ein großer Teil der Schindeln brannte.

»Guck dich nicht fest, Mädchen, tu, was Mr Callaway gesagt hat«, rief die Haushälterin, worauf sich

Lucy umwandte und die Wassereimer füllte. Trotz ihrer Angst hatte sie so viele Fragen, die sie beschäftigten.

»Hat es hier schon mal so ein Feuer gegeben?«, wollte sie wissen, während sie den vollen Schöpfeimer hochzog und ihn in einen der anderen Eimer ausleerte.

»Und ob es die gegeben hat!«, entgegnete Mrs Mayall ungeduldig. »Nun beeil dich schon!«

»Ist es denn immer so schlimm?«, fragte Lucy und füllte dabei den zweiten Eimer.

»Manchmal schon, Buschfeuer sind unberechenbar, das macht sie so gefährlich. Es kommt ganz darauf an, wie der Wind steht.«

Lucy brauchte nicht zu fragen, wie der Wind diesmal stand, denn die brennenden Zweige flogen direkt auf sie zu. Wenn einer von ihnen das Haupthaus erreichte, konnte das Feuer auch hier ausbrechen.

Sie beeilte sich, auch die anderen Eimer voll zu bekommen, dann kehrte sie mit Mrs Mayall zum Haus zurück.

»Lauf mit dem Wasser die Treppe hinauf zum Dachboden und öffne das Fenster«, wies diese sie an. »Dann versuchst du das Wasser über das Dach zu verteilen.«

Lucy nickte. Die Wassereimer erschienen ihr mit einem Mal schwerer als alles, was Reverend McCallahan sie je hatte schleppen lassen, aber sie hatte keine andere Wahl.

Auf dem Dachboden, den sie bislang noch kein einziges Mal betreten hatte, ging sie gleich zu dem

Fenster, durch das der gespenstische Schein des Feuers drang. Glücklicherweise war es nicht besonders hoch.

Doch der Fensterflügel ließ sich nicht gleich öffnen. Er klemmte, sodass Lucy sich mit aller Kraft dagegen stemmen musste, um ihn aufzubekommen.

Als es ihr schließlich gelang, hörte sie das Stampfen von Pferdehufen. Die ersten Tiere verließen den Stall und preschten über den Hof.

Lucy lehnte sich nach draußen und sah nicht nur, wie die Pferde davonliefen. Sie konnte nun auch das Ausmaß des Feuers besser erkennen. Die Flammen schienen die Koppel, auf der Callaway seine Pferde stehen hatte, zu umzingeln. Sorge überkam Lucy. Würde der Farmer es schaffen, die Tiere zu retten?

Als ihr glühende Holzstückchen vom Stall entgegenflogen, wusste sie, dass sie sich beeilen musste. Sie hob den ersten Wassereimer durch das Loch und goss ihn über den Schindeln unterhalb des Fensters aus. Als der Eimer zur Hälfte geleert war, versuchte sie auch etwas Wasser nach oben zu gießen. Dass sie dabei selbst durchnässt wurde, nahm sie zunächst gar nicht wahr. Mit dem zweiten Eimer verfuhr sie genauso, dann lief sie wieder nach unten.

Mrs Mayall hatte sich inzwischen die Wände vorgenommen. Auch ihre Eimer waren leer und gemeinsam rannten sie wieder zum Brunnen.

Während sie schöpfte, blickte Lucy zum Stall.

Etwas gefiel ihr nicht.

Henry hätte schon längst wieder draußen sein

müssen. Was war, wenn im Stall etwas heruntergefallen war und ihn getroffen hatte? Die Flammen auf dem Dach waren bereits bedenklich hoch. Es würde sicher nicht mehr lange dauern, bis Teile davon einstürzten.

Lucy überlegte nicht lange. Sie ließ die Eimer fallen und rannte los.

»Kind, wo willst du hin?«, rief Mrs Mayall ihr nach. Als sie ihre Absicht erkannte, wurde ihr Ruf lauter: »Bleib hier, das ist Wahnsinn!«

Doch Lucy hörte nicht. Sie fürchtete, dass Henry am Boden liegen könnte, von einem herabgestürzten Balken bewusstlos geschlagen. Sie musste ihn unbedingt da herausbekommen.

Rauch schlug ihr entgegen und brachte sie zum Husten. Lucy raffte schnell einen Rockzipfel in die Höhe und hielt ihn vor ihr Gesicht. Obwohl das Feuer hell leuchtete, konnte sie im Stall selbst kaum etwas erkennen. Der Rauch, der in ihren Augen brannte, erschwerte ihre Sicht noch zusätzlich. Das Flackern des Feuers ließ die Schatten hier noch finsterer erscheinen, fast wie Dämonen, die alles Licht wegsogen.

»Henry!«, rief sie durch den Stoff hindurch. »Henry, wo steckst du?«

Als Antwort erhielt sie nur das Prasseln des Feuers. Das heftige Pochen ihres Herzens wurde nun schon fast schmerzhaft. Wie sollte sie ihn in diesem Inferno finden?

Lucy drang weiter in den Stall vor. Überall um sie herum knackte und knarrte es bedrohlich. Erneut kam sie sich vor wie in ihrem Traum, nur dass es keine Bäume waren, die rings um sie herum brannten.

Die Boxen der Pferde waren leer. Auf dem Boden davor lag niemand. Wo war Henry?

Lucy musste husten, der Qualm drang mittlerweile auch durch den Stoff und machte sie benommen.

»Henry!«, krächzte sie erneut. Gern hätte sie lauter gerufen, doch ihre Stimme versagte beim zweiten Mal. »Hen…« Der Rest des Wortes war nicht mehr als ein undeutlicher Quietschlaut.

Da hörte sie ein Wiehern.

Hufe stampften, dann preschte etwas an ihr vorbei. Lucy konnte gerade noch erkennen, dass eine Person auf einem hellen Pferd saß.

Sie war sicher, dass es sich um Henry handelte, also machte sie kehrt und folgte ihm. Keinen Augenblick zu früh, denn hinter ihr krachte nun ein Balken mit lautem Getöse zu Boden. Erschrocken sah Lucy sich um und spürte die aufstiebenden Funken auf ihrer Haut. Da begann sie zu rennen.

Schindeln und weitere Holzstücke fielen auf sie. Eines davon traf ihre Wade, und ein nie gekannter Schmerz schnellte an ihrem Rückgrat hinauf und brachte sie zu Fall. Weitere brennende Schindeln regneten auf sie herab. Eine traf sie am Arm, eine weitere erneut am Bein. Der Schmerz war furchtbar. Lucy wusste aber, dass sie sich ihm nicht überlassen durfte, wenn sie überleben wollte. Heulend und wimmernd erhob sie sich und setzte ihren Weg fort.

»Lucy!«, hörte sie jemanden rufen. Nur wenige Augenblicke später war die Person bei ihr. Starke Hände packten sie und zerrten sie nach draußen. Nur wenige Sekunden, bevor das Stalldach ganz zusammenbrach.

»Lucy, bist du verrückt geworden, was hattest du im Stall zu suchen?«

Sie blickte mit brennenden und tränenden Augen auf und erkannte Henry. Sein Gesicht war rußgeschwärzt wie das eines Schornsteinfegers. Sein Hemd an einem Ärmel zerrissen und ebenfalls von schwarzen Schlieren überzogen. Aber er lebte und offenbar war ihm nichts passiert. Ganz im Gegensatz zu ihr. Die Stellen, an denen sie das glühende Holz getroffen hatte, brannten höllisch.

Aber das war in diesem Augenblick nicht so wichtig. Lucy weinte vor Schmerz und Erleichterung gleichzeitig. Henry hockte sich neben sie und strich ihr übers Haar. »Ist ja schon gut, du bist ja raus aus dem Stall.«

»Ich wollte dich suchen«, schluchzte Lucy und klammerte sich an ihn. »Ich dachte, dir sei etwas passiert.«

»Lizzy hatte sich in ihrer Leine verheddert, ich musste sie durchschneiden, deshalb hat es so lange gedauert«, entgegnete Henry und hielt sie eine Weile fest. Gleichzeitig wusste er, dass sie von hier wegmussten, und zwar schnell. Sein Vater war mit den Pferden noch nicht wieder aufgetaucht, und die Sorge um ihn brachte Henry fast um den Verstand.

Als er zu der Feuerwand sah, die wie ein vielarmiges Ungeheuer aus der Hölle jeden Augenblick das Haus zu erreichen drohte, traf er eine Entscheidung. Kurzerhand hob er Lucy auf seine Arme und trug sie zu einem der Pferde.

»Was soll das?«, fragte sie, und bevor Henry antwortete, fand sie sich bereits auf Lizzys Rücken wieder.

»Du musst von hier verschwinden!«, sagte er. »Reite am besten dort entlang, auf die freie Wiese. Auf keinen Fall in ein Gebiet, wo es Bäume gibt, hast du verstanden?«

Das Tosen der Flammen verschluckte seine Stimme beinahe.

»Und was ist mit dir?«

»Ich komme mit Mrs Mayall nach! Reite du schon voraus!«

»Aber ich kann euch doch nicht zurücklassen!«, protestierte Lucy und blickte sich nach der Haushälterin um, die mittlerweile einsehen musste, dass es keinen Zweck hatte, das Haus weiter gegen das Feuer zu verteidigen.

»Nun mach schon!«, schrie Henry sie an, und bevor sie noch etwas einwenden konnte, versetzte er Lizzy einen Klaps auf die Hinterhand. Da die Stute wegen des Feuers ohnehin schon nervös war, preschte sie sofort los.

Lucy hielt sich mit Mühe und Not fest. Die Wunden an ihren Beinen und ihrem Arm pochten schrecklich. Sie hatte keine Chance, das Pferd zu lenken, sondern konzentrierte alle Anstrengungen darauf, nicht aus dem Sattel zu fallen. Sie klammerte sich an den Hals des Tiers und hoffte, dass Henry ihr schon bald nachkommen würde.

Lizzy jagte im gestreckten Galopp dahin und floh instinktiv vor dem Feuer. Nach einer Weile erreichten sie das offene Grasland, das weit vom Brandherd entfernt war.

Doch Lucy wusste nicht, wie sie das Pferd zum Stehen bringen sollte. Die Zügel schleiften auf dem Boden und alles »Brrr« und »Bleib stehen« half nicht. Die Stute preschte weiter, blind vor Angst und mit Schaum vor dem Maul, der sich löste und in weißen Flocken an ihrem Fell hängen blieb.

Plötzlich strauchelte das Pferd. Ob seine Hufe sich an einem vertrockneten Ast oder einem Spinifex-Büschel verfangen hatten, konnte Lucy nicht sagen. Ein harter Ruck ging durch ihren Körper, und wenig später wurde sie vom Pferderücken geschleudert. Für Sekundenbruchteile flog sie durch die Luft.

Der Aufprall war hart. Ein grässliches Geräusch tönte durch Lucys Körper, und gleichzeitig blieb ihr die Luft weg. Sie versuchte dennoch sich aufzurappeln, doch dabei wurde ihr schwarz vor Augen und sie sank wieder zu Boden. Undeutlich hörte sie, dass das Pferd aufsprang und weiterlief. Dann entfernten sich alle Geräusche von ihr, selbst das Raunen des Windes und das Rascheln des Grases verschwanden.

9. Kapitel

Die Regenbogenschlange zog ihre Bahn durch den roten Sand. Lucy beobachtete sie von weit oben. Die Spur, die sie hinterließ, glich zunächst einem Weg, doch dann fiel Regen und sie füllte sich mit Wasser. Die Schlange schien sich nicht darum zu kümmern. Sie zog weiter und hinterließ Flüsse, Täler und Berge auf ihrem Weg. Schließlich ringelte sie sich zusammen und legte den Kopf auf den massigen Körper.

»Alles hat einen Sinn«, hörte Lucy eine Stimme sagen, dann vernahm sie fremdartige Laute. Es war eine Sprache, die sie nie zuvor gehört hatte und die ihr dennoch vertraut erschien.

Sie selbst schwebte nun über die rote Erde hinweg, roch den Staub, das Gras und das Aroma des Eukalyptus. Als sie ein Krächzen neben sich hörte, blickte sie zur Seite und sah einen Schwarm Papageien neben sich. Sie hatte nun ebenfalls Schwingen, rote Federn hielten sie in der Luft und trugen sie über rotes Land und schließlich auf ein Wasserloch zu, das von grünen Bäumen umstanden war. Sie setzte sich mit den anderen Papageien auf einen der Bäume und entdeckte auf der Wasseroberfläche die Nasenlöcher zweier Krokodile, die darauf aus waren, sie und die anderen Papageien zu fressen. »Hüte dich vor den Narmakan-Schwestern«, klang die Stimme Henrys durch ihren Geist, und gerade als sie wieder ihre Schwingen ausbreiten wollte, verschwand das Bild und wurde zu einem undurchdringlichen Schwarz, dem das Licht des Erwachens folgte.

Als Lucy die Augen aufschlug, blickte sie in das Gesicht eines dunkelhäutigen Jungen. Das Haar hing ihm lang und kraus über die Schultern. Seine Lippen waren voll und seine Augen dunkel wie zwei Kohlen.

Er hatte sich über sie gebeugt und befühlte neugierig ihr Haar. Als er sah, dass Lucy die Augen geöffnet hatte, schreckte er zurück und verschwand. Lucy wurde mit einem Schlag klar, dass sie nicht mehr auf der Farm war, und diese Erkenntnis versetzte ihr einen Schock. Sie wollte aufstehen, doch ein stechender Schmerz in ihrem Kopf machte das unmöglich.

Also ließ sie sich wieder zurücksinken, richtete ihren Blick nach oben und sah in den leicht rosafarbenen Himmel.

Wo war sie? Und wer war dieser Junge?

Für einen Moment wusste sie nicht mehr, was geschehen war, doch dann erinnerte sie sich wieder.

Da war das Buschfeuer gewesen und der zusammenbrechende Stall. Henry hatte sie einfach auf Lizzys Rücken gehoben. Lucy erinnerte sich noch daran, dass sie vor dem Feuer davongeritten war. Dann war alles dunkel geworden.

Nach einer Weile fiel ihr wieder ein, dass das Pferd gestürzt war und sie abgeworfen hatte. Wahrscheinlich hatte der Junge sie irgendwo gefunden.

Als sie den Kopf zur Seite wandte, konnte sie in der Ferne eine dunkle Wolke erkennen, die so gar nicht zu dem klaren Himmel passen wollte. Entweder, es kam cin Unwetter auf sie zu, oder … Es war noch immer der Rauch, der von dem Feuer aufstieg.

Was war mit Henry, seinem Vater und Mrs Mayall geschehen? Hatten sie sich retten können? Und warum hatte Henry sie einfach weggeschickt? Sie hätte doch weiterhin helfen können!

Von Ungewissheit getrieben versuchte sie ein zweites Mal sich aufzurichten. Dabei bemerkte sie, dass sie auf einer Art Matte lag. Sie war aus schmalen Blättern geflochten und raschelte leise unter ihren Bewegungen. Lucys Arme zitterten kraftlos, aber schließlich gelang es ihr, sich aufzusetzen.

Der Anblick von Menschen, die unweit von ihr im Sand saßen, überraschte sie. Der Junge, der vor ihr geflohen war, redete gerade leise auf eine Frau ein. Diese erhob sich und kam zu ihr.

Zu Lucys großer Überraschung handelte es sich um dieselbe Frau, die sie vor vielen Wochen in der Stadt vor den Gelbmänteln gerettet hatte. Und die das geheimnisvolle Bild vor den Friedhof gezeichnet hatte.

Sie nickte dem Mädchen kurz zu und untersuchte dann das Bein. Als Lucy an sich hinabschaute, bemerkte sie, dass eine grüne Paste daraufgestrichen war. Sie sah aus wie aus gekochten und zerstampften Blättern hergestellt. Die Frau wischte die Masse kurz mit dem Finger weg, um die Haut darunter zu betrachten. Dann verteilte sie das Gemisch wieder darauf.

»Wunde heilt gut«, sagte sie. »Du bald wieder bei Sippe. Aber erst werden gesund.«

Weitere Aborigines umringten und betrachteten sie. Lucy kam sich vor wie eines der seltenen Tiere im Botanischen Garten der Queen in London.

»Ich Naya«, sagte die Frau, die sie vor Wochen noch für eine Art Hexe gehalten hatte, aber die in Wirklichkeit wohl eine Heilerin war, und tippte mit der Hand gegen die Brust. Dann sagte sie »Berai« und deutete auf den Jungen. Er war vielleicht zwölf oder dreizehn Jahre alt und versuchte eine wichtige Miene aufzusetzen.

»Berai dich gefunden, zwischen Spinifex. Dich gehalten für Arinya.«

Die umstehenden Menschen lachten kurz auf. Lucy hätte nur zu gern gewusst, was ein Arinya war. Wahrscheinlich ein Tier, das er jagen wollte.

Lucy war froh, dass er nicht auf sie geschossen oder eingestochen hatte.

»Ich bin Lucy«, entgegnete sie und tippte sich ebenfalls an die Brust.

»Lucy«, wiederholte die Frau und lächelte. »Du krank wegen Feuer, Wunden schlimm.«

Lucy erinnerte sich, dass sie von den brennenden Schindeln getroffen worden war.

»Wie lange bin ich schon hier?«, fragte Lucy, und als die Frau sie verständnislos ansah, vereinfachte sie ihre Worte noch ein wenig. »Wie viele Tage hier?« Sie klopfte auf den Boden, doch noch immer antwortete ihr niemand.

Lucy versuchte es noch einmal anders. Sie reckte die Hand hoch und zeigte drei Finger. »So viele Tage krank.«

Obwohl sich das nicht wie eine Frage anhörte, reagierte die Frau. Sie zeigte fünf Finger. »So viele.«

Fünf Tage war sie also bewusstlos gewesen. Sie blickte sich wieder zu der schwarzen Wolke um, die inzwischen weitergezogen war. Hatte das Feuer so lange gewütet? Oder stammte die Wolke gar nicht von dem Feuer? Sie hatte keine Ahnung, wie lange so ein Buschbrand dauern konnte, aber dieser Teil des Landes schien nicht betroffen zu sein.

»Ich muss zurück zur Farm«, sagte sie, doch die Leute hier schienen das nicht zu verstehen. Oder die Heilerin war der Meinung, dass sie noch nicht gesund genug war.

Sie spürte plötzlich wieder Hände an ihren Schultern, die sie sanft, aber bestimmt nach unten drückten und zur Ruhe zwangen. Wenig später wurde ihr eine Schale an die Lippen gehalten. Das Gebräu darin roch merkwürdig. Es erinnerte Lucy ein wenig an den Arzneischrank im Hospital. Und es schmeckte schrecklicher als alles, was sie bisher getrunken hatte. Aber sie hatte keine andere Wahl, als es zu schlucken. Als die Schale leer war, überkam sie ein schläfriges Gefühl. Ihre Glieder wurden so schwer, dass sie glaubte, die Hände aus ihrem Traum vor ein paar Tagen hielten sie fest. Der Schlaf, in den sie fiel, war tief und traumlos.

Der Duft von gebratenem Fleisch weckte sie, und Lucy bemerkte, dass sich die Sonne dem Horizont entgegensenkte. Sie setzte sich auf, ohne dass sie jemand daran hinderte, und betrachtete ihre Wunden. Der Brei auf ihren Beinen war abgeschabt worden, wahrscheinlich während ihres Schlafes. Lediglich einige grünliche Spuren erinnerten noch daran. Die Wunden darunter waren verschorft. Nicht mehr lange und anstelle des Schorfes würde neue rosafarbene Haut erscheinen.

Die Aborigines hatten ein Feuer gemacht, wahrscheinlich aus trockenem Spinifex und Ästen, die sie auf ihrem Weg gefunden hatten. Der Anblick der Flammen ließ Lucy schaudern, denn sie erinnerten sie an die Feuerwand, die auf das Farmhaus zugekommen war. Gleichzeitig krampfte sich etwas in ihrer Brust zusammen. Es war die Ungewissheit über das Schicksal von Henry und den anderen. Ihn und Mrs Mayall hatte sie vor ihrem Ritt noch lebend gesehen, was aus Mr Callaway geworden war, lag im Ungewissen. War er von den Flammen umschlossen worden? Nur ein Wunder hätte ihm dann helfen können, und Lucy glaubte nicht mehr an Wunder. Als die Angst um die drei so groß war, dass sie beinahe wieder zu weinen begonnen hätte, tippte ihr jemand auf die Schulter. Zunächst dachte sie, dass es Berai sei, doch es war eine andere Frau aus seinem Stamm, deren Namen sie noch nicht kannte.

»Maji«, sagte die Frau, und Lucy sah sie verwirrt an.

»Was heißt Maji?«, fragte sie, woraufhin die Frau ihre Finger zum Mund führte.

Jetzt verstand Lucy. Die Frau wollte wissen, ob sie Hunger hatte. Sie schüttelte den Kopf, doch die Frau hatte ihr gar keine Frage gestellt. Sie reichte ihr einfach ein Blatt, in dem Früchte lagen und etwas Fleisch, das über dem Feuer gebraten worden war.

Wieder machte die Frau die Handbewegung, und weil Lucy nicht unhöflich sein wollte, kostete sie von dem Fleisch. Es schmeckte ein bisschen wie Lamm. Die Kräuter, mit denen es abgerieben war, gaben ihm einen exotischen Beigeschmack, den sie noch nie auf der Zunge gehabt hatte.

Im nächsten Moment hockte sich Berai neben sie. Auch er hielt ein Blatt in der Hand. Ihm schien das Fleisch bestens zu schmecken. Da er einer der wenigen Aborigines war, die ihre Sprache verstanden, wandte sie sich an ihn.

»Was ist das? Was für Fleisch?«

Berai schüttelte den Kopf. »Du keine Fragen. Fragen nicht gut. Du sagen, was denken über Sache. Dann der andere sagen, was denken.«

Es dauerte ein Weilchen, bis Lucy begriff, dass sie keine Fragen stellen sollte. Offenbar mochten das die Aborigines nicht gern.

Sie überlegte, wie sie etwas über das Fleisch erfahren sollte. Dann kam ihr eine Idee.

»Fleisch vom Schaf.« Sie reckte die Hand vor und deutete auf die Brocken.

Berai lachte und schüttelte den Kopf. »Nein, Fleisch von Arinya.«

»Arinya.« Das Wort hatte Naya vorhin schon einmal

gebraucht. Es war das Tier, für das er sie gehalten hatte. Glücklicherweise brauchte sie nicht wieder zu fragen. Berai rückte von selbst mit der Erklärung heraus.

»Ihr sagen Känguru.«

Lucy riss die Augen auf. Nicht nur dass sie für eines gehalten worden war, jetzt aß sie auch noch Känguru! Sie erinnerte sich noch gut daran, diese Tiere zusammen mit Henry beobachtet zu haben. Aber er hatte nicht erwähnt, dass sie gegessen werden konnten. Vielleicht waren sie ja doch so etwas wie riesige Kaninchen …

»Du essen, macht gesund und stark«, sagte Berai und tippte auf das Fleisch.

Lucy wusste nicht, ob das wirklich stimmte. Aber ihr Magen knurrte jetzt doch und das Fleisch schmeckte auch nicht schlecht. Außerdem schien es hier niemandem zu schaden, also aß sie weiter.

Etwas fremdartig schmeckte es schon, obwohl sie nicht genau sagen konnte, was daran anders war als an Schaf oder Rind. Auf jeden Fall freute sich ihr Magen über die Mahlzeit.

»Gut«, sagte Berai und lächelte breit.

Lucy nickte. Ja, es war wirklich gut, da brauchte sie ihm nicht zu widersprechen.

»Du sprichst meine Sprache gut«, sagte sie zu dem Jungen, nachdem sie die Hälfte des Fleisches verzehrt hatte.

»Naya oft in großem Ort, sie gelernt Sprache und bringt uns bei«, antwortete Berai. »Seltsame Sprache, aber gut, wenn sprechen.«

Für seltsam hatte Lucy ihre Muttersprache noch nie gehalten. Aber das kam wohl ganz auf den Standpunkt an.

»Du beibringen mir mehr«, sagte der Junge schließlich und lächelte sie breit an. Irgendwie fand sie ihn sympathisch. Natürlich nicht auf die gleiche Weise wie Henry, aber der Junge hatte etwas an sich, was Menschen dazu brachte, ihn zu mögen.

»Ich bringe dir gern ein bisschen was bei«, entgegnete Lucy, obwohl sie doch so schnell wie möglich zur Farm zurückkehren wollte. Aber dazu war sie wirklich noch zu schwach.

Berai war glücklich über ihre Antwort und wollte ihr zum Dank noch etwas von seinem Fleisch abgeben, aber Lucy lehnte ab.

Als es noch dunkler wurde, zog sich Lucy ein Stück vom Lager zurück und sah in die Sterne.

Im Haus hatte sie es nicht mitbekommen, doch jetzt spürte sie, dass die Nächte etwas kühler waren als noch vor ein paar Wochen. Der frische Lufthauch tat den Wunden an ihren Beinen gut. Vielleicht würde er sogar helfen, sie zu heilen. Dann konnte sie endlich wieder nach Hause. Ja, sie sah die Farm mittlerweile als ihr Zuhause an.

Beim Anblick der Sterne, die das Kreuz des Südens bildeten, dachte Lucy an die Nacht auf dem Schiff. Und sie dachte auch an Henry und seine Erklärungen zum Sternenhimmel in diesen Breiten.

Wieder überkam sie die bange Frage, ob er noch

am Leben war. Und was war mit Mrs Mayall und Mr Callaway? Wenn sie lebten und gesund waren, warum suchten sie nicht nach ihr? Oder hatten die Aborigines sie so weit weggebracht? War Henry vielleicht auf der Suche und fand sie nicht?

Tränen stiegen ihr in die Augen und strömten als dünne Bäche über ihre Wangen. Da hatte sie geglaubt, ihr Glück gefunden zu haben, und dann schlug das Schicksal erneut zu. War das die Strafe dafür, dass sie die Reise hierher mit einem Diebstahl erkauft hatte?

Schließlich kam Naya zu ihr und legte ihr ein Fell auf die Schultern.

»Nicht denken an Tote, das nicht gut. Sie nicht können zu Toteninsel gelangen, wenn du tust«, sagte sie, und Lucy spürte ihre Hand auf dem Rücken. »Du weinen, aber dann wieder lachen. Ahnen lachen dann mit dir. Ihre Pfade sind neben deinen«

Lucy erinnerte sich wieder daran, dass Henry erzählt hatte, dass die Aborigines nicht über ihre Toten sprachen. Jetzt kannte sie den Grund. Und der Gedanke, dass Tote zu ihrer eigenen Insel reisen würden, tröstete sie ein wenig. Sie blickte die Frau an und ihr fiel auf, dass sie die Zeichnung auf dem Gesicht erneuert hatte. Die Kreise und Linien wirkten nun viel klarer. Oder bildete sie sich das nur ein?

Zu gern hätte sie erfahren, was es mit dieser Bemalung auf sich hatte. Oder von welchen Pfaden sie gesprochen hatte. Und wen hatte sie mit Ahnen gemeint? Ihren Vater vielleicht?

Aber sie unterdrückte den Wunsch zu fragen. Sie

zog das Fell enger um ihre Schultern und spürte, wie dessen Wärme bis in ihr Innerstes vordrang. Sie wurde mit einem Mal so schläfrig, dass sie nicht anders konnte, als zu ihrer Matte zurückzukehren und sich hinzulegen. Naya beobachtete das lächelnd, dann sagte sie etwas, das Lucy nicht verstand. Vielleicht war es eine Zauberformel, vielleicht wünschte sie ihr auch nur eine gute Nacht. Was es auch war, es verlor sich in den Tiefen des Schlafes.

Wenig später waren Lucys Wunden fast ganz verheilt und sie fühlte sich viel kräftiger. Zu gern hätte sie gewusst, welche Kräuter und Blätter die Heilerin ihr als Verband aufgelegt hatte, aber dazu hätte sie wieder fragen müssen. Da sie nicht mal ungefähr wusste, welche Kräuter hier wuchsen, konnte sie auch keine Behauptung aufstellen, die die Heilerin widerlegen könnte. Also musste sie sich damit begnügen, dass das Mittel wirkte und sie wahrscheinlich nur wenige Narben zurückbehalten würde.

Nach und nach hatte sie die anderen Mitglieder des Stammes kennengelernt:

Da waren Nurrin, die Schwester von Nirimba, außerdem noch Puto, Thartha, und Wirinun, der Großvater von Berai, Alinga, Booragul und viele andere.

Es verwunderte Lucy immer wieder, wie selbstverständlich diese Menschen sie aufgenommen hatten und wie freundlich sie zu ihr waren. Obwohl die Weißen doch so grausam zu den Aborigines waren. Wahrscheinlich hatte Naya, Berais Mutter, ihr nicht vergessen, dass sie sie vor dem Feuerzeug des Gelbmantels bewahrt hatte.

Mit der Zeit gelang es ihr besser, ihre Trauer zu beherrschen und mit den Aborigines zu sprechen. So erfuhr sie einiges über die Sitten dieses Volkes. Zum Beispiel dass Aborigines nur ein Überbegriff war. Sie selbst unterschieden viele Völker; Nayas Sippe gehörte zu den Alura. Daneben gab es noch Hunderte weitere Gruppen, die alle eigene Namen und ihre Bräuche hatten.

Auch glaubten die Aborigines nicht an einen Gott, sondern an die große Regenbogenschlange, die dieses Land geschaffen hatte. Sie erzählten Geschichten von Ahnengeistern und davon, dass die Regenbogenschlange Gesetze erlassen hatte, die den Tieren das Zusammenleben erleichtern sollten.

Jene Tiere, die das Gesetz befolgten, belohnte sie damit, dass sie ihnen die menschliche Gestalt schenkte. Naya erklärte ihr, dass es deshalb Känguru-, Papageien-, Emu-Ahnen und noch viele andere mehr gab. Jene Menschen, die von einem bestimmten Ahnen abstammten, durften das Tier, aus dem sie entstanden waren, nicht essen und jagen, das würde die Ahnengeister erzürnen.

Die Menschen bildeten Sippen, in der sich alle gegenseitig beschützten. Beging ein Sippenmitglied ein Verbrechen, wurde es ausgeschlossen, was ein sicheres Todesurteil bedeutete, denn allein, ohne Feuersteine und Unterstützung der anderen, konnte kein Aborigine überleben.

Jedes Sippenmitglied hatte einen ganz bestimmten Posten inne. Die Männer waren meist Jäger, Späher oder Schamanen, die Frauen Heilerinnen und Köchinnen, außerdem waren sie für die Erziehung der Kinder zuständig. Beinahe wie es auch bei den Weißen der Fall war. Und doch war hier alles anders. Frauen hatten ihre eigenen Traditionen und Traumpfade.

Es hieß, dass ein Junge erst zum Mann werden musste, ein Mädchen aber von allein eine Frau wurde. Dadurch erhielt sie eine Macht, die ein Mann niemals erreichen würde. Frauen und Männer waren deshalb gleichrangig. Doch weder kannte der Mann die Traumpfade der Frau noch die Frau die des Mannes.

»Du hast starken und weiten Traumpfad«, bemerkte Naya einmal, als sie neben Lucy saß und das Fleisch eines frisch erlegten Kängurus zerteilte. Offenbar war ihr Vorfahre kein Känguru-Ahne gewesen. »Du Träume gehabt, seit du bist hier.«

Lucy nickte. »Ja, es waren Träume von einer Schlange. Von Feuer und von rotem Sand, durch den ich gegangen bin.«

»Du hast Kraft von Kakadu-Ahnen in dir«, meinte Naya. »Er dir helfen, wenn in Not.«

Lucy dachte wieder zurück an ihre erste Begegnung. Der Ruf eines Kakadus hatte die Gelbmäntel abgelenkt und ihr und Naya damit die Flucht ermöglicht. Der Ruf eines Kakadus hatte sie auf dem Friedhof auch für einen Moment aus ihrer Trauer gerissen. Vielleicht stimmte es ja, was die Heilerin sagte. Doch das würde wiederum auch bedeuten, dass die Schöpfungsgeschichte der Bibel nicht stimmte. Und wie sollten Kakadus nach England gekommen sein?

Diese Fragen waren für Lucy im Moment unlösbar. Da sie ohnehin nicht vorgehabt hatte, einen der hübschen Kakadus zu töten und zu essen, würde sie auch gegen kein Gesetz dieses Landes verstoßen.

Die Jagd gehörte sowieso zu den Traditionen der Männer. Trotzdem beobachtete Lucy interessiert, wie die Aborigine-Männer sich zur Jagd rüsteten. Sie trugen Speere und Holzstücke bei sich, die sie Wo-mur-rang nannten. Lucy hatte das Wort noch nie zuvor gehört. Die Wo-mur-rangs waren gebogen, glänzend poliert und verziert. Lucy hätte gern gewusst, wie sie hergestellt wurden, denn sie hatte noch keine Werkzeuge gesehen.

Worüber sie endlich mehr erfahren konnte, waren die Zeichnungen.

Die Aborigines erzählten sich durch die Bilder Geschichten, da sie keine Schrift hatten. Es wurden Ahnengeister dargestellt und Begebenheiten aus dem täglichen Leben. John, der wohl zu einer anderen Sippe gehörte, hatte eben das Leben auf der Farm gezeichnet.

Lucy hoffte inständig, dass er es auch geschafft hatte, den Flammen zu entfliehen.

Den Mut, Naya nach der Bedeutung ihrer Zeichnung vor dem Friedhof zu fragen, hatte Lucy allerdings nicht. Naya spürte instinktiv ihre Wissbegierde und erklärte ihr so viel wie möglich. Das wollte Lucy nicht zerstören, indem sie Fragen stellte.

Wie so oft suchte Lucy auch an diesem Nachmittag den Horizont nach einer Staubwolke ab. Doch keine erschien. Dafür kam Berai zu ihr und fragte, ob sie nicht mitkommen wollte zum Beerensammeln. Da das besser war, als einfach nur herumzusitzen und darüber zu grübeln, was aus Henry, seinem Vater und Mrs Mayall geworden war, entschloss sich Lucy, ihn zu begleiten. Die Sammlerinnen und Sammler trugen alle eine Art Tasche bei sich, die aus einem Tuch gebunden wurde. In diese legten sie die Beeren, die sie von bestimmten Bäumen und Sträuchern pflückten.

Lucy half Berai, seine Tasche zu füllen. Der Junge war mit dieser Tätigkeit alles andere als zufrieden.

»Das nicht Arbeit für Mann«, sagte er und tippte auf seinen Wo-mur-rang. »Jagen Arbeit für Mann. Aber Naya sagt heute Beeren suchen, doch andere Männer jagen.«

Offenbar war er in Nayas Augen noch kein richtiger Mann und deshalb ließ seine Mutter ihn Beeren sammeln.

Lucy interessierte es brennend, wie die Jagd mit dem Holzstück aussehen sollte. »Zeig mir, wie der Wo-mur-rang jagt«, sagte sie. Berai schien darauf gewartet zu haben.

»Komm«, sagte er und fasste sie bei der Hand.

Er führte sie tiefer in den Busch hinein, bis sie

schließlich eine Art Lichtung erreichten. Es war eine große, freie Fläche, auf der es nichts Besonderes zu sehen gab. Die Tiere, die hier den Boden bewohnten, waren bereits geflohen, als sie sie kommen hörten.

Und nun?, fragte sich Lucy im Stillen.

Berai zog seinen Wo-mur-rang hervor und hielt ihn in die Luft. Lucy war sicher, dass er ihn werfen würde, doch welchen Zweck sollte das haben, wenn kein Beutetier da war? Das Holzstück würde irgendwo im Busch verschwinden und es würde eine ganze Weile dauern, bis Berai es wiedergefunden hatte.

Bevor sie etwas sagen konnte, schleuderte der Junge den Wo-mur-rang von sich. Lucy wollte über diese vermeintliche Dummheit schon den Kopf schütteln, doch dann geschah das Unglaubliche. Das Holzstück drehte sich und beschrieb im Flug einen großen Bogen, der es schließlich genau zu seinem Werfer zurückbrachte. Der Wo-mur-rang sauste haarscharf an Lucy vorbei, und Berai fing ihn mit sicherer Hand.

»Das will ich auch ausprobieren!«, rief Lucy begeistert, doch Berai schüttelte den Kopf. »Jagd Sache der Männer. Sammeln Sache der Frauen.«

Das sah Lucy anders, aber sie wusste, dass sie Berai nicht von seiner Ansicht abbringen könnte.

»Zeig mir noch mal, wie es geht«, sagte sie stattdessen. Der Junge, dem es offensichtlich gefiel, ihr zu zeigen, wie gut er mit der Waffe umgehen konnte, tat ihr den Gefallen. Lucy bemerkte, dass er den Wo-mur-rang in einem bestimmten Winkel kippte.

Nachdem er ihn geworfen hatte, wiederholte sich das Schauspiel. Mit einem kaum wahrnehmbaren Zischen sauste er durch die Luft, beschrieb einen Kreis und landete wieder sicher bei Berai.

Nach kurzem Überlegen glaubte Lucy auch zu wissen, wie dieser Gegenstand in der Jagd eingesetzt wurde. Wenn er sein Opfer traf, betäubte er es gewiss, sodass der Jäger nur noch zu ihm laufen und es töten musste.

»Wir zurück zu den anderen gehen«, sagte Berai jetzt und wandte sich um. Offenbar war er der Ansicht, dass die beiden Vorführungen reichten. Lucy war von dem Gegenstand fasziniert und nahm sich vor, ihn zu zeichnen und vielleicht irgendwann einmal nachbauen zu lassen.

Von den anderen Beerenpflückern war bei ihrer Rückkehr nichts mehr zu sehen. Wahrscheinlich hatten sie ihre Tücher bereits gefüllt und sich auf den Weg zurück zur Sippe gemacht.

Da Berai sicher den Spott seiner Sippenmitglieder abbekommen würde, wenn seine Tasche nicht voll war, pflückte Lucy rasch noch ein paar Beeren, die die anderen hängen gelassen hatten.

Plötzlich hörten sie ein Krachen. Es klang zunächst wie ein einzelner Donnerschlag, doch dann wiederholte es sich in schneller Folge.

»Das sind Schüsse!«, sagte Lucy, worauf Berai sie fragend ansah. Hatte er noch nie einen Schuss gehört? Bevor sie in die Mission gekommen war, hatte sie das Geräusch auch nicht gekannt, aber mittlerweile wusste sie recht gut, wie es sich anhörte. Jetzt musste sie aber ein anderes Wort dafür finden, eines, das Berai verstehen konnte.

»Donner«, sagte sie. »Donner von Menschen gemacht. Mit Gewehren.«

Mit diesem Wort schien Berai etwas anfangen zu können. Augenblicklich rannte er los. Lucy hetzte ihm hinterher. Berai war im Buschland wesentlich wendiger als sie, die mit ihrem Rock immer wieder an irgendwelchen Zweigen hängen blieb. Sie schwor sich, dass sie in Zukunft Hosen tragen würde, wenn sie in den Busch ging. Das hätte dem Reverend zwar gar nicht gefallen, aber Lucy fühlte sich hier viel freier.

Nach einer Weile holte sie den Jungen ein. Berai kauerte hinter einem Busch. Lucy, die noch aufrecht stand, erblickte die Männer, die geschossen hatten. Ihre gelben Mäntel leuchteten wie ein Warnsignal. Schnell hockte sie sich hin.

Sie duckten sich ins Gebüsch und sahen, dass die Gelbmäntel die Aborigines umzingelt hatten. Sogar die Jungen, die mit einem Speer oder einem Bumerang umgehen konnten, wagten wegen der Gewehre nicht, die Männer anzugreifen.

»Abim«, raunte Berai ihr ins Ohr und deutete auf die Männer.

Lucy hatte keine Ahnung, was das zu bedeuten hatte, aber so, wie er das Wort aussprach, klang es nicht freundlich.

Die Gelbmäntel lachten spöttisch und redeten auf

die Alura ein, was diese sicher nur zu einem kleinen Teil verstehen konnten.

Doch Berai verstand ebenso wie Lucy, was sie nun sagten: »Bringt sie auf den Wagen, und wenn einer abhauen will, erschießt ihn.«

Lucy entdeckte das Gefährt ein Stück weit vom Lager entfernt. Dort standen auch die Pferde der Gelbmäntel. Offenbar hatten sie sie zurückgelassen und waren zu Fuß ins Lager gekommen. Und als ihnen die Leute, die nicht gerade auf der Jagd waren, ihre Gastfreundschaft anbieten wollten, hatten sie sie mit Waffengewalt als Gefangene genommen. Soweit sie erkennen konnte, war von den Alura zumindest niemand verletzt oder getötet worden.

Aber die Situation war dennoch gefährlich. Wollten die Gelbmäntel die Aborigines ins Gefängnis sperren? Das wäre für diese Menschen, die im Einklang mit der Natur lebten und kein anderes Dach als den Himmel kannten, eine Katastrophe!

Berai erkannte die Gefahr und wollte ins Lager stürmen, aber Lucy packte ihn am Arm.

»Bleib hier!«, flüsterte sie ihm zu.

»Ich helfen muss Naya.«

»Du hilfst nicht, wenn du auch gefangen wirst!«, entgegnete sie. »Ich verspreche, wir werden etwas tun, aber bleib jetzt hier!«

Sie drückte Berai hinunter ins Gebüsch und versuchte ihn auf dem Boden zu halten. Das war schwierig, denn obwohl er etwas jünger war, hatte er doch mehr Kraft als sie. Aber schließlich sah er wohl ein, dass es so das Beste war. Lucy spürte, wie sein Körper unter wilden Schluchzern zusammenzuckte, aber er wehrte sich nicht mehr.

Sie ließ ihn weinen und spähte zum Lager. Mittlerweile hatten die Gelbmäntel alle Aborigines in den Wagen verfrachtet. Er wirkte etwas wackelig mit der großen Last. Was hatte Harrison mit den Menschen vor? Wollte er sie vertreiben, damit er ihr Land haben konnte? Oder hatte er noch Schlimmeres mit ihnen vor?

Als die Reiter und der Wagen weg waren, ließ Lucy Berai wieder los. Der Junge schluchzte noch immer. Es war ein Wunder, dass die Männer nicht auf sie aufmerksam geworden waren.

Lucy legte ihm die Hand auf den Rücken. »Wir werden sie finden«, redete sie leise auf ihn ein. »Du kannst Spuren lesen. Die Abim haben viele Spuren gemacht.«

Der Junge brauchte noch eine Weile, dann erhob er sich. Er hatte sich wieder gefasst. In seinen Augen stand wilde Entschlossenheit. »Berai töten Abim!«, rief er laut und scheuchte damit die Vögel aus dem Gebüsch, in dem sie sich gerade niedergelassen hatten.

Lucy schüttelte den Kopf. »Wir werden deine Familie befreien. Aber du kannst die Abim nicht töten. Sie sind zu viele.«

Davon wollte Berai nichts wissen. Er lief zu der Stelle, an der die Gelbmäntel die Aborigines überfallen hatten. Naya war gerade dabei gewesen, ein Känguru zu häuten, und die anderen Frauen hatten Wurzeln geschnitten. Beinahe alle erwachsenen Männer waren auf der Jagd, nur die Kinder, Frauen und Greise hatten die Gelbmäntel mitgenommen.

»Verdammte Feiglinge«, murmelte Lucy, und in dem Augenblick wünschte sie sich, ihren Vater an ihrer Seite zu haben. Er hätte dieses Unrecht nie geduldet. Ach Vater, dachte sie, warum bist du nur so früh gegangen …

Dann fiel ihr plötzlich wieder ein, was Naya gesagt hatte, als sie ihr das Fell über die Schultern gelegt hatte. »Die Pfade der Toten verlaufen neben uns.« Jetzt begriff Lucy auch, was die Zeichnung vor dem Friedhof zu bedeuten hatte. Wenn die Linien Traumpfade waren, so bedeutete es nichts weiter, als dass sich ihre Eltern und auch Anne noch immer neben ihr bewegten. Auf anderen Pfaden wie im Leben, aber dennoch in ihrer Nähe.

Wichtiger war in diesem Augenblick aber noch ein zweiter Gedanke: Ihr Vater konnte den Aborigines nicht helfen, doch sie konnte es. Und wenn sein Pfad neben ihrem verlief, würde er ihr vielleicht zur Seite stehen. Alle, die sie verloren hatte, würden ihr helfen Gerechtigkeit walten zu lassen.

Berai stimmte jetzt einen Gesang an, der sie aus ihren Gedanken riss. Er klang seltsamer als alles andere, was sie bisher gehört hatte. Die Laute waren guttural, die Melodie beinahe zornig. Er hatte seinen Wo-mur-rang in der Hand und tanzte um einen bestimmten Punkt herum.

Lucy beobachtete ihn fasziniert und fragte sich,

warum Menschen wie Harrison und seine Handlanger die Aborigines bekämpften, anstatt von ihnen zu lernen. Sie selbst war noch nicht lange hier, hatte aber das Gefühl, eine Menge gelernt zu haben.

Zum Beispiel dass alles seine Zeit brauchte. Berai hätte den Gelbmänteln blind hinterherjagen können, aber das tat er nicht. Was den Europäern vielleicht lächerlich vorkam, war in Wirklichkeit die Bitte an die Ahnen, ihre Mission zu segnen und sie zu beschützen.

Lucy blickte gen Himmel und hielt es ebenfalls für eine gute Idee zu beten. Sie wusste nicht, ob ihr Gott sie hier hören konnte. Naya hatte gesagt, dass sie vom Kakadu-Ahnen beschützt werden würde. Also richtete sie ihr Gebet an beide.

Als Berai seinen Tanz beendet hatte, kam er wieder zu Lucy. »Wir gehen da entlang«, sagte er und deutete auf die Wagenspuren, die man im Sand zwischen den Spinifex-Büscheln ausmachen konnte.

»Willst du nicht auf andere Krieger warten?«, fragte Lucy. Berai schüttelte entschlossen den Kopf.

»Ich auch richtiger Krieger. Andere weit weg, vielleicht erst in vielen Tagen wieder hier. Wir wissen, wo Abim hingegangen. Du gesagt, wir sie finden.«

Lucy nickte und fragte sich, was Mr Callaway in der Situation getan hätte. Wenn man keine Waffen hatte, musste man eben auf andere Weise kämpfen. Vielleicht reichte es ja schon, wenn sie an den Wagen herankamen und das Gitter öffneten. »Das werden wir«, entgegnete sie, dann erhob sie sich und klopfte den Sand von ihrem Rock, obwohl das eigentlich keinen Sinn mehr hatte. Ihr Kleid war ohnehin an so vielen Stellen zerfetzt, dass selbst Flicken nichts mehr ausrichten konnte.

»Gut, wir gehen.«

Berai nickte ihr zu, hängte sich dann wieder die Tasche mit den Beeren um und umklammerte den Wo-mur-rang. Dann ging er los, und Lucy blieb nichts anderes übrig, als ihm zu folgen.

10. Kapitel

Der Weg, der vor ihnen lag, erschien ihr endlos. Berai versuchte ihnen die Zeit zu vertreiben, indem er Geschichten erzählte. Er wählte dafür ganz einfache Worte, dennoch verstand sie nicht alles. Das war aber auch nicht nötig, denn allein der Klang seiner Stimme beruhigte sie ein wenig.

Nach einer Weile begann sie von England zu berichten, wie es dort aussah und was die Menschen taten. Sie war sicher, dass es Berai dabei ebenso erging wie ihr bei seinen Geschichten. Aber er zeigte sich neugierig, und auch wenn er nicht fragte, so wollte er doch alles Mögliche genau wissen. Die Behauptungen, die er dabei aufstellte, waren manchmal treffend, doch manchmal waren seine Vorstellungen ganz falsch.

»Queen ist Heilerin«, behauptete er beispielsweise.

»Nein, sie ist der Häuptling, der Anführer meines Volkes«, entgegnete Lucy.

»Queen ein Mann.«

Lucy schüttelte den Kopf. »Nein, eine Frau.«

»Frau nicht kann werden Häuptling«, sagte Berai darauf

»Doch, bei uns schon«, hielt Lucy dagegen.

»Und ihr wohnt in Kästen aus Holz und Stein wie Menschen am Fluss.«

»Ja, das tun wir. Einige Häuser sind riesengroß.«

»Aber dann ihr nicht sehen Himmel und Sterne.«

»Dafür haben wir Fenster.«

Immerhin schien er zu wissen, was das war. Wahrscheinlich hatte ihn seine Mutter bei ihren Wanderungen mal nach Perth mitgenommen.

»Aber Fenster trennt von Himmel. Wind kann nicht herein. Und ihr auch nicht habt Boden beim Schlafen unter euch. Ihr getrennt seid von Erde. Außerdem, Naya sagt, dass Bleiben an einem Ort nur macht Krieg.«

So ging es weiter, bis schließlich die Sonne versank und sie unter einem knorrigen Baum, der wohl schon viele Feuer und viele neue Blütezeiten erlebt hatte, Rast machten.

Berai sah sich kurz um und verschwand dann zwischen den Spinifex-Büscheln. Lucy wollte schon fragen, wo er hinwollte, doch sie ließ es bleiben und schaute sich ein wenig unsicher um. Die Luft war wesentlich kühler geworden, und sie fragte sich, ob sie wohl irgendwie ein Feuer entfachen könnten.

Da tauchte Berai wieder auf. In der Hand hielt er eine große Echse, die er soeben erlegt hatte. Stolz zeigte er sie Lucy, nannte ihr einen Namen, der beinahe unaussprechlich schien, und fügte hinzu: »Sie wird geben viel Kraft.«

Wie schon beim Känguru spürte Lucy Widerwillen bei dem Gedanken, die Echse zu essen, doch schalt sie sich innerlich selbst dafür. Ein Abenteurer musste alles ausprobiert haben, um später darüber berichten zu können. Und da ihr beim Kängurufleisch nichts geschehen war, wollte sie auch geröstete Echse versuchen.

In Windeseile entfachte Berai ein Feuer, indem er einige trockene Gräser aufstapelte und dann zwei Steine aneinanderschlug. Lucy war erstaunt darüber, mit welcher Selbstverständlichkeit er das tat, und sie dachte wieder an Nayas Worte, nach denen ein Junge erst zum Mann werden musste. Das bedeutete wohl auch, dass er lernen musste, in der Wildnis zu überleben.

Als sie am Feuer saßen, begann Berai von Neuem Behauptungen aufzustellen, um mehr über ihr Leben in England zu erfahren. Lucy hatte ihm von den Kirchen erzählt und dass man dort zu Gott betete. Einen Gott kannten die Aborigines aber nicht. Für sie gab es nur die Regenbogenschlange und die Ahnengeister, die für die Schöpfung und das Werden verantwortlich waren.

»Name für Yurlunggur bei euch Gott«, behauptete der Junge, während er Kreise in den Sand zeichnete.

Die Echse briet an einem Stock über dem Feuer, und der Geruch, den sie dabei abgab, erinnerte ein wenig an gebratenen Fisch.

Lucy schüttelte den Kopf. »Nein, Gott ist etwas ganz anderes. Das kennt ihr hier nicht.«

»Aber du gesagt, dass er geschaffen euer Land«, entgegnete Berai.

»Ja, er hat alles erschaffen, aber er ist keine Schlange.« Lucy wusste beim besten Willen nicht, wie sie ihm beibringen sollte, dass in ihrer Religion die Schlange die Verkörperung des Bösen war. Und dass sie sich deswegen auch in ihren Träumen vor der Regenbogenschlange gefürchtet hatte.

»Dann er sein Geist«, stellte Berai fest.

»So etwas Ähnliches.«

»Aber Geister nicht schaffen Erde und Himmel.«

»Bei uns schon«, entgegnete Lucy der Einfachheit halber, was Berai in tiefe Nachdenklichkeit stürzte. Genauso wie ein Christ darüber verwundert sein würde, dass die Schlange hier nicht der Teufel, sondern eigentlich eine Art Gottesmutter war.

»Da ihr habt seltsame Geister. Oder vergessen, dass Schlange geschaffen euer Land.«

Lucy dachte darüber eine Weile nach. Wie konnte es sein, dass Menschen so unterschiedliche Auffassungen über die Schöpfung der Erde hatten? Reverend McCallahan hätte Berai sicher einen Lügner und seine Behauptung Gotteslästerung genannt, aber die Aborigines lebten friedlich miteinander und achteten das Land, seine Früchte und die Tiere.

Offenbar gab es, was die Schöpfung anging, nicht nur eine Wahrheit, sondern mehrere.

»Naya meint, wir gleiche Ahnen haben«, platzte es nun aus Berai heraus. »Kakadu-Ahne. Wir nicht dürfen werden Mann und Frau. Ich suchen Frau von andere Sippe, die hat andere Ahnen.«

Lucy zog überrascht die Augenbrauen hoch. Auf solche Gedanken wäre sie nie gekommen. Für sie war Berai eher wie ein kleiner Bruder.

Aber wie sie gelernt hatte, waren bei den Aborigines Heirat und Familie sehr bedeutend, kein Wunder, dass Berai sich darüber Gedanken machte.

Als die Echse fertig war, brach Berai mit geübten Handgriffen die schuppige Haut auf und reichte ihr ein Stück Fleisch. Wie Fischgräten ragten die Rippen des Tiers heraus. Lucy hatte Mühe, nicht angewidert das Gesicht zu verziehen, doch nachdem sie gekostet hatte, musste sie zugeben, dass es gar nicht mal schlecht war.

Als sie fertig waren, löschten sie das Feuer.

»Japara heute helles Licht macht für uns«, sagte Berai und deutete hinauf zum Mond. »Er wird beschützen uns.«

Damit legte er sich auf den Boden und rollte sich zusammen. Eine Hand hatte er dabei auf dem Wo-murrang. Lucy überlegte, ob er die Echse damit gefangen hatte, aber wahrscheinlich war das nicht nötig gewesen. Von den geschuppten Tieren, die wie zu groß geratene Eidechsen aussahen, gab es hier so viele, dass man fast nur zugreifen musste, um eines zu fangen.

Dann legte sie sich neben Berai und schaute noch lange in den Mond, der bei den Aborigines ein Licht war, das von dem Japara angezündet wurde.

Am nächsten Morgen erhoben sie sich, noch bevor die Luft warm wurde und die Morgenvögel ihren Gesang anstimmten. Ihr Weg führte sie in die Richtung des verbrannten Landes. Dorthin, wo auch die Farm zu finden war. Ein bisschen fürchtete sich Lucy vor dem, was sie dort vorfinden würde. Von den Gebäuden würde gewiss nichts mehr stehen. Vielleicht waren ein paar verkohlte Steine und Balken geblieben. Zerbrochenes Geschirr und ein angesengter Schornstein, der sich verloren in die Luft reckte.

Aber das wäre noch nicht das Schlimmste. Was, wenn sie menschliche Überreste finden würde?

Nach einer Weile erreichten sie das vom Feuer zerstörte Land. Jetzt war es nicht mehr weit zu Callaways Weide. Sie durchquerten den verbrannten Wald, dessen Boden mit einer dicken Ascheschicht bedeckt war. Sie konnten nicht einmal mehr erkennen, was sich unter den grauen Flocken verbarg. Lucy zwang sich, nicht daran zu denken, dass sie vielleicht auf Knochen von verbrannten Tieren trat.

Sie blickte auf zu den vormals stolzen Kronen, die sich jetzt wie schwarze Knochenfinger in den Himmel reckten. Was herabfallen konnte, war bereits herabgefallen; die Äste, die geblieben waren, würden sicher stark genug sein, damit sich an ihnen neue

Knospen bilden konnten. Doch noch sah es nicht so aus, als würde sich jemals neues Leben bilden.

»Wenn Regen fällt, neue Blätter werden wachsen«, sagte Berai, während er über die verbrannte Rinde eines Baumes strich. »Feuer bringt Tod und Leben.«

Lucy wollte gerade antworten, als sie unter ihren Füßen etwas spürte, das sich wie ein harter Knochen anfühlte. Erschrocken sprang sie zurück.

Es handelte sich allerdings nicht um einen Knochen. Etwas Silbernes blitzte unter der Asche hervor. Nach kurzem Zögern bückte sie sich und hob den Gegenstand auf. Er war recht schwer, und nachdem sie ihn von Schmutz und Asche befreit hatte, entpuppte er sich als Feuerzeug. Es war recht groß, bestand aus einem Behälter für das Petroleum und einer Zündvorrichtung.

Lucy betrachte es lange, und mit einem Mal schoss der Fetzen einer Erinnerung durch ihren Kopf. Sie hatte nun wieder vor Augen, wie sich das Feuerzeug in einer Hand befand, einer Hand, die sich dem Haar von Naya näherte.

Ein furchtbarer Verdacht stieg in ihr hoch. Hatte das Buschfeuer vielleicht keine natürliche Ursache? Steckte Harrison dahinter, der so alle von dem Land vertreiben wollte, auf das er ein Auge geworfen hatte?

»Ding gut für Jagen«, sagte Berai, der den Gegenstand interessiert musterte.

Lucy schüttelte den Kopf. »Nein, damit kann man Feuer machen.«

»Wie Steine«, fügte der Junge hinzu.

»Ja, wie Steine, aber doch anders«, entgegnete Lucy und wog das Feuerzeug in der Hand. Sie musste es unbedingt in die Stadt bringen und irgendeinem Richter zeigen. Oder Dr. McNall. Er würde ihr gewiss auch helfen, selbst wenn er kein Mann des Gesetzes war. Vielleicht kannte er einen Richter oder einen Constable, der mutig genug war, gegen den Großgrundbesitzer vorzugehen.

»Wir müssen weiter«, sagte Lucy, während sie das Feuerzeug fest umklammert hielt, um diesen wichtigen Beweis nicht zu verlieren.

Nachdem sie eine weitere kurze Wegstrecke zurückgelegt hatten, erreichten sie das Farmhaus. Mawarra, ging es Lucy durch den Kopf. Sie hatte Schlimmes erwartet, aber der Anblick trieb ihr doch die Tränen in die Augen.

Vom Stall waren nur rußgeschwärzte Steine und große Balken geblieben, die das Feuer nicht verzehren hatte können. Vom Haupthaus standen immerhin noch Wände, doch sie waren vollkommen schwarz und wirkten, als könnte sie der kleinste Windstoß umwerfen. Der Schornstein ragte dazwischen wie ein mahnender Finger empor.

Die Fenster waren allesamt geborsten, das Metall der Griffe, Beschläge und Türklinken waren von der großen Hitze geschmolzen und auf dem Boden zu merkwürdigen Figuren erstarrt.

Der schlimmste Anblick aber war ein Pferd, das unweit des Hauses lag. Es war dermaßen verbrannt, dass man seine Fellfarbe nicht mehr erkennen konnte. Alles an ihm war schwarz, Mähne, Schweif und Augen waren verschwunden.

War das Lizzy? War sie zurückgelaufen?

Lucy spürte ein Stechen in der Brust. In ihrer Kehle steckte ein dicker Kloß und immer wieder schüttelte ein hilfloses Schluchzen ihren Körper, als sie das verbrannte Haus umrundete. Erinnerungen gingen ihr durch den Kopf. Unter dem Fenster zum Arbeitszimmer hatte sie gehockt, als sie mit Henry Harrisons Leute belauscht hatte. An ihrem Zimmerfenster im Giebel, das nur noch wie das tote Auge eines Zyklopen wirkte, hatte sie mit Henry gesessen und geredet. Und aus dem Stall hatten sie Lizzy geholt und waren auf ihr zur Weide geritten, die ebenso vom Feuer verheert sein würde wie alles andere auch.

Es drängte sie, dort ebenfalls nachzusehen, doch der Gedanke, noch Schrecklicheres vorzufinden, hielt sie zurück.

Immerhin fand sie auf dem Hof nichts, was auch nur im entferntesten Sinne menschlich aussah, und diese Tatsache beruhigte das ängstliche Flattern in ihr ein wenig. Von Mr Callaways Wagen war nichts zu sehen, also musste es ihnen zumindest gelungen sein, von hier wegzukommen.

»Lass uns gehen«, sagte Lucy schließlich, nachdem sie noch einmal traurig die Ruinen des Hauses betrachtet hatte, in dem sie geglaubt hatte das Glück zu finden.

Dann wandte sie sich um und folgte mit Berai dem Weg, den sie vor wenigen Wochen zusammen mit Henry gefahren war.

Eine ganze Weile schwiegen sie, doch dann begann Berai wieder zu plappern: »Du sehen, nicht gut, wenn sein unter Stein und Holz«, sagte er. »Stein und Holz brennen, der Himmel immer da, auch wenn Feuer kommen.«

In England hätte man diese Bemerkung sicher für taktlos gehalten, aber Lucy wusste, dass er recht hatte. Die Aborigines hatten außer den Waffen und der Kleidung keinen Besitz. Man konnte ihnen kaum etwas Materielles nehmen. Ihnen gehörten der Boden und der Himmel, und damit waren sie wohl zufriedener als jeder Weiße, der sein ganzes Leben über bestrebt war, Besitz an sich zu raffen.

Harrison, fiel ihr ein, hatte eine Menge zu verlieren. Mit all seinem Besitz und seiner Macht würde es nicht leicht werden, ihn für seine Missetaten zu bestrafen. Doch wenn es niemand versuchte, würde er immer so weitermachen, Brände legen und Aborigines entführen oder misshandeln.

Plötzlich tauchte eine Staubwolke vor ihnen auf. Lucy vermutete, dass die Gelbmäntel zurückkamen, um weitere Aborigines gefangen zu nehmen. Was sollten sie hier draußen anderes wollen?

Kurz überlegte sie, ob sie sich bemerkbar machen sollte, damit sie sie mitnahmen. So würden sie wenigstens nicht laufen müssen, um zu Berais übrigen Leuten zu gelangen.

Doch dann fiel ihr auf, dass es nicht genug Staub war für eine ganze Reiterhorde und einen Wagen. Vielmehr sah es so aus, als würde sich ihnen nur ein einzelnes Gefährt nähern. Sie beschloss also, stehenzu bleiben. Vielleicht war es jemand aus der Stadt, der sie mitnehmen konnte.

Berai gefiel die ganze Sache überhaupt nicht. »Verstecken in Busch«, sagte er und zerrte an Lucys Hand.

»Nein, warte«, entgegnete sie. »Vielleicht bekommen wir Hilfe.«

»Aber es können auch sein Abim.«

»Das glaube ich nicht«, entgegnete Lucy und kniff die Augen zusammen.

»Du kommen!« Berai zerrte jetzt so stark an ihrem Arm, dass sie ihm nicht mehr länger widerstehen konnte. Dabei redete er so schnell in seiner Sprache, dass sie kein einziges Wort verstand. Das einzige Mittel, um ihn wieder zu beruhigen, war, ihm ins Gebüsch zu folgen.

Dennoch wollte Lucy sich die Chance nicht entgehen lassen, an ein schnelleres Transportmittel zu kommen. Während sich Berai ins Gebüsch duckte, spähte sie zwischen den Ästen hindurch.

Als der Wagen herannahte, erkannte sie, dass es nicht die Gelbmäntel waren. Das Gefährt kam ihr sogar sehr bekannt vor!

Als sie sah, wer der Junge auf dem Kutschbock war, stürmte sie aus dem Gebüsch.

Sie stellte sich mitten auf den Weg, riss die Arme hoch und winkte.

Henry erkannte sie und hielt augenblicklich die Pferde auf. Eine Staubwolke hüllte sie ein, und da Berai der Meinung war, dass Henry auch zu den Weißen gehörte, die seine Leute entführt hatten, stürmte er mit gezücktem Wo-mur-rang aus dem Busch.

»Berai, nein!«, rief Lucy und hielt ihn zurück. »Er ist ein Freund!«

»Wirake«, rief Henry und hob die Hände.

Der Junge schien ihn zu verstehen, denn er senkte die Waffe. Sein kriegerischer Blick blieb allerdings. Lucy war sicher, dass es ihm schwerfiel, einem männlichen Weißen zu vertrauen.

»Henry, zum Glück, du lebst!« Nachdem sie sicher war, dass Berai nicht angreifen würde, stürmte sie auf Henry zu.

Er sprang ihr vom Kutschbock aus entgegen und zog sie in seine Arme. Lucy konnte nicht anders, als zu weinen.

»Ich dachte, du seist tot«, schluchzte sie.

Auch Henry schossen Tränen in die Augen. Er hielt Lucy fest, so fest wie noch nie zuvor in seinem Leben. Seine Tränen flossen in ihr Haar.

»Ich war sicher, dass du lebst, aber ich hatte große Angst um dich«, gab er zurück, und in seinen Worten schwangen das Leid der vergangenen Tage, die Unsicherheit und der Verlust, mit.

Lange umarmten sie sich, beobachtet von Berai, der sich vielleicht zusammenreimen konnte, dass es zwischen ihnen ein festeres Band gab als das der Freundschaft.

Als sie sich wieder voneinander lösten, stellte Lucy ihren Begleiter vor. »Das ist Berai. Er gehört zu der Sippe, die mich aufgelesen hat. Wir sind auf dem Weg nach Perth, weil Harrisons Leute einige Menschen seiner Sippe entführt haben.«

Henry sagte etwas in Berais Muttersprache, das sie nicht verstand, von dem sie aber annahm, dass es ein Willkommensgruß oder ein Dankeschön war.

Dann wandte er sich wieder an Lucy. »Entführt?«

»Ja, sie sind gekommen, haben geschossen und die Leute auf einen Wagen verladen. Dann sind sie losgefahren. Wir nehmen an, in die Stadt.«

»Dann sollten wir so schnell wie möglich hinterher. In Perth herrscht keine gute Stimmung. Harrison ist dabei, die Leute gegen die Aborigines aufzuhetzen.«

»Und machen sie da mit?«

»Einige sicher. Aber jetzt komm, wir fahren zur Mission. Alles andere erzähle ich dir unterwegs.«

Wieder wandte er sich an Berai und machte ihm klar, dass er auf den Wagen steigen sollte.

»Dein Freund glauben, ich verstehe nicht«, flüsterte er Lucy zu, während er die Ladefläche erklomm.

»Er will nur höflich sein, wenn er versucht deine Sprache zu sprechen.«

»Aber er sprechen schlecht.«

Lucy hätte beinahe laut aufgelacht. Bei Berai konnte man sich darauf verlassen, dass er ehrlich war.

»Dann bring ihm bei, wie er besser sprechen kann.«

Damit war der Junge zufrieden, aber dennoch betrachtete er Henry ein wenig eifersüchtig. War es deshalb, weil er Lucy wegen des Kakadu-Ahnen für so etwas wie eine Schwester hielt? Oder weil er sich doch in sie verguckt hatte?

»Was hattet ihr denn zu tuscheln?«, fragte Henry, als er Lucy neben sich auf den Kutschbock half.

»Ach, nichts weiter, Berai meinte nur, dass du auch in unserer Sprache mit ihm reden kannst. Er spricht sie sogar ziemlich gut.«

Sie blickte sich zu Berai um und lächelte ihn an. Der Junge blieb bei seiner ernsten Miene, wohl um gegenüber Henry keine Schwäche zu zeigen.

»Mein Vater und ich haben Unterkunft in der Mission gefunden und Mrs Mayall ist bei Bekannten untergekommen«, berichtete Henry, als die Pferde wieder antraten. »Es ist ziemlich knapp gewesen. Vater hat einige Pferde wegtreiben können, aber es wird sicher Monate dauern, bis wir sie wiederfinden. Viele sind vor Angst ins freie Land gelaufen. Einige sicher auch ins Feuer.«

Er senkte niedergeschlagen den Kopf. Lucy strich ihm über den Arm und fragte dann: »Wo wolltest du jetzt eigentlich hin?«

»Auf die Farm. Und von dort aus dich suchen.« Er sah sie an und lächelte. »Wir haben Lizzy gefunden, aber dich nicht, obwohl wir die Gegend schon einmal genau abgesucht haben.«

»Berais Sippe, die Alura, hat mich mitgenommen. Ein ganzes Stück weg von der Farm. Lizzy ist gestrauchelt und hat mich abgeworfen.«

Henry lachte kurz auf. »So was hätte ich der braven Lizzy gar nicht zugetraut. Aber das Feuer hat wohl auch sie verrückt gemacht.«

»In der Nähe der Farm habe ich das hier gefunden«, sagte Lucy und zog das verkohlte Feuerzeug hervor. »Es lag auf dem Waldboden. Ich habe es nur bemerkt, weil ich draufgetreten bin.«

Henry betrachtete den Gegenstand. Seine Miene wurde ernst.

»Diese Feuerzeuge werden in der Stadt verkauft.«

»Und mit solch einem Feuerzeug hat einer der Gelbmäntel versucht Nayas Haar anzuzünden.«

»Naya?«

»Die Frau, die ich öfter in der Stadt gesehen habe. Sie ist Berais Mutter.«

Der Aborigine-Junge nickte bekräftigend.

»Sie ist auch unter den Entführten. Sie haben fast alle Frauen, Kinder und Alten mitgenommen.«

»Was ist mit den Männern?«

»Die waren auf Jagd, und das haben die Gelbmäntel ausgenutzt.«

»Wenn sie da gewesen wären und sich gewehrt hätten, hätten sie sie wohl niedergemetzelt«, gab Henry düster zurück.

Lucy nickte. Nach allem, was sie von den Gelbmänteln erlebt hatte, konnte sie diese Vermutung nur bestätigen.

»Wir müssen etwas tun«, sagte Lucy und ballte entschlossen die Hände. »Dein Vater, Dr. McNall und die anderen müssen uns helfen.«

Henrys Miene wurde jetzt noch finsterer, was sie nicht erwartet hätte. »Vielleicht lässt sich mein Vater durch deine Rückkehr von seinem Kummer ablenken. Im Moment hat er keine besonders gute Laune.«

Das konnte Lucy verstehen. Und sie spürte gleichzeitig, dass das noch nicht alles war, was Mr Callaway betraf. Henry hatte anscheinend nicht vor, es ihr zu erzählen.

»Aber du hast recht, wir müssen etwas unternehmen«, sagte er. »So kann es nicht weitergehen mit Harrison und seinen Leuten.«

Damit ließ er die Pferde ein wenig schneller traben.

11. Kapitel

Nach den Tagen, die Lucy im Busch bei Berais Sippe verbracht hatte, kam ihr die Stadt wie eine andere Welt vor. Das Treiben auf den Straßen erschien ihr noch hektischer als zuvor, und auch die Häuser wirkten fremdartig. Berais Worte, wozu sie denn die Häuser brauchten, gingen ihr durch den Sinn. Doch auch wenn er irgendwie recht hatte, nicht einmal sie wollte dauerhaft auf ein Dach über dem Kopf verzichten.

Die Mission hingegen war ihr trotz allem noch immer vertraut. Das Kakadupaar turnte an dem Schild über dem Eingang, die Zelte flatterten im heißen Wind und die Baracken wirkten so ruhig wie an dem Tag, als sie mit Anne hierhergekommen war.

In den vergangenen Tagen hatte sie immer wieder an ihre Freundin gedacht, aber die Empfindung, die sie bei den Erinnerungen überkam, hatte sich etwas gewandelt. Es war nicht mehr der scharfe, schneidende Schmerz in ihrem Herzen, es war mehr eine durchdringende Traurigkeit, die ihren Geist erfüllte, ihn aber nicht mehr lähmte. Ja, sie hatte sogar das Gefühl, dass Anne jetzt wirklich in ihrem Herzen war und über sie wachte.

»So, da wären wir«, sagte Henry und stellte die Bremse des Wagens fest. Obwohl die Vorfreude auf das Wiedersehen groß war, blieb Lucy noch eine Weile auf dem Kutschbock sitzen und betrachtete alles genau, als wollte sie diesen Anblick für die Ewigkeit aufbewahren.

»Du lieber Herr im Himmel!«, kreischte eine Frauenstimme und schreckte Lucy aus ihren Gedanken. Schwester Muriel stürmte die Treppe herunter und kam direkt auf sie zugelaufen. Wenig später folgten auch Margaret und die anderen. Ihre weißen Kleider flatterten im Wind, und Margaret, die auch bei der Hitze ihren Schleier trug, wehte es den Stoff vom Kopf herunter, was sie aber nicht weiter kümmerte.

Innerhalb weniger Augenblicke war Lucy von den Schwestern umringt und wurde von ihnen beinahe vom Kutschbock heruntergehoben.

Von allen Seiten wurde sie geherzt und ihr über den Kopf gestrichen. Zwischendurch spürte sie Tränen auf ihrer Haut, die die Schwestern vor Freude und Rührung vergossen.

Auch Dr. McNall kam aus der Baracke gestürzt. Sein Kittel flatterte wie eine Fahne hinter ihm her.

»Gott sei Dank, du bist wieder da!«, rief er noch im Laufen und umarmte Lucy dann so herzlich, als würde er seine Tochter wiedersehen. »Wir dachten alle schon, dass wir dich im Feuer verloren hätten. Die Schwestern haben Tag und Nacht für dich gebetet.«

Eine ganze Weile musste sie die Umarmungen noch über sich ergehen lassen, dann endlich ließ man ihr Luft, damit sie erzählen konnte.

Sie berichtete das Geschehene mit ein paar Sätzen und wandte sich dann zu Berai, der mittlerweile zwar vom Wagen heruntergestiegen war, aber die ganze Szene skeptisch betrachtete.

»Das ist Berai«, stellte sie den Jungen vor. »Seine Sippe hat mich aufgenommen, als ich vor dem Feuer geflüchtet war.«

Der Doktor begrüßte ihn in seiner Muttersprache, was sich deutlich besser anhörte als die holprigen Worte von Henry.

»Seine Mutter und andere Mitglieder seines Stammes sind von Harrisons Leuten entführt worden«, setzte Lucy hinzu und spürte, wie ihre Ungeduld nun wuchs. Ihre Hand umklammerte noch immer das Feuerzeug. Sie brannte regelrecht darauf, es Mr Calaway zu zeigen.

»Entführt?« Der Doktor blickte entsetzt drein.

»Ja, sie wurden auf einen Wagen geladen«, antwortete Lucy. Wir wissen nicht, wo Harrisons Leute sie hingebracht haben.«

McNall zog eine nachdenkliche Miene und schien sich an etwas zu erinnern. »Man hat immer wieder von Zwangsumsiedlungen der Aborigines in der Gegend gehört. Vielleicht hat Harrison vor, dabei mitzumachen.«

»Das klingt ganz nach ihm«, pflichtete ihm Schwester Margaret bei.

»Wo ist dein Vater, Henry?«, fragte Lucy nun. Wenn jemand den Mumm hatte, Harrison die Stirn zu bieten, dann er. Sie musste ihn so schnell wie möglich finden. Vielleicht konnte er in der Stadt Mitstreiter finden, die dem Wagen hinterherritten und ihn aufhielten, bevor er auf Nimmerwiedersehen verschwunden war.

Henry senkte verlegen den Kopf. »Er ist im Pub. Seinen Kummer ertränken.«

Das passte so gar nicht zu Mr Callaway, wie sie ihn kannte. »Ich werde zu ihm gehen und mit ihm reden!«

Henry hob die Hand und wollte einwenden, dass er wahrscheinlich nicht in der Lage war, mit ihr zu reden, aber da wirbelte sie schon herum und lief mit langen Schritten die Straße hinunter.

Sie war gerade in eine Seitenstraße eingebogen, als sie plötzlich einen Tumult bemerkte. Frauenstimmen flehten, Männerstimmen dröhnten. Kinder begannen zu weinen. Lucy verbarg sich schnell hinter einer Hausecke und sah wenig später, dass ein seltsamer Zug die Straße heraufkam.

Schon von Weitem leuchteten ihr die gelben Mäntel von Harrisons Handlangern entgegen. Vor sich her trieben sie die gefangenen Alura. Die alten Männer hatte man in Ketten gelegt, die Frauen und Kinder mit Seilen gefesselt und aneinandergebunden. Die Fesseln an ihren Beinen waren gerade locker genug, damit sie gehen konnten. Auch ihre Hände waren zusammengebunden worden.

Was die Gelbmäntel vorhatten, wusste Lucy nicht, aber sie war sicher, dass es nichts Gutes war.

Die Worte der Aborigine-Frauen waren für Lucy unverständlich, denn sie sprachen in ihrer eigenen Sprache. Berai hätte sie verstanden, und jetzt wünschte sie sich, dass sie ihn mitgenommen hätte. Doch zurücklaufen, ohne von den Gelbmänteln bemerkt und womöglich wiedererkannt zu werden, konnte sie nicht. Sie verharrte also in ihrem Versteck und ließ den Zug an sich vorbeiziehen.

Als die Aborigines in ihre Nähe kamen, konnte sie Todesangst auf ihren Gesichtern erkennen.

Brutal stießen sie die Gelbmäntel voran. Wenn jemand stolperte, rissen sie ihn an seinen Haaren wieder in die Höhe. Lucy ballte die Fäuste und wünschte sich in diesem Augenblick Mr Callaways Revolver in ihre Hand.

Offenbar hatte Harrison nicht vor, sich die Mühe einer Umsiedlung zu machen. Er wollte diese Menschen töten! Lucys Gedanken überschlugen sich. Dann wusste sie plötzlich, was zu tun war.

Als der Zug an ihr vorüber war, huschte sie um die Hausecke und rannte los. Die Menschen, die tatenlos zugesehen hatten, was Harrisons Männer mit den Aborigines machten, schauten ihr verwundert hinterher.

Der Wind strich heiß über ihr Gesicht und schon bald fühlten sich ihre Beine wie Blei an. Aber da tauchte der Pub vor ihr auf. Diesmal trat ihr niemand entgegen, also stürmte sie durch die Tür.

»Holla, Mädchen, was ist denn mit dir?«, fragte Megan, dann erkannte sie sie wieder. »He, dich habe ich ja schon lange nicht mehr gesehen!«

»Ich muss zu Mr Callaway«, keuchte Lucy. »Ist er noch hier?«

Megan deutete auf einen Tisch weiter hinten. Der Farmer saß zusammengesunken dahinter.

»Ich glaub nicht, dass du mit ihm reden kannst.«

»Das muss ich aber!«, entgegnete Lucy. »Harrisons Männer haben gefangene Aborigines in Ketten durch die Stadt geführt. Ich bin sicher, dass sie sie umbringen wollen!«

»Was sagst du da?« Macintosh kam durch die Hintertür gestürmt.

»Harrisons Männer treiben gerade Aborigines durch die Straße. Ich war dabei, als man sie gefangen genommen hat. Ich bin sicher, dass sie sie jetzt töten werden!«

Der Rausschmeißer blickte zu seiner Frau. Die

wusste offenbar, auch ohne dass er etwas sagte, was zu tun war.

Lucy lief unter den neugierigen Blicken der anderen Gäste zum Tisch, an dem Henrys Vater saß.

»Mr Callaway!«, rief sie und rüttelte den Mann an der Schulter. »Hören Sie mich? Ich bin's, Lucy!«

Der Mann gab einen Grunzlaut von sich und hob dann schwerfällig den Kopf. Lucy wollte nicht warten, bis er sich vollständig aufgerichtet hatte. Sie packte ihn bei den Schultern und riss ihn in die Höhe.

»Mr Callaway, Sie müssen mir helfen. Harrisons Leute wollen Aborigines umbringen!«

Jetzt öffnete der Mann die Augen und sah sie an. Ein wenig glasig wirkten seine Pupillen noch, aber er schien zu wissen, worum es ging. Und er erkannte sie auch wieder.

»Lucy!«, lallte er. »Wo kommst du denn her?«

»Das erzähle ich Ihnen später. Jetzt müssen Sie erst einmal mitkommen und helfen!«

In dem Augenblick kam Macintosh zu ihnen. In der Hand hielt er einen großen Becher mit Kaffee. Wie stark das Gebräu war, konnte man schon von Weitem riechen.

»Das wird ihn wieder auf die Beine bringen«, verkündete der Mann, der unter seinem freien Arm ein Gewehr trug. »Sieh zu, dass er das trinkt, Mädchen. Ich trommle die Männer zusammen.«

Offenbar waren doch nicht alle Leute hier in der Stadt gegen die Aborigines. Beinahe alle Männer, die im Pub saßen, erhoben sich. In diesem Land trug beinahe jeder Mann eine Waffe bei sich, die er an der Tür abgegeben hatte.

Der Schotte verteilte die Revolver wieder an ihre Besitzer, dann verließen sie gemeinsam das Pub.

Lucy nötigte Mr Callaway erst einmal dazu, vom Kaffee zu trinken. Nach ein paar Schlucken umfasste er die Tasse von selbst und stürzte das schwarze Getränk hinunter. Lucy redete auf ihn ein: »Harrisons Männer haben die Aborigines überfallen und viele gefangen genommen.«

Mr Callaway blickte sie an. Seine Augen wirkten jetzt schon etwas klarer.

»Außerdem habe ich das hier in der Nähe Ihrer Farm gefunden«, zog Lucy ihren Trumpf aus dem Ärmel. Nicht mal dem Doktor hatte sie davon erzählt, dazu hatte sie es zu eilig gehabt.

Sie reichte dem Farmer das verkohlte Feuerzeug. »Ich könnte schwören, dass ich dieses Feuerzeug schon mal in der Hand eines der Gelbmäntel gesehen habe!«, sagte sie. »Es lag zwischen den Bäumen.«

Callaway betrachtete den Gegenstand einen Moment lang, ohne ein Wort zu sagen. Die einzige Regung, die er zeigte, war das Zusammenkneifen seiner Augen, als könnte er das Feuerzeug nicht richtig erkennen.

»Bitte, kommen Sie wieder auf die Beine«, flehte Lucy. »Ich weiß nicht, was die Gelbmäntel den Leuten antun werden, wenn wir nichts dagegen tun.«

Bange Minuten vergingen.

»Gut. Gehen wir!«, sagte Mr Callaway schließlich

und stand auf. Kurz schwankte er noch, als würde er auf einem Boot stehen. Lucy war nicht sicher, ob er gehen konnte, und wollte ihn schon stützen. Doch er fing sich und ging mit unerwartet langen Schritten zur Tür, wo er sein Gewehr packte.

Von den Männern, die Macintosh und seine Begleiter holen wollten, war noch nichts zu sehen.

Mr Callaway schien das egal zu sein. Er ging die Straße entlang, ohne nach rechts oder links zu schauen, sein Gewehr fest in der Hand.

Die Passanten blickten ihn und das Mädchen an seiner Seite an, vielleicht ahnten sie, was er vorhatte.

Wieder schien der Weg kein Ende zu nehmen. Lucys Unruhe wuchs. Sie blickte sich nach den anderen Männern um, konnte aber noch immer niemanden entdecken. Hatten sie es sich anders überlegt?

Nein, Megans Ehemann machte bestimmt keinen Rückzieher, dazu hasste er die Gelbmäntel viel zu sehr. Doch wo blieben sie?

Am Swan River angekommen schienen Lucys Befürchtungen wahr zu werden. Harrisons Leute hatten die Alura zum Fluss getrieben. Es war noch nicht genau zu erkennen, was sie mit ihnen vorhatten, aber die Gelbmäntel hielten Waffen in der Hand. Ihr Vater hatte ihr von einer Reise nach Indien erzählt, bei der er Zeuge einer Erschießung von indischen Rebellen wurde. Sie hatte damals nicht viel damit anfangen können, aber jetzt wurde ihr klar, wie das ausgesehen haben musste.

Nur dass diese Menschen dort keine Rebellen waren! Sie hatten nichts getan. Harrisons Hass auf sie war allein in ihrer Hautfarbe begründet. Und in seiner Gier nach ihrem Land. Dabei war Australien so groß!

»Mr Callaway«, rief sie und deutete nach vorn.

»Die Mistkerle wollen sie gefesselt in den Fluss treiben. Geh aus der Schusslinie, Mädchen!«, entgegnete der Farmer und nahm sein Gewehr so unter den Arm, dass er es jederzeit abfeuern konnte. Lucy nickte und begab sich in Sicherheit.

»Harrison!«, brüllte er, als er in Hörweite war. Die anderen Männer aus der Stadt waren noch ein Stück entfernt, aber vielleicht konnte er die Gelbmäntel so lange aufhalten, bis Verstärkung kam.

»Lassen Sie diese Menschen in Ruhe!«

Die Aborigines sahen ihn und das Mädchen an. Lucy spürte deutlich Nayas Blick.

Inzwischen hatten der Kaffee und die Aufregung den Farmer wieder so nüchtern gemacht, dass er nicht mehr lallte. »Wenn Sie sie in den Fluss treiben und ertrinken lassen, ist das Mord, und für Mord kommt man auch hier an den Galgen, das sollten Sie nicht vergessen!«

Harrison funkelte den Farmer wütend an.

»Sie sollten besser nicht das Maul so weit aufreißen, Callaway. Es könnte sonst sein, dass ich vergesse, dass Sie ein Landsmann von mir sind.«

»Sie sind kein Landsmann von mir. Ich bin Australier, seit ich hier angekommen bin. Sie hingegen müssen irgendeinem Mistpfuhl entsprungen sein, ja vielleicht sind Sie nicht einmal ein Mensch. Denn ein Mensch würde das, was Sie hier vorhaben, nicht tun.«

Selbst aus der Entfernung meinte Lucy zu hören, wie der Mann mit den Zähnen knirschte.

»Und wie wollen Sie mich davon abhalten?«, fragte er, und versuchte dabei spöttisch zu klingen, was ihm aber nicht besonders gut gelang.

»Mit der Waffe in meinen Händen, wenn es sein muss. Und mit dem Gesetz. Das hier ist nicht das einzige Verbrechen, das Sie begangen haben, Harrison. Ich werde Sie außerdem wegen Brandstiftung anklagen.«

»Dafür haben Sie keine Beweise!«

»Und ob ich die habe!«, entgegnete der Farmer. »Und ich werde sie gegen Sie vorbringen.«

Harrison ließ sich auch nach dieser Drohung nicht dazu bringen, zurückzuweichen.

»Verschwinden Sie von hier, Callaway, sonst können Sie sich den Leuten hier gleich anschließen.«

»Das sehe ich nicht so!«, rief der Rausschmeißer des Pubs vom anderen Ende der Straße. Weitere Männer hatten sich ihm angeschlossen. Schließlich traten der massige Schotte und seine Begleiter hinter Callaway. »Wenn Sie einen Kampf wollen, können Sie ihn kriegen, Harrison. Aber ich würde Ihnen wirklich raten, Ihre Leute einzusammeln und zu verschwinden.«

Der Großgrundbesitzer ließ seinen wütenden Blick über die Menge schweifen. Sie war doppelt so stark wie der Trupp seiner Leute. Und er wusste auch, dass alle Anwesenden mit ihren Waffen umgehen konnten.

»Lauft!«, rief Callaway nun den Aborigines in ihrer Sprache zu, dann riss er sein Gewehr hoch. Bevor die Gelbmäntel etwas tun konnten, krachte sein Schuss über ihre Köpfe hinweg und brachte sie für einen Moment davon ab, ihre Waffen auf die Aborigines zu richten.

Naya und ihre Sippe nutzten die Gelegenheit. Die Fesseln an ihren Beinen behinderten sie zwar, aber dennoch verschwanden sie rasch in die Richtung, wo Lucy wartete.

»Lucy, bring die Leute zum Hospital und lade sie auf den Wagen!«, rief Callaway ihr zu. »Dann fahrt ihr zur Mission in New Norcia. Der Pater dort wird die Leute aufnehmen und sie schützen.«

Lucy nickte. Dann bedeutete sie Naya, mitzukommen.

Doch wenn sie geglaubt hatte, Harrison würde sich das einfach gefallen lassen, hatte sie sich getäuscht. Hinter ihr donnerten plötzlich Schüsse.

Besorgt blickte sich Lucy um und sah Pulverdampf aufsteigen. Zwischendurch gab es immer wieder Pausen, in denen die Männer nachladen mussten. Am liebsten wäre sie zurückgekehrt, um nachzusehen, was geschah, aber sie wusste, dass Mr Callaway das nicht gewollt hätte.

Gern hätte sie Berais Leuten die Fesseln abgenommen, aber bei denen, die Ketten trugen, konnten nur Hammer und Meißel helfen. So mussten sie sich irgendwie zur Mission schleppen, immer die Angst im Nacken, dass Harrisons Leute ihnen nachstellen konnten.

Die Leute aus der Mission hatten den Tumult am Swan River natürlich mitbekommen. Allesamt standen sie vor der Tür, Berai in ihrer Mitte. Inzwischen hatte sich auch Mrs Mayall zu ihnen gesellt, offenbar schaute sie regelmäßig nach Henry und seinem Vater.

Als sie Lucy, Naya und die anderen sahen, stürmte ihnen Berai als Erster entgegen. Naya blickte auf, und nun zeigte sich, dass sich die Aborigines nicht sehr von den Weißen unterschieden. Sie streckte die Arme nach ihm aus, drückte ihn trotz der Fessel an ihre Brust und redete leise auf ihn ein. Tränen rannen über ihre Wangen und tropften zu Boden, wo die rote Erde sie trank.

Dr. McNall eilte herbei. »Was ist passiert?«, fragte er, während er begann, die Stricke um Nayas Handgelenke durchzuschneiden.

»Harrisons Leute wollten sie in den Fluss treiben und umbringen«, berichtete Lucy und schaute sich nach der Richtung, aus der sie gekommen waren, um. Noch immer konnte man das Krachen von Schüssen vernehmen.

»Was ist mit meinem Vater?«, fragte Henry dazwischen.

»Er ist noch immer dort«, antwortete Lucy, und die beiden sahen sich eine Weile wortlos an. In Henrys Augen war die Sorge um seinen Vater zu erkennen, und Lucy hätte ihm nur zu gern gesagt, dass nichts geschehen würde. Aber eine Garantie konnte sie ihm nicht geben. Niemand konnte das.

»Er hat gesagt, dass wir die Aborigines nach New Norcia bringen sollen«, fügte sie hinzu. »Er wird nachkommen.« Das Letzte hatte er zwar nicht gesagt, aber es erschien Lucy ganz selbstverständlich, dass er das tun würde.

Henry presste die Lippen zusammen und nickte.

»Ihm wird schon nichts geschehen, der gesamte Pub und noch andere Männer sind bei ihm«, sagte Lucy und legte ihre Hand auf Henrys Arm. Sie spürte, dass er ein wenig zitterte. »Du kannst stolz auf ihn sein.«

Das war Henry tatsächlich, aber er hatte auch Angst um ihn.

Männer aus dem Lager hatten inzwischen Werkzeuge organisiert, mit denen sie die Ketten zerschlagen konnten. Henry half ihnen dabei, dann holte er den Wagen.

Der Doktor schilderte den Schwestern, was los war, und Margaret wies Muriel und die anderen an, Lebensmittel aus der Vorratskammer zu holen, die sie für die Reise gebrauchen konnten. Dabei kümmerte sie sich nicht um die Blicke der Aborigines, von denen einige wohl glaubten, Geister in weißen Gewändern vor sich zu haben. Unter Margarets Kommando wurden rasch die Güter verladen, und wenig später war der Wagen bereit zur Abfahrt.

Natürlich waren die Aborigines alles andere als begeistert davon, wieder auf einem Gefährt transportiert zu werden. Berai und Naya mussten sehr lange auf ihre Leute einreden, bis sie sich entschließen konnten aufzusteigen.

Nicht alle passten auf einen Wagen. Ein zweites Gefährt wurde aus der Nachbarschaft herbeigeschafft, auf dem die restlichen Menschen Platz fanden.

Lucy hatte das Gefühl, vor Ungeduld zu zerspringen, denn mittlerweile waren die Schüsse abgeebbt, und es war vielleicht nur noch eine Frage der Zeit, bis Harrisons Leute auftauchten.

Als es dann endlich so weit war, dass sie abreisen konnten, kletterte sie rasch auf den Kutschbock.

»Ich werde mitkommen«, kündigte Dr. McNall an. Aus der Baracke hatte er seine Arzttasche und eine etwas altertümlich wirkende Pistole geholt. »Für den Fall, dass es unterwegs Kranke zu versorgen gibt.«

»Und was ist mit der Mission?«

»Schwester Minerva wird sich inzwischen um die Kranken hier kümmern. Sobald wir heil in New Norcia angekommen sind, reite ich wieder zurück.«

Damit stieg er zu den Aborigines auf die Ladefläche. Henry ließ die Peitsche über den Köpfen der Tiere knallen und der Wagen ruckte an.

12. Kapitel

Die Fahrt nach New Norcia war überschattet von Furcht. Die Alura fürchteten, dass die »Abim« ihnen nachjagen würden. Henry und Lucy fürchteten, dass Mr Callaway etwas bei dem Kampf geschehen war. Dr. McNall fürchtete, dass der Pater in New Norcia die Aborigines nicht aufnehmen würde, wenn er von den Umständen erfuhr, unter denen sie aus Perth fortgeschafft worden waren. Der Pater war ein mutiger Mann, gestärkt durch seinen Glauben, aber er war auch nur ein Mensch, der für sich und die Seinen sorgen musste. Die Mission bot bereits vielen vertriebenen Aborigines ein Heim, die Kinder wurden unterrichtet, den Erwachsenen gab man Arbeit und Brot.

Die Flüchtlinge bedeuteten Gefahr, auch für die anderen, wenn Harrison in der Stadt die Oberhand behielt.

So verlief die Fahrt auch so still, als handele es sich um einen Totenzug. Der Abend brach herein, aber an eine Rast war nicht zu denken. Alle wussten, dass sie die ganze Nacht durchfahren mussten, wenn sie ihren Vorsprung halten wollten.

Die ganze Zeit über lehnte Lucys Gesicht an Henrys Arm. Er genoss ihre Nähe, hielt die Zügel fest in der Hand und trieb die Pferde an. Wenn er sie ein wenig langsamer laufen ließ, küsste er Lucys Scheitel und schmiegte seine Wange an ihr Haar.

Im Morgengrauen erreichten sie schließlich die Mission. In ihrem Zentrum stand eine Kirche, ringsherum war sie gegen wilde Tiere und andere Eindringlinge befestigt.

Lucy musste wieder an ihr Gespräch mit Berai am Lagerfeuer denken. Dass er geglaubt hatte, Gott sei mit der Regenbogenschlange vergleichbar. Irgendwie gefiel es ihr nicht, dass die Missionare den Aborigines ihren Glauben austrieben und ihnen den christlichen aufzwangen. Das war fast so, als würde man alle Weißen dazu zwingen, an die Regenbogenschlange zu glauben. Aber an diesem Ort war Berais Sippe zumindest sicher.

Als der Wagen auf den Hof der Mission rollte, machte sich große Verwunderung breit. Zum einen bei den Mönchen, zum anderen bei den Aborigines, die hier ihre Brüder und Schwestern in westlicher Kleidung sahen.

Der Pater, der die Mission leitete, war ein hochgewachsener, bärtiger Mann, der eine lange braune Kutte trug. Ein wenig erinnerte sie Lucy an die Talare des Reverends, aber es gab auch Unterschiede. Kein Wunder, denn New Norcia war eine katholische Mission.

Nun zeigte es sich, dass es auch hier von Vorteil war, dass Dr. McNall mitgekommen war. Er kannte den Vorsteher der Mission und stieg gleich vom Wagen, um mit ihm zu reden.

Was genau sie besprachen, bekamen Lucy und Henry nicht mit, aber als sie ihre Unterredung beendet hatten, winkte der Pater ihnen zu.

»Sagt ihnen, sie können vom Wagen steigen!«, rief er, und Lucy gab das sofort an Berai weiter. Wenig später nahmen die Missionare die Aborigines in Empfang. Essen und Wasser wurden verteilt, und man versuchte auch, ihnen Zelte zuzuweisen, doch Naya lehnte das ab.

Lucy wusste von Berai warum. Sie wollten unter freiem Himmel schlafen, über sich nichts anderes als die sternenbedeckte Kuppel des Himmels. Natürlich war das angesichts ihrer Situation gefährlich, aber Dr. McNall versprach dem Pater, dass er auf die Menschen achtgeben und ihn benachrichtigen würde, falls er Harrisons Leute in der Nähe der Mission sah.

An diesem Abend saßen Lucy und Henry endlich wieder beieinander. Gemeinsam schickten sie ihre Gedanken nach Perth in der Hoffnung, dass Henrys Vater bald nachkommen würde.

»Wie soll es jetzt weitergehen?«, fragte Lucy schließlich, so dicht an Henry geschmiegt, wie bei ihrem letzten abendlichen Beisammensein.

»Du meinst, falls mein Vater nicht wieder zurückkehrt?« Diese Angst schien Henry zu beherrschen. Lucy spürte, wie er zitterte.

»Nein«, antwortete sie. »Er wird zurückkehren. Ich meine, wie wird es mit eurer Farm und uns und den Aborigines weitergehen.«

»Ich schätze mal, dass Vater die Farm wieder aufbauen wird«, antwortete Henry

»An derselben Stelle?«, wunderte sich Lucy.

»Warum nicht? Es wäre doch dumm, vor Harrison zu fliehen. Vielleicht sitzt er bereits hinter Gittern.«

Es hatte nicht so ausgesehen, als hätte die Polizei vorgehabt, sich in die Auseinandersetzung einzuschalten. Sie hatte sich nicht mal blicken lassen.

»Und mit uns? Wie wird es mit uns weitergehen? Ich nehme an, dein Vater weiß nichts von uns beiden.«

»Nein, aber er ahnt etwas.« Henry führte es nicht weiter aus, aber Lucy dachte, dass er sich während ihrer Abwesenheit ganz närrisch vor Sorge verhalten haben musste. So wie sich eben jemand verhielt, der um seine Geliebte bangte.

»Und die Aborigines?« Lucy musste lächeln, wenn sie daran dachte, wie die ganze Fragerei Berai in den Wahnsinn getrieben hätte.

»Wir haben diese Menschen hier erst einmal gerettet, aber ich bin sicher, dass es im ganzen Land immer wieder Männer wie Harrison gibt, die glauben, sie müssten die Eingeborenen ausrotten, um Platz für die Weißen zu schaffen.«

»Aber hier gibt es doch so viel Platz!«, sagte Lucy und streckte ihre Arme ganz aus, um die Weite anzudeuten.

»So ist es«, stimmte Henry ihr zu. »Aber nicht überall ist es freundlich. Im glühenden Inneren soll es ziemlich unwirtlich sein. Nicht mal die Aborigines würden gern dort wohnen.«

»Vielleicht sollte ich der Queen schreiben«, platzte es plötzlich aus Lucy heraus. »Wer, wenn nicht sie, kann hier etwas ändern? Richter können bestochen werden und Constabler sehen manchmal weg, aber dem Willen der Queen werden sie sich beugen müssen.«

Henry sah sie zweifelnd an, genau wie Anne früher, wenn sie nicht glaubte, dass ein Traum wahr werden konnte. Aber Lucy wollte sich von diesem Vorhaben nicht abbringen lassen.

Als Henry gegangen war, suchte sie die ihr zugewiesene Kammer nach Papier und Feder ab. Sie wurde in einer der Schubladen tatsächlich fündig. Es waren zwar nur ein Bleistift und zwei vergilbte Blätter, aber die reichten, um einen Brief an die Queen aufzusetzen. Lucy schrieb darüber, dass die Aborigines freundliche und friedliche Leute seien, die es nicht verdient hätten, drangsaliert zu werden. Sie berichtete von ihrem Glauben und ihren Sitten und setzte ebenfalls hinzu, dass dies keine Gefahr für die hier lebenden Engländer sei. Als sie fertig war, hatte sie beide Blätter dicht beschrieben. Wann sie den Brief abschicken konnte, wusste sie nicht, aber das, was sie der Queen berichten wollte, hatte sie nun niedergeschrieben. Auch wenn die englische Königin für Lucy nicht mehr war als ein Bild, das in Bristol von einigen Wänden gelächelt hatte, so hatte sie doch Vertrauen in sie.

Vor Lucy schlängelte sich ein Pfad, wie ihn die Regenbogenschlage hätte hinterlassen können. Seine Ränder wurden von Spinifex-Büscheln und Ameisenhügeln gesäumt, ab und an reckte ein Eukalyp-

tus-Baum seine Äste in die Höhe. Der Himmel über ihr war zartrosa, sie wusste nicht, ob es Morgen oder Abend war.

Plötzlich tauchte eine Gestalt vor ihr auf. Sie war blass und trug unverkennbar die Züge von Anne. Sie lächelte ihr zu, wie sie immer gelächelt hatte, und sagte dann: »Wohin dein Weg dich auch führt, ich bin immer bei dir.«

Lucy wollte etwas erwidern und die Hand ausstrecken, um sie zu berühren, doch da verwandelte Anne sich in einen weißen Kakadu und flog davon. Lucy blieb auf dem Weg zurück, und als sie in ihre Hände schaute, sah sie darin eine Feder liegen. Sie umschloss sie und drückte sie an ihr Herz. Dabei versuchte sie den Kakadu am Himmel auszumachen, doch er war bereits fort.

Ein Geräusch holte Lucy aus dem Schlaf. Für einen Moment glaubte sie, noch immer die Feder in ihrer Hand zu halten, doch diese war leer.

Dafür wurde das Geräusch nun lauter.

Lucy erhob sich und lief zum Fenster ihrer Kammer. Die Morgendämmerung lag bläulich rosa über der Mission, und vor ihren Toren stieg eine Staubwolke auf. Sie war groß genug, um von mehreren Reitern verursacht zu werden.

Sogleich schlug ihr Herz schneller. Ohne abzuwarten, dass der Staub sich lichtete, zog sie rasch ihr Kleid über und stürmte aus dem Raum . »Reiter!«, rief sie dabei durch den Gang. »Es kommen Reiter!«

Augenblicklich kam Leben in die Mission. Zahlreiche Türen wurden aufgerissen und Leute stürzten auf die Gänge. Sie folgten Lucy nach draußen, wo auch jene Aborigines, die darauf bestanden hatten, unter freiem Himmel zu übernachten, bereits auf den Beinen waren.

Die Reiter näherten sich bedächtig, fast so, als müssten sie auf etwas, das sie bei sich führten, besonders achtgeben.

Als sie sich der Mission näherten, wurden sie noch langsamer. Lucy kniff die Augen zusammen. Sie konnte jedoch keine gelben Mäntel entdecken, aber das musste nichts heißen. Harrisons Leute hatten sich der Kleidungsstücke vielleicht entledigt, um sie zu täuschen.

Doch als die Reiter vor dem Tor halt machten, erkannte Lucy Megans Mann Macintosh, der an der Spitze des Trupps ritt. Weitere Männer aus dem Pub waren bei ihm.

Für einen kurzen Moment wurde ihr heiß und kalt zugleich, denn sie konnte Henrys Vater nicht unter den Berittenen ausmachen. War er bei dem Kampf umgekommen?

Dann sah sie, dass eines der Pferde eine Art Trage hinter sich herzog. Auf dieser lag ein Mann.

»Vater!«, rief Henry und stürzte hinaus. Lucy lief gleich hinter ihm. Bei der Trage angekommen sahen sie, dass es sich tatsächlich um Mr Callaway handelte. Er hatte einen Blutfleck auf der rechten Brustseite und war bleich.

»Er ist während des Gefechts angeschossen worden«, sagte der Schotte, nachdem er abgesessen war. »Harrison hat sich nicht einfach so vertreiben lassen. Immerhin haben wir euch genug Vorsprung verschafft, damit ihr hierherkommen konntet. Eigentlich wollten wir ihn in die Mission in Perth bringen, aber da sagte man uns, dass der Doktor hier ist.«

Henry strich seinem Vater das Haar aus dem Gesicht. Davon erwachte der Mann. Er sah seinen Sohn und er sah Lucy und ein feines Lächeln trat auf sein Gesicht.

»Ich glaube, du musst mich noch einmal retten, kleine Schwester«, murmelte er und griff nach ihrer Hand. »Du hast wirklich das Zeug dazu, Menschen zu Helden zu machen.«

Lucy wusste noch sehr gut, was er damals zu ihr gesagt hatte. Jetzt war anscheinend die Zeit zum Handeln gekommen.

Im nächsten Augenblick war Dr. McNall zur Stelle. Er untersuchte den Verletzten rasch und wies dann die Männer an, ihn in die Mission zu tragen.

»Ich hoffe, du erinnerst dich noch an deine Arbeit im Hospital«, sagte er zu Lucy und bedeutete ihr, mitzukommen. »Ich könnte deine Hilfe gut gebrauchen.«

»Natürlich, Doktor«, entgegnete Lucy, und nachdem sie sich noch einmal zu Henry umgedreht und ihm mit einem Nicken signalisiert hatte, dass schon alles gut gehen würde, lief sie mit McNall in die Mission.

Es gab hier ein kleines Lazarett und man hatte auch

Karbol und Instrumente. Dennoch war das Arbeiten ganz anders, denn das Lazarett war nur darauf ausgerichtet, Kranke zu pflegen, und nicht, sie zu operieren. Das Licht, das ihnen zur Verfügung stand, war ziemlich schlecht und der Doktor war verärgert, dass er nicht seine besten Skalpelle zur Hand hatte. Die Kugel steckte diesmal zwischen den Rippen des Farmers und drohte die Lunge zu verletzen. Die Wunde hatte sich durch Staub und Hitze bereits entzündet, sodass sie schließlich Henry dazuholen mussten, damit er seinen Vater festhielt. Callaway, der zunächst gewirkt hatte, als wäre er nicht bei Bewusstsein, schrie und wand sich vor Schmerzen. Henry musste all seine Kraft aufbieten, damit Dr. McNall arbeiten konnte. Dabei fiel es dem Jungen sichtlich schwer, seinen eigenen Vater an den Schultern hinunterzudrücken. Nicht weil er nicht genug Kraft gehabt hätte, sondern weil er es nicht ertragen konnte, ihn leiden zu sehen.

Als es dem Doktor endlich gelang, die Kugel zu entfernen, verlor der Farmer das Bewusstsein. »Du kannst ihn loslassen, Junge«, sagte der Arzt, während er die Kugel untersuchte und Lucy ein Verbandstuch auf die Wunde drückte.

Nachdem er sicher war, dass er alles vollständig entfernt hatte, vernähte der Doktor den Einschuss.

Während der Operation hatte Lucy nicht gemerkt, dass ihr gesamter Körper angespannt war, doch jetzt fühlte sie es ganz deutlich. Nur schwer konnte sie das Zittern ihrer Hände und Knie unterdrücken. Nach den Strapazen der vergangenen Tage war es kein Wunder, dass sie so reagierte. Aber die Operation schien gelungen, das war das einzig Wichtige.

»Wird er es schaffen?«, fragte Henry besorgt, während seine Hände immer noch auf den Schultern seines Vaters lagen, als könnte er ihm auf diese Weise Kraft geben.

»Das werden die folgenden Stunden zeigen«, entgegnete Dr. McNall und legte dem Jungen die Hand auf den Arm. »Solange ich hier bin, werde ich alles tun, damit er überlebt.«

Als Lucy mit der Nachricht, dass Mr Callaway die Operation gut überstanden hatte, zu den Männern kam, ging ein erleichtertes Raunen durch ihre Reihen.

»Was ist eigentlich aus Harrison geworden?«, wollte sie nun wissen.

»Er und seine Leute haben das Weite gesucht, als die Constabler anrückten«, berichtete Macintosh. »Schießereien werden in Perth nicht geduldet. Da er aber nicht mehr da war, konnten wir der Polizei glaubhaft machen, dass er angefangen hat.«

»Und von den Aborigines haben Sie ihnen nichts erzählt?«

»Das hätte keinen Sinn gehabt. Jedenfalls hätte es ihnen nicht geholfen. Die Polizei kümmert sich nicht um sie. Ich habe sogar gehört, dass sie mancherorts mithelfen, sie ins Landesinnere zu verfrachten oder zu töten. Aber wenn ein weißer Farmer angegriffen wird, fühlen sie sich verantwortlich. Callaway hat ihnen trotz der Verletzung noch seinen Verdacht mitteilen können, dass Harrisons Leute Brandstiftung auf seiner Farm begangen hätten. Harrison kann sich vielleicht auf seinem Herrenhaus verstecken, aber den Ermittlungen wird er nicht entkommen.«

Es ist gut, dass ich den Brief an die Queen geschrieben habe, dachte Lucy und spürte, wie die Empörung in ihr wütete. Wenn sogar die Polizei bei der Verfolgung der Aborigines mitmachte, was sollte nur aus diesen Menschen werden?

Ein wenig erleichterte es sie aber, dass gegen Harrison ermittelt werden würde. Ob das nun zu einem Ergebnis führte, wusste niemand. Aber er merkte vielleicht, dass er sich nicht alles herausnehmen konnte.

»Wann werden Sie wieder nach Perth reiten?«, fragte sie Macintosh und erntete von ihm einen überraschten Blick.

»So bald wie möglich, Mädchen, warum fragst du?«

»Könnten Sie vielleicht etwas für mich erledigen?«

»Kommt drauf an, was«, entgegnete der Schotte.

»Ich habe einen Brief, der müsste mit dem nächsten Schiff nach England mitgehen.«

»Einen Brief?« Wahrscheinlich hatte der Mann gedacht, dass sie ihn um Haarbänder oder Rosenwasser bitten würde, aber mittlerweile war Lucy kein Mädchen mehr, das sich vom Anblick eines Kleides verzaubern ließ. Es gab nun viel wichtigeres Dinge für sie.

»Ja, einen Brief an die Queen. Er muss sie erreichen, unbedingt.«

Der Schotte wollte sie schon auslachen. Wer war so verrückt, einen Brief an Queen Victoria zu senden?

Aber Lucy sah den Mann mit einer solchen Eindringlichkeit an, dass er gar nicht anders konnte, als zuzustimmen.

»Also gut, gib mir deinen Brief. Ich werde dafür sorgen, dass er auf ein Schiff kommt. Aber ich kann dir nicht versprechen, ob er auch wirklich ankommen wird.«

»Das brauchen Sie auch nicht. Er muss nur auf ein Schiff kommen, in die Hände eines Menschen, der Ihnen zuverlässig scheint. Alles Weitere wird sich dann von selbst erledigen.«

Damit wirbelte Lucy herum und verschwand in ihrer Kammer. Von einem der Missionare erbat sie einen Umschlag und Siegelwachs, und als alles fertig war, übergab sie Macintosh das Schreiben. Bei seiner Körperkraft brauchte sie wohl nicht zu fürchten, dass es gestohlen wurde und in falsche Hände geriet. Der Schotte verstaute den Brief in seinem Stiefelschaft.

»Halt die Ohren steif, Mädchen!«, rief er ihr noch zu, dann ritt er seinen Begleitern voraus.

Am Nachmittag wanderten Henry und Lucy ein Stück weit hinaus ins Land. Zwischen Spinifex-Büscheln, in der Nähe eines Termitenhügels setzten sie sich auf den Boden und sahen der Sonne zu, wie sie sich hinter einem Schleier aus Dunst auf den Horizont zu bewegte und dabei immer röter wurde.

Versonnen strich Lucy über die Narben an ihrem Arm, die noch deutlich zu sehen waren, und hörte Henry sagen: »Kannst du dir vorstellen, dass ich in der letzten Zeit die furchtbarsten Ängste meines Lebens ausgestanden habe? Noch nie hatte ich so viel Sorge um Menschen, die mir am Herzen liegen.«

»Das kann ich mir sogar sehr gut vorstellen«, entgegnete sie. »Um meinen Vater hatte ich auch Angst, als der Arzt das Fieber feststellte. All meine Gebete haben nicht geholfen. Aber so ist das Leben, manchmal geht es seltsame Wege.« Komischerweise verspürte sie bei diesen Worten keinen Groll mehr. Sie wusste nun, dass das Schicksal prüfte und zuweilen auch beschenkte.

»Als ich meinen Vater auf der Trage liegen sah, dachte ich, es wäre so weit,« murmelte Henry. »Ich habe wirklich geglaubt, dass ich ihn begraben müsste.«

»Das wirst du nicht.« Lucy schmiegte sich an seinen Arm. Ihr Haar, das frei im Wind flatterte, legte sich um sie beide wie ein Schleier. »Dr. McNall ist ein guter Arzt. Manchmal ist zwar auch er machtlos gegen den Tod, aber dein Vater ist stark. Er wird es schaffen.«

Sie spürte, dass in Henry viele Fragen brannten, aber er stellte sie nicht. Sie saßen einfach da, so still, dass sich ein paar Echsen an sie heranwagten und sie neugierig betrachteten.

»Ich habe einen Brief geschrieben. An die Queen.

Megans Mann hat ihn mitgenommen und wird ihn auf ein Schiff bringen.«

Jetzt wich die Sorge einen Moment dem Erstaunen. »Du hast *was* getan?«

»Einen Brief geschrieben. An die Queen. Ich will sie bitten, sich um die Aborigines zu kümmern.«

Henry sah sie an, als hätte sie etwas furchtbar Närrisches getan. »Glaubst du, die Queen wird ihn lesen?«

»Australien gehört doch zu ihrem Reich. Dann sind wir noch immer ihre Untertanen.«

»Und wer sagt dir, dass der Brief die Queen überhaupt erreicht?«

»Megans Mann ist zuverlässig.«

»Aber das Schiff könnte sinken.«

»Das tut es nicht«, entgegnete Lucy entschlossen. »Berai sagte mir, dass ich unter dem Schutz des Kakadu-Ahnen stehen würde. Dann steht der Brief auch unter seinem Schutz, denn ich möchte ja etwas für sein Volk tun. Ich möchte, dass sich so etwas wie am Swan River nicht wieder ereignet.«

Henry betrachtete sie eine Weile, dann zog er sie in seine Arme. »Du bist wirklich ein ungewöhnliches Mädchen, Lucy.«

Lucy wollte ihm da nicht widersprechen. Vielleicht musste man ungewöhnlich sein, wenn man Großes erreichen wollte. Vielleicht brauchte man verrückte Ideen dazu. Allein schon die Tatsache, dass sie hier war, war ein Beweis für ihre Verrücktheit. Sie hoffte jedenfalls, dass der Brief ankam, noch mehr hoffte sie, dass Henrys Vater überleben würde.

Einige Tage später war Mr Callaway wieder auf den Beinen. Henry und Lucy hatten sich mit der Wache an seinem Bett abgewechselt, selbst dann, als es ihm wieder bedeutend besser ging. Das hatte sie noch weiter zusammengeschweißt. Immer wieder lächelten sie sich an, und wenn es niemand sah, küssten sie sich. Lucy dachte oft an Henrys Worte, dass sie eines Tages das Glück finden würde. War es schon jetzt so weit?

Lucy ließ sich auch ab und zu bei Berai sehen und lauschte seinen Geschichten. Der Kontakt mit Weißen und Aborigines, die besser Englisch sprachen als er, hatte seine Aussprache verfeinert, sodass sie jetzt mehr verstand. Viele Mythen rankten sich um die Regenbogenschlange, einige um Geister und Ahnen. Besonders die Geschichte eines Mädchens, das am Tod zweier Jungen Schuld trug und verbannt wurde, berührte Lucy. Dieses Mädchen machte beiden schöne Augen, sodass die Jungen einander schließlich bekämpften und töteten. Das Mädchen wurde daraufhin in die Berge gebracht, wo es seitdem als Geist wandelt, der Wanderer anlockt, um sie für immer bei sich zu behalten.

Einige Tage später kam Dr. Mc Nall, der zwischendurch zurück nach Perth geritten war, wieder in die Mission, um nach Mr Callaway zu schauen. Erst jetzt fanden Lucy und er die Zeit, über andere Dinge als die Medizin und die Aborigines zu sprechen.

»Ich fürchte, ich werde Ihnen ›Moby Dick‹ nicht wieder zurückgeben können«, gestand Lucy ein bisschen verlegen. »Das Buch ist zusammen mit allem anderen und meinem Notizbuch verbrannt.«

»Du hattest ein Notizbuch?«, fragte der Doktor. Offenbar war ihm das wichtiger als der verbrannte Moby Dick.

»Ja, darin habe ich Sandzeichnungen der Aborigines festgehalten und selbst Zeichnungen von Tieren gemacht, die wir im Busch gesehen haben.«

»Meinst du, dass du sie rekonstruieren kannst?«

Lucy nickte. »Ich denke schon. Und mittlerweile kann ich noch viel mehr hinzufügen. Wo-mur-rangs zum Beispiel oder Zeichnungen, die ich auf den Körpern der Alura gesehen habe.«

Der Doktor lächelte. »Dann mach dich an die Arbeit. Und wenn du fertig bist, schickst du mir eine Abschrift. Das ist viel mehr wert als ein Buch, das ich mit dem nächsten Schiff aus England bekommen kann.«

Damit verabschiedeten sie sich voneinander, und der Doktor äußerte die Hoffnung, dass sie sich irgendwann einmal wiedersehen würden.

Offenbar wusste er zu diesem Zeitpunkt bereits, was Mr Callaway vorhatte. »Henry und ich haben beschlossen, weiter in den Süden, nach Adelaide, zu gehen. Ich weiß nicht, ob die Menschen dort anders sind, aber es wäre einen Versuch wert, es herauszufinden«, eröffnete er ihr nach dem Abendessen.

»Sie wollen also nicht mehr nach Perth zurück. Nie mehr?«

Callaway schüttelte den Kopf. »Nein, was soll ich

dort? Warten, bis Harrison wieder zu Kräften kommt und mir dann erneut das Leben zur Hölle macht?«

»Aber der Mann von Megan sagte, dass Sie den Constables von dem Feuer erzählt haben. Und dass es Ermittlungen gegen ihn geben wird.«

»Das habe ich, doch glaubst du wirklich, dass Harrison mir die Farm ersetzen wird?«, gab Callaway zurück. »Das tut er bestimmt nicht, und ich bezweifle auch, dass er eine Strafe erhalten wird. Nachdem sich der Staub wieder gelegt hat, wird alles beim Alten sein. Und das will ich nicht. Ich will, dass mein Sohn eine Zukunft hat. Und du auch. Daher habe ich beschlossen, das Land von einem Notar verkaufen zu lassen. Nicht an Harrison, dafür habe ich gesorgt.«

Er lächelte Lucy an und sagte: »Wir würden uns freuen, wenn du mitkommst. Mrs Mayall möchte in der Stadt bleiben. Ob ihr es glaubt oder nicht, sie hat in den wenigen Tagen dort einen Mann kennengelernt. Aber du siehst aus, als könntest du ein weiteres Abenteuer vertragen. Außerdem hast du Ahnung von Medizin, das werden wir unterwegs brauchen können.«

Lucy wollte einwenden, dass sie auf gar keinen Fall so viel medizinisches Wissen hatte wie zum Beispiel Schwester Minerva, aber sie verstand, dass es Mr Callaway nicht wirklich darauf ankam.

Lucy dachte an Dr. McNall und die Schwestern, die sie dann wahrscheinlich nie wiedersehen würde. Und sie dachte an Anne, die ebenfalls auf ihre Besuche verzichten musste. Natürlich könnte sie irgendwann einmal nach Perth reisen …

Dann war es ihr, als würde ihr jemand ins Ohr flüstern. Und die Stimme hörte sich sehr nach Naya an: »Willst du für die Toten die Lebenden aufgeben?«

Nein, das wollte sie auf keinen Fall. Zumal sie auf dem Weg nach Adelaide jemanden dabeihaben würde, an dem ihr Herz hing.

»Ich komme sehr gern mit«, antwortete sie also lächelnd und umarmte Mr Callaway dann.

Der Aufbruch fand zwei Wochen später statt.

Mr Callaway war es gelungen, ein paar von seinen Pferden wieder einzufangen. Einige verkaufte er, andere nahm er mit, um mit ihnen eine neue Zucht aufzubauen.

Lucy hatte mittlerweile gar nichts mehr, das sie mitnehmen konnte. Alles, was sie besessen hatte, hatte das Feuer verschlungen. Doch sie fühlte sich deswegen nicht unglücklich. Es kam im Leben nicht nur auf den materiellen Besitz an, es kam darauf an, zu leben, mit offenen Augen und Ohren.

Mr Callaway trat die Reise natürlich nicht ohne Proviant und Ausrüstung an. Anscheinend hatte er schon länger vorgehabt wegzugehen. Auch hatte er etwas Geld aus den Verkäufen seiner Pferde auf der Bank. Es reichte nicht, um in ihrer neuen Heimat fürstlich zu leben, aber sie würden sich eine Existenz aufbauen können.

Bevor Lucy auf den Wagen stieg, ging sie noch einmal zu Naya und Berai. Sie wollte sich bedanken und verabschieden. Am liebsten hätte sie ihnen geraten, ebenfalls von hier fortzugehen, aber sie wusste, dass sie das nicht tun würden. Naya verließ sich auf das, was die Ahnen und die Geister ihr sagten. Sagten sie ihr, dass sie gehen sollte, würden die Alura von hier fortgehen. Sagten sie ihr, dass sie bleiben sollte, würden sie auch weiterhin diesen Flecken Erde als ihre Heimat ansehen.

Naya nahm ihre Hände und hielt sie fest. »Die Ahnen werden dich begleiten. Auf jedem Pfad, den du gehst und den du träumst.«

Damit verabschiedete sie sich von ihr und Berai trat zu Lucy.

»Hier, nimm«, sagte er und reichte ihr eine kleine Figur, die aus Holz geschnitzt worden war. Sie stellte einen Vogel dar, war aber so stark vereinfacht, dass jemand, der noch nie eine Zeichnung eines Aborigine gesehen hatte, nichts erkennen würde.

»Unser Ahne. Er wird dich beschützen.«

»Danke«, sagte Lucy und nahm seine Hände nun so, wie es Naya getan hatte. »Pass auf dich auf und werde ein starker Krieger.«

Berai nickte und seine Augen leuchteten. Offenbar hatte sie genau das Richtige gesagt.

Als der Wagen schließlich anfuhr, blickte sich Lucy lange nach den Aborigines um. Der Pater hatte ihnen zugesichert, dass sie bleiben könnten, so lange sie wollten. Ob sie sie jemals wiedersah, war ungewiss. Aber sie hoffte, dass sie sich weit genug von Perth entfernen würden, damit Harrison sie nicht noch einmal gefangen nehmen und verschleppen konnte.

»Die neue Farm sollte einen Namen haben«, sagte sie, als die Mission schließlich aus ihrem Blickfeld verschwunden war, und spürte Henrys Blick. »Ich meine, die alte Farm hatte doch keinen.«

»Jedenfalls hatte ich ihr keinen gegeben.« Ein Lächeln huschte über Mr Callaways Gesicht, dann fragte er: »Und welcher Name schwebt dir vor?«

»Naya.« Lucy lächelte still in sich hinein und griff nach dem Glücksbringer, den Berai ihr gegeben hatte.

»Und was heißt das?«, fragte Callaway.

»Mutter. Naya heißt Mutter in der Sprache von Berais Stamm.«

Der Farmer blickte einen Moment lang in die rote Weite hinaus, die vor ihnen lag. Dann nickte er.

»Einverstanden. Nennen wir unsere Farm Naya. Eine Mutter werden wir dort draußen brauchen können. Wir alle.«

Lucy lächelte und griff dann nach Henrys Hand, die warm war und kräftig. Sie würde ihr in jeder Lage Halt geben.

Der Schrei eines Kakadus ertönte, und als sie zum Himmel aufblickte, schwang sich der Vogel der Sonne entgegen. Vor ihnen lag der Pfad der roten Träume und sie beschritten ihn ohne Furcht.

Nachwort

Die Reise in ein fernes Land wie Australien erscheint uns heute ganz selbstverständlich. Doch vor etwa hundertfünfzig Jahren war es ein gefährliches Abenteuer. Zwar hatten Dampfschiffe die Segelschiffe weitgehend abgelöst, aber auch sie boten nicht immer eine sichere Überfahrt. Der Indische Ozean wird immer wieder von heftigen Stürmen heimgesucht, die so manches Schiff sinken ließen.

Seit ca. 1820 wanderten Menschen in die sogenannte Neue Welt aus, nach Amerika, Neuseeland und Australien. Landmangel, Armut und Hungersnöte waren die Gründe, warum sie ihre Heimat verließen und am anderen Ende der Welt versuchten ihr Glück zu finden.

Australien, 1770 von James Cook zur englischen Kolonie erklärt, wurde zunächst für ein nutzloses Ödland gehalten und zur Strafkolonie gemacht. Doch nach einer Weile strömten Forscher und Siedler in das Land. Sie stießen auf dort ansässige Eingeborene, die Aborigines, von denen es unzählige Stämme gab. Die Aborigines hatten sehr unter der Kolonisierung zu leiden; blutige Auseinandersetzungen mit den Weißen und die bewusste Ausrottung bzw. Umerziehung durch die Kolonialisten reduzierten ihre Bevölkerungszahl erheblich.

Im Roman haben Lucy und Anne Glück, dass sie gleich Plätze auf einem Schiff bekamen. Normalerweise dauerte es mehrere Tage, bis Auswandererschiffe ablegten. Die Passagiere der 3. Klasse verbrachten die Zeit am Hafen, wenn sie Glück hatten, in sogenannten Auswandererhallen. Das blieb Anne und Lucy erspart, war aber meist die Regel.

Etwas Besonderes war auch das Schiff, auf dem meine Heldinnen reisten. Die »Great Britain«, das erste englische Schiff mit Schraubenantrieb, kann noch heute in Bristol besichtigt werden. Sie brachte Auswanderer in alle Welt, bis sie vor den Falklandinseln havarierte und fortan als Kohlenlager diente. Erst im 20. Jahrhundert kehrte sie in ihren Heimathafen zurück.

Perth, wo Lucy und Anne von Bord gehen, wurde 1829 gegründet, das offizielle Stadtrecht erhielt es 1856. Die Stadt wurde vorrangig von schottischen Siedlern bewohnt, wie im Roman Dr. McNall und Macintosh, der Rausschmeißer. Perth ist noch heute die abgelegenste Großstadt der Welt, weil es in ihrer Nähe keine vergleichbar großen Ansiedlungen gibt. Ihre Lage am Swan River erlaubte es ihr dennoch, eine der bedeutendsten Städte Australiens zu werden.

Australien war auch das Land der Missionen. Zahlreiche Richtungen des christlichen Glaubens versuchten dort Fuß zu fassen und die Aborigines zu bekehren. Das gelang ihnen allerdings nur teilweise, denn der Glaube an die Ahnengeister und die Regenbogenschlange war und ist in den Aborigines tief verwurzelt.

Die Missionen, unter anderem das im Buch erwähnte New Norcia, erfüllten aber auch einen anderen Zweck: Sie nahmen die Einwanderer aus verschiedenen Ländern auf und versorgten sie. Teilweise mussten die Menschen sehr lange darauf warten, bis sie von den Behörden registriert waren. Wochen und Monate konnten verstreichen, besonders bei Menschen aus Staaten außerhalb des Commonwealth.

Danach wartete ein beschwerlicher Weg auf die Menschen. Es war leicht, Land zu erhalten, denn die Regierungen förderten die Ansiedlung. Das Land zu bestellen war in Australien schwierig, denn die Wetterverhältnisse unterscheiden sich gravierend von denen in Europa. Wenn hier Sommer ist, herrscht in Australien Winter. Buschbrände, die in Australien häufig in der Trockenzeit auftreten und wichtig für das ökologische Gleichgewicht sind, bedrohten die Farmen und vernichteten oftmals mühsam aufgebaute Existenzen.

Zu alldem kam, dass unter den Einwanderern auch Krankheiten nicht ausblieben. Der Typhus trat besonders in Städten verbreitet auf, weil die hygienischen Bedingungen zuweilen sehr mangelhaft waren.

1874 wurde der Typhuserreger vom Polen Tadeusz Browicz entdeckt. 1880 wies ihn Robert Koch nach. Diese Erkenntnisse wurden fern von Australien gewonnen, deshalb habe ich Dr. McNall nur Vermutungen über den Erreger anstellen lassen. Bis zur Entdeckung des Penicillins durch Alexander Fleming gab es kein wirklich wirksames Mittel dagegen. Man konnte nur hoffen, dass das Immunsystem stark genug war, um den Erreger in Schach zu halten.

Eine große, noch heute bestehende Problematik ist die Diskriminierung und Verfolgung der Aborigines. Teilweise kam es zu regelrechten Massakern, auch das im Buch beschriebene beruht auf einem historischen Bericht. Leider gab es in der Wirklichkeit nur wenige, die diese Grausamkeiten zu verhindern versuchten. Die wenigen Mutigen, zu denen vorwiegend Missionare gehörten, brachten sich mit dem Versuch, die Aborigines zu schützen, selbst in Gefahr.

Obwohl die Aborigines Mitte des 19. Jahrhunderts englische Staatsbürger wurden und die gleichen Rechte innehaben sollten, wurden sie zwangsweise umgesiedelt, getötet und ihrer Kinder beraubt, die zu weißen Familien gegeben wurden. Erst in der heutigen Zeit hat man eingesehen, dass dieses Vorgehen falsch war. 2008 hat sich der australische Premierminister Kevin Rudd am sogenannten »Sorry Day« für das Entführen der Kinder entschuldigt.

Glücklicherweise hat man es nicht ganz geschafft, die kulturellen Schätze der Aborigines auszulöschen. Die Geschichten über die Ahnengeister und die Regenbogenschlange werden noch immer erzählt; die Höhlenmalereien, die vom Alltag der Aborigines berichten, sind erhalten und werden mittlerweile als Kulturgüter geschützt. Die australischen Ureinwohner leben mittlerweile nicht mehr als Nomaden, aber sie erhalten nach und nach die Chance, ihre Kultur und ihren Glauben zu pflegen und dem nachzukommen, was sie als göttlichen Auftrag ansehen: das Land und die Traumpfade zu bewahren und zu hüten.

Das Prinzip »Stell keine Fragen!« ist übrigens authentisch. Fragen werden noch heute als unangenehm empfunden, sie bedrängen den Gefragten. Besser ist es, gegenüber einem Aborigine eine Vermutung über einen Sachverhalt auszudrücken und dann zu hören, was der Gesprächspartner zu sagen hat. Ich kann mir vorstellen, dass das bei den ersten Siedlern sicher zu Verwirrungen und falschen Urteilen geführt hat, denn die europäischen Sprachen kommen ohne Fragen nicht aus.

Als mir die Idee zu diesem Buch kam, konnte ich noch nicht wissen, dass Australien schon bald in den Fokus des öffentlichen Interesses geraten würde. Verheerende Buschbrände, die sich als Brandstiftung herausstellten, ereigneten sich Anfang 2009 und kosteten sehr vielen Menschen das Leben.

Die Bilder erschütterten mich und prägten mein Verständnis für dieses Land tiefer, als es jede positive Nachricht gekonnt hätte. Ich hoffe, dass ich den Leserinnen und Lesern mit diesem Roman das Land näherbringen und Interesse für seine Kultur und seine Geschichte wecken konnte.

Wie in jedem Roman ist auch hier Historie mit Fiktion vermischt. Ich habe mir teilweise ein paar Freiheiten genommen, um die Geschichte spannend zu machen, bin aber davon überzeugt, dass ich damit nicht grob gegen die Wirklichkeit verstoßen habe.

Anne und Lucy sowie alle anderen Personen, die in dem Roman vorkommen, sind fiktiv, aber es kann sein, dass es sie so ähnlich gegeben hat. Nur die Taten berühmter Menschen werden festgehalten, die Geschichten der »kleinen« Heldinnen und Helden können oftmals nur durch Fiktion wieder erstehen.

Ich danke meiner Lektorin Angelika Höllriegl, meiner Agentin Petra Hermanns und dem gesamten Ueberreuter-Verlag für die Unterstützung bei diesem wunderbaren Projekt.

Corina Bomann
www.corina-bomann-online.de

Glossar

Abim: Teufel

Alura: ein früher im Westen Australiens angesiedelter Stamm der Aborigines

Arinya: Känguru

Billabong: großes Wasserloch, das ein Treffpunkt für viele Tiere ist

Coral Tree: Korallenbaum, der feuerrote Blüten ausbildet

Japara: Mondmann in der Mythologie der Aborigines

Karbol, Karbolsäure: ein Desinfektionsmittel

Muntharisbeeren: werden auch Emu-Äpfel genannt. Sie sind eine australische Buschfrucht. Die Pflanze gehört zu den Myrtengewächsen.

Porridge: Haferbrei, das englische Nationalfrühstück

Quandong: Früchte bestimmter australischer Büsche; einige Arten sind nussartig, andere eher beerenartig.

Riberrys: Früchte der australischen Kirsch-Erle, die im Geschmack und im Aussehen Cranberrys ähnlich sind.

Wirake: Freund

Wo-mur-rang: Bumerang, ein Wurfholz, das die Aborigines zum Jagen benutzten.

Yurlunggur: Name der Regenbogenschlange

GROSS-
BRITANNIEN
Bristol
Europa
SPANIEN
Arabische
Halbinsel
Afrika
Atlantischer
Ozean